2021年江西省高校人文社科项目"唐·德里罗小说中的世俗灵性与内在超越研究"
（项目编号：WGW21203）

日常中的内在超越

唐·德里罗小说中的世俗灵性研究

唐苇 ◎ 著

DON DELILLO

九州出版社 全国百佳图书出版单位
JIUZHOUPRESS

图书在版编目（CIP）数据

日常中的内在超越：唐·德里罗小说中的世俗灵性
研究 / 唐苇著. -- 北京：九州出版社，2023.11
ISBN 978-7-5225-2513-6

Ⅰ．①日… Ⅱ．①唐… Ⅲ．①唐·德里罗—小说研究
Ⅳ．①I712.074

中国国家版本馆CIP数据核字(2023)第212549号

日常中的内在超越：唐·德里罗小说中的世俗灵性研究

作 者	唐苇 著	
责任编辑	李 品	
出版发行	九州出版社	
地 址	北京市西城区阜外大街甲 35 号 (100037)	
发行电话	(010)68992190/3/5/6	
网 址	www.jiuzhoupress.com	
印 刷	天津奥丰特印刷有限公司	
开 本	710 毫米 ×1000 毫米 16 开	
印 张	17	
字 数	209 千字	
版 次	2023 年 12 月第 1 版	
印 次	2023 年 12 月第 1 次印刷	
书 号	ISBN 978-7-5225-2513-6	
定 价	58.00 元	

目　录

绪　论

唐·德里罗（Don DeLillo，1936—　），出生于美国纽约市布朗克斯区（The Bronx, New York City）的一个意大利天主教移民家庭，小学至大学均受教育于天主教教会学校。1958 年大学毕业后，德里罗在纽约一家公司做广告文案撰稿人，期间开始创作一些短篇故事。1960 年，德里罗发表了他的第一部短篇小说《约旦河》（*The River Jordan*）。1964 年，他开始全职写作，迄今已创作十七部长篇小说[①]、七部戏剧、一个电影剧本、一部短篇小说集以及若干短篇小说和散文。德里罗的长篇小说包括：《美国志》（*Americana*, 1971）、《球门区》（*End Zone*, 1972）、《琼斯大街》（*Great Jones Street*, 1973）、《拉特纳之星》（*Ratner's Star*, 1976）、《玩家》（*Players*, 1977）、《走狗》（*Running Dog*, 1978）、《名字》（*The Names*, 1982）、《白噪音》（*White Noise*, 1985）、《天秤星座》（*Libra*, 1988）、《地下世界》（*Underworld*, 1997）、《人体艺术家》（*The Body Artist*, 2001）、《大都会》（*Cosmopolis*, 2003）、《坠落的人》（*Falling Man*, 2007）、《欧

[①]　1980 年，德里罗曾使用笔名克利奥·伯德韦尔（Cleo Birdwell）与前同事休·巴克（Sue Buck）共同创作小说《亚马逊人》（*Amazons*），然而德里罗本人从未在正式场合中承认这部作品，故本书未将这部小说计算在内。

米伽点》（*Point Omega*, 2010）、《绝对零度》[①]（*Zero K*, 2016）、《寂静》（*Silence*, 2020）等。迄今为止，德里罗已获得的荣誉主要包括：1985 年凭《白噪音》获美国国家图书奖；1992 年获笔会 / 福克纳小说奖；1999 年获耶路撒冷奖[②]；2000 年凭《地下世界》获威廉·迪恩·豪威尔斯奖；2010 年获美国小说成就索尔·贝娄奖；2014 年获诺曼·梅勒终身成就奖；2015 年获国家图书奖美国文学杰出贡献奖。著名文学评论家哈罗德·布鲁姆（Harold Bloom）称德里罗为美国当代最杰出的小说家之一，与托马斯·品钦（Thomas Pynchon）、菲利·普罗斯（Philip Roth）和科马克·麦卡锡（Cormac McCarthy）并驾齐驱。近年来，德里罗多次被推举为诺贝尔文学奖候选人，夺冠呼声非常高。

作为一个对当代社会发展动向一直保有敏锐洞察力的作家，德里罗在其小说创作中对技术至上、消费狂欢与精神匮乏的美国后现代世俗社会进行了真实复刻与深度批判。他的小说涉及当代美国社会的方方面面：从《美国志》中的电影到《球门区》中的大众体育，从《琼斯大街》中的摇滚音乐到《走狗》中的色情产业，从《拉特纳之星》中的天体物理到《名字》中的神秘语言，从《白噪音》中的环境浩劫到《天秤星座》中的刺杀总统，从《坠落的人》中的恐怖主义到《地下世界》中的城市垃圾，从《大都会》中的金融资本到《绝对零度》中的人体冷冻。透过这些作品，德里罗对当代美国社会进行了全方位、鞭辟入里的剖析，对

[①] 由于笔者在撰写本书时该小说的中文译本尚未出版，故本书中该小说的书名和引文均出自于笔者自己的翻译。

[②] 德里罗是第一位获此殊荣的美国作家。该奖项每两年颁发一次，旨在表彰那些以表达"人类社会中的个人自由"为创作主题的作家。此前获得该奖项的著名作家有米兰·昆德拉（Milan Kundera）、维·苏·奈保尔（V. S. Naipaul）、格雷厄姆·格林（Graham Greene）、西蒙娜·德·波伏娃（Simone de Beauvoir）、豪尔赫·路易斯·博尔赫斯（Jorge Luis Borges）等。

世俗文明的黑暗现实与积弊顽疾进行了无情的控诉与批判。正如学者所说："在开展大范围文化剖析的过程中，德里罗同时保持了两种热状态：作为讽刺家的刻薄冷酷，充满辱骂与控诉；作为现代预言家的狂热愤怒，充满不满与绝望。"① 此外，受其早期天主教背景影响，德里罗对美国世俗社会的剖析、批判不可避免地与当代美国世俗公民的精神困境相关联，他的小说复刻和折射出身处精神虚无之中的当代美国公民对灵性信仰与超越性的渴望。然而，德里罗小说中世俗人物渴望的灵性，并不是传统意义上依赖上帝或神的外在超越的宗教灵性，也不是当代西方世界宗教复兴背景下的后世俗灵性，而是无信仰者依靠日常生活获得的具有内在超越特质的世俗灵性。研究德里罗小说中的世俗灵性与内在超越，可以进一步更新与深化德里罗小说中的灵性主题研究，为管窥当代美国公民的精神和伦理发展趋势与动向提供一个视角。

一、德里罗小说研究综述

与德里罗的创作轨迹一致，国外针对德里罗小说的研究大体经历了三个阶段：

20 世纪 70 年代中期—80 年代中期：这一时期为德里罗的创作初期，其作品未受到评论界的重视，对德里罗作品的研究相对冷清，未出现专门研究德里罗作品的著作，以介绍和评论德里罗早期作品的书籍和文章为主，且多聚焦于德里罗的第二部小说《球门区》中的体育主题，如威廉·伯克（William Burke）1975 年发表的《足球、文学、文化》

① Joseph Dewey, "Don DeLillo," in *The Oxford Encyclopedia of American Literature*, Jay Parini (eds.), Shanghai: Shanghai Foreign Language Education Press, 2011, p.351.

（"Football, Literature, Culture"）① 以及迈克尔·奥利亚德（Michael Oriad）的《在加时赛中：美国体育小说中的历史与神话》（"In Extra Innings: History and Myth in American Sports Fiction"）。许多评论家甚至因《球门区》中明显的体育主题，一度将德里罗视为一名"体育小说家"②。这在一定程度上削减了评论界对德里罗其他早期小说的关注。尽管如此，这一时期出现的许多新趋势也为后两个阶段德里罗研究的繁荣局面奠定了坚实的基础。例如，安雅·泰勒（Anya Taylor）在《德里罗〈球门区〉中的文字、战争与冥想》（"Words, War, and Meditation in Don DeLillo's *End Zone*"）中撕去《球门区》作为一部足球小说的标签，开始关注其中的语言主题，称其"不仅仅是一部足球小说"，更是"一本关于语言受到热核战争术语轰炸而衰退的小说，一次通过严格的苦行僧式静坐禅修和自我牺牲仪式使语言复活的尝试"③。迈克尔·奥利亚德在《德里罗对瓦尔登湖的追寻》（"Don DeLillo's Search for Walden Pond"）中将德里罗的作品当作一个整体进行评价。奥利亚德将德里罗前四部小说视为一部"原型小说"的四部曲，认为它们都反映了主人公试图通过梭罗式"禁欲主义"的生活方式追寻生命意义的来源，尽管这种追寻最后又将他们带回混沌的现实世界中④。

20 世纪 80 年代中期—20 世纪末： 1985 年，《白噪音》发表并获得当年的美国国家图书奖，此后德里罗在美国文学界的名声与地位迅

---

① 该论文为学术界首篇以德里罗作品为研究对象的论文。

② Hugh Ruppersburg and Tim Engles eds., *Critical Essays on Don DeLillo*, New York: G. K. Hall, 2000, p.11.

③ 转引自 Hugh Ruppersburg and Tim Engles eds., *Critical Essays on Don DeLillo*, New York: G. K. Hall, 2000, p.11.

④ Michael Oriad, "Don DeLillo's Search for Walden Pond," *Critique: Studies in Contemporary Fiction*, Vol. 20, 1978, pp.5-6.

速上升，德里罗研究也开始升温，并逐渐呈现出系统化和多元化的特征。1987 年，汤姆·勒克莱尔（Tom LeClair）出版了首部德里罗研究专著《在循环中：唐·德里罗与系统小说》（*In the Loop: Don DeLillo and the System Novel*）。该书借助美籍奥地利理论生物学家和哲学家贝塔朗菲（Ludwig Von Bertalanffy）的"系统理论"（Systems Theory）对德里罗的前八部小说进行整体考察，将德里罗与罗伯特·库弗（Robert Coover）、威廉·加迪斯（William Gaddis）、托马斯·品钦一同视为"系统小说家"①。作为首部德里罗研究专著，该书开创性地提出了许多具有前瞻性的观点，为后来的德里罗研究指明了方向。例如，勒克莱尔首次谈及德里罗的意大利裔天主教背景对其作品神秘性的影响，并将这种神秘性视为德里罗用以"对抗权力与消费的制衡力"②，为探讨德里罗的创作与宗教和灵性之间的关系奠定了基础。进入 20 世纪 90 年代后，学术界对德里罗及其作品的研究迅速升温。从 1990 年到 1999 年，国外的德里罗学者们共出版了两部专著、两本论文集以及四个期刊特辑③。总体来说，这一阶段的德里罗研究具有两个显著的特点：一是聚焦于德里罗小说中的媒介主题，着重探讨了媒介与主体自我意识、媒介与社会文化之间的关系。例如，道格拉斯·基西（Douglas Keesey）的《唐·德里罗》（*Don DeLillo*）重点关注了德里罗前十部小说对"媒介与媒介结构"的处理，认为这些小

① Tom LeClair, *In the Loop: Don DeLillo and the Systems Novel*, Urbana and Chicago: University of Illinois Press, 1987, p.xii.

② Ibid, p.15.

③ Christina S. Scott, "An Annotated Primary and Secondary Bibliography, 1971-2002," PhD diss., Northern Illinois University, 2004, p25. 四个特辑中包括弗兰克·兰特里夏（Frank Lentricchia）于 1990 年在《南大西洋季刊》（*South Atlantic Quarterly*）上编辑的《德里罗小说》（"The Fiction of Don DeLillo"），后由兰特里夏于 1991 年整理为论文集《唐·德里罗介绍》（*Introducing Don DeLillo*）并出版，这也是关于德里罗研究的第一本论文集。

说"对使我们远离自然与自我的现实的媒介表征进行了深入研究"[①]；另一个显著特点是将德里罗作品置于后现代理论视野中进行考察。例如，约翰·A. 麦克鲁尔（John A. McClure）的文章《后现代浪漫：德里罗与阴谋时代》（"Postmodern Romance: Don DeLillo and the Age of Conspiracy"），以及弗兰克·兰特里夏的文章《作为后现代批评的〈天秤星座〉》（"Libra as Postmodern Critique"），着重探讨了德里罗小说与后现代文学的关系。另外，这一时期已有学者关注到德里罗小说中的历史、生态、技术、创作等主题，使得德里罗研究的多元化局面初具规模。

21 世纪初至今： 进入 21 世纪以来，尤其是"9·11"恐怖袭击事件之后，德里罗研究进入繁盛期。新的研究成果不断涌现，无论在数量还是质量上都有了飞跃。据德里罗协会网站（https://delillosociety.com/）统计，截至 2018 年 8 月，学术界共出版了德里罗专著 39 部[②]，以德里罗研究为部分章节的书籍 133 本，期刊论文 252 篇。一方面，德里罗小说中的语言、技术、生态、后现代与消费主义等主题受到学者们的集中关注，前期的相关研究成果得到进一步扩充与细化，并取得新的进展。例如，戴维·科沃特（David Cowart）在《唐·德里罗：语言的物理学》（*Don DeLillo: The Physics of Language*）中对德里罗小说中的语言主题进行了系统研究，认为德里罗是一个"双重意义上"的后现代主义作家：他的作品既体现了后现代小说典型的语言特征，又通过"在语言中寻找一种为后结构主义所排斥的认识论深度"，打破了"后现代主义思想与实践的霸权主义倾向"，从而体现了后现代主义更深层次意义上的"开放、

---

① Douglas Keesey, *Don DeLillo*, New York: Twayne, 1993, p.vii.
② 其中包括 11 本论文集与 1 本访谈集。

兼收并蓄、反阶层化、非教诲"的特征 ①。兰迪·莱斯特（Randy Laist）
在《德里罗小说中的技术与后现代主体性》（*Technology and Postmodern
Subjectivity in Don DeLillo's Novels*）中分析了德里罗小说中主体与技术存
在哲学意义上的融合关系。另一方面，研究视角与方法的创新不断丰富
着新世纪的德里罗研究成果。例如，学界对德里罗小说中的当代社会伦
理秩序问题的关注逐渐增多。彼得·博克索尔（Peter Boxall）在《唐·德
里罗：小说的可能性》（*Don DeLillo: The Possibility of Fiction*）中指出，
在资本全球化导致历史和可能性进入停滞状态，以及当代文化中再无任
何可发掘和可探索之物的形势下，德里罗并没有简单印证小说艺术可能
性的崩塌之势，而是制造了一种新的可能性：一种小说在文化枯竭现状
中得以延续的可能性。德里罗试图通过艺术创作对后现代语境下的文化
颓势进行一种道德对抗。② 保罗·贾伊莫（Paul Giaimo）在《欣赏唐·德
里罗——作家作品的道德力量》（*Appreciating Don DeLillo: The Moral
Force of a Writer's Work*）中直接反驳把德里罗归类为后现代主义者或现
代主义者，因为德里罗的作品中除了那些"被轻易贴上'后现代'或
'现代'标签的元素"之外，还包含了更多不那么容易被归类的"与道德
力量相关的"现实主义元素。③ 另外，有鉴于德里罗在美国文坛乃至世
界文坛的广泛知名度和重要影响力，研究者还致力于从比较研究的角度
揭示德里罗与同时代其他作家，以及不同国家和地区德里罗研究之间的
共性和个性。例如，詹姆斯·古尔利（James Gourley）的《托马斯·品

---

① David Cowart, *Don DeLillo: The Physics of Language*, Athens: University of
Georgia Press, 2002, p.12.

② Peter Boxall, *Don DeLillo: The Possibility of Fiction*, New York: Routledge, 2006,
pp. 1-16.

③ Paul Giaimo, *Appreciating Don DeLillo: The Moral Force of a Writer's Work*, Santa
Barbara: Praeger Publishers Inc, 2011, p.1.

钦与唐·德里罗作品中的恐怖主义与时间性》（*Terrorism and Temporality in the Works of Thomas Pynchon and Don DeLillo*）通过比较品钦与德里罗在"9·11"事件之后的创作在时间观念与感受上的变化，对两位当代美国小说家的作品进行了重新考察。彼得·斯内克（Peter Schneck）和菲利普·施维格豪瑟（Philip Schweighauser）主编的《恐怖主义、媒介与小说伦理：德里罗研究的跨太平洋视角》（*Terrorism, Media, and the Ethics of Fiction: Transatlantic Perspectives on Don DeLillo*）将欧洲大陆与美国本土学者对德里罗作品中媒介与恐怖主义主题的研究进行了比较。

相较而言，国内的德里罗研究起步较晚，但已取得了不少成果：

译介方面，截至 2020 年，德里罗的作品已有 9 部长篇小说和 1 部短篇小说集被译成中文，分别为：上海文艺出版社出版的《大都会》（韩忠华译）；浙江文艺出版社出版的《玩家》（郭国良译）、《人体艺术家》（文敏译）；译林出版社出版的《名字》（李公昭译）、《白噪音》（朱叶译）、《天秤星座》（韩忠华译）、《地下世界》（严忠志译）、《坠落的人》（严忠志译）、《欧米伽点》（张冲译）、《天使埃斯梅拉达：九个故事》（陈俊松译）。

专著方面，截至 2020 年 9 月，据中国知网学术搜索（CNKI Scholar）数据库显示，国内已出版的德里罗研究专著有 9 部。范小玫的《新历史主义视角下的唐·德里罗小说研究》，从新历史主义的理论视角探讨了德里罗文本的历史性，分析了德里罗如何通过其小说记录时代文化与生活和再现当代美国的秘密历史。[1] 张瑞红的《唐·德里罗小说中的媒介文化研究》以媒介文化中"快感"与"焦虑"的二元对立特点为分析主线，分别从现代主体的建构、消费主义、历史与意识形态以及科技发展四种视角，探究德里罗小说创作中媒介文化建构的肯定性与否定性的现实呈

---

[1]　范小玫：《新历史主义视角下的唐·德里罗小说研究》，厦门大学出版社，2014。

现。① 杨梅的《唐·德里罗〈第六场〉言语行为及互文性研究》以德里罗
的电影剧作《第六场》(Game 6)和德里罗作品中的体育话语形式为研究
对象，运用言语行为理论和互文性理论，分析电影剧本以及体育话语在
塑造意识形态中的作用。② 刘岩的《唐·德里罗小说主题研究》重点探讨
了德里罗六部小说中的主题与文化批判思想，论述了德里罗小说中的当
代美国社会现状以及重建主体自我意识和文学批判功能的可能性。③ 范长
征的《美国后现代作家德里罗的多维度创作与文本开放性》以德里罗的
创作手法为研究对象，探讨了作家如何通过宏观与微观的多维度创作呈
现多重生活样态。④ 李霄垅的《恐怖主义的病理机制：唐·德里罗的反恐
怖主义小说》探讨了德里罗对恐怖主义主题既历时又共时的全面关注。⑤
史岩林的《论唐·德里罗小说的后现代政治写作》立足于德里罗小说文
本与美国晚期资本主义历史语境的紧密联系，分析了德里罗独特的后现
代政治书写。⑥ 朱荣华的《唐·德里罗小说中的后现代伦理意识研究》认
为德里罗的小说创作并没有停留于复刻和批判美国后现代伦理的混沌现
状，而是在提倡多元性和差异性的后现代语境中，积极思考着摆脱困境
的新型伦理意识。⑦ 沈非的《唐·德里罗小说中的后现代超真实》通过分

① 张瑞红:《唐·德里罗小说中的媒介文化研究》,中央民族大学出版社,2015。
② 杨梅:《唐·德里罗〈第六场〉言语行为及互文性研究》,华中师范大学出版社,2015。
③ 刘岩:《唐·德里罗小说主题研究》,云南教育出版社,2016。
④ 范长征:《美国后现代作家德里罗的多维度创作与文本开放性》,辽宁大学出版社,2016。
⑤ 李霄垅:《恐怖主义的病理机制：唐·德里罗的反恐怖主义小说》,上海译文出版社,2018。
⑥ 史岩林:《论唐·德里罗小说的后现代政治写作》,中国社会科学出版社,2018。
⑦ 朱荣华《唐·德里罗小说中的后现代伦理意识研究》,中国社会科学出版社,2018。

析德里罗作品中的"超真实"（hyperreality），揭示德里罗对于后现代社
会"真实"及与其息息相关的权力、真理、人之主体性等问题的重新审
视与文学呈现。^① 陈俊松的《唐·德里罗小说中战后美国的文化记忆研究》
以文化记忆研究为理论框架，聚焦德里罗作品在再现历史、唤起回忆、
重构文化记忆等方面的独特价值。沈谢天的《唐·德里罗小说的后世俗
主义研究》试图呈现贯穿作家小说创作生涯全过程的后世俗寓意，并揭
示德里罗作品对后世俗主义新话语的各种启迪与丰富作用。

　　另外，还有不少关于德里罗及其作品的研究散见于许多学术著作的
章节中。这些著作一般将德里罗置于美国文学史的整体中进行考察，重
点关注了德里罗小说的后现代主义、历史、生态及"后9·11"叙事与创
伤等主题。例如，陈世丹的《美国后现代主义小说艺术论》和《关注现
实与历史之真实的美国后现代主义小说》关注了德里罗的后现代主义技
巧、小说历史化与历史反思。杨仁敬的《美国后现代派小说论》介绍和
分析了德里罗长篇小说和短篇小说的特点，重点关注德里罗对美国当代
现实的"复印"，将其视为美国后现代社会的剖析者和批判者。朱新福的
《美国文学中的生态思想研究》第四章，重点分析了德里罗与《白噪音》
中的生态意识。孔瑞的《"后9·11"小说的创伤研究》将德里罗的《坠落
的人》置于"后9·11"文学的视野进行考察，重点分析了小说中体现的
创伤与记忆、创伤与身份等主题。

　　学位论文方面，以"德里罗"为主题检索词在中国知网博士、硕士
论文数据库进行搜索，结果显示有博士、硕士论文共 168 篇。其中，博
士论文有 12 篇。期刊论文方面，截至 2020 年 9 月 19 日，以"德里罗"
为主题检索词在中国知网期刊数据库进行搜索，结果显示在各类学术期

---

① 　沈非：《唐·德里罗小说中的后现代超真实》，上海交通大学出版社，2019。

刊上已发表的中文论文共有 290 篇。整体而言，虽然国内的德里罗研究论文已经取得不俗的成绩，但仍呈现出研究范围相对狭窄、研究视角相对集中的特点。一方面，多数成果集中于德里罗中后期某一单部小说的探讨，缺乏对德里罗小说创作系统性与整体性以及德里罗早期小说的关注。另一方面，多数成果的研究视角局限于后现代、生态批评、语言叙事等理论，缺乏从新的角度对德里罗作品进行阐释的尝试。

　　总体而言，国内外德里罗研究多聚焦于德里罗小说的后现代主义与消费主义、政治与历史、语言与创作、创伤与生态环境、后 "9·11" 文学等视角和主题，且已经取得了众多优秀的成果，继续从这些角度或主题对德里罗小说进行研究或难再取得重大突破与进展。有鉴于此，本书拟选取德里罗研究中关注相对较少的灵性与超越主题为出发点，通过建构一种区别于传统宗教灵性、以内在超越为核心的世俗灵性，对德里罗小说中世俗人物们的信仰危机和精神困境进行剖析，旨在对当代美国无信仰公民的灵性发展动向与趋势进行追踪与探索。

二、德里罗的灵性主题研究现状与趋势

　　德里罗本人与天主教有着深厚的渊源。德里罗出生于意大利天主教移民家庭，他所接受的教育基本上都来自天主教教会学校：高中就读于纽约市布朗克斯区的红衣主教海耶斯高中（Cardinal Hayes High School）；大学就读于美国东北部历史最悠久，也是纽约市唯一一所耶稣会大学——福德姆大学（Fordham University）。据托马斯·德佩特罗（Thomas DePietro）考证，虽然德里罗大学时期的主修专业是传播艺术，

但是按照福德姆大学的规定，神学与哲学是所有在校生的必修课程①。由此可以推测，德里罗接受的天主教教育一直持续到他大学毕业。德里罗的天主教成长背景极大地影响了他的文学创作，对此他在访谈和作品中多有提及。例如，德里罗在某次访谈中公开承认，他的纽约成长背景与天主教成长经历对他创作的影响，比他阅读的任何书籍都要大。"我对宗教很感兴趣，它是一种具有训导作用的壮观力量，它驱使人们做出极端的行为。"②同时，德里罗的作品中刻画了许多本身并无宗教信仰，却对传统宗教展现出强烈兴趣和向往的世俗人物。

在另一次访谈中，德里罗承认他刻画的许多人物具有类似狂热宗教信徒的偏执狂特征，如《天秤星座》的李·奥斯瓦尔德（Lee Oswald）、《走狗》中的格伦·塞尔维（Glen Selvy）以及《琼斯大街》中的巴基·文德里克（Bucky Wunderlick）等。德里罗将这些人物性格中的偏执狂特征视作一种"令人敬畏的宗教形式"③。谈到自己作品中的神秘性时，德里罗也将其归因于自己早期的天主教成长与教育背景。"我觉得我的作品中总是贯穿着神秘性。终极答案，真要有的话，并不在书本里。我的书是开放式结尾的。我觉得我的作品中交织着一种普遍意义上的神秘性，而非隐秘性。我无法告诉你这种神秘性来自哪里，会导致什么，可能这是我天主教成长经历的自然产物。"④

由于德里罗与天主教的紧密关联，评论界早已关注到德里罗作品中的宗教灵性与神秘主义主题。例如，汤姆·勒克莱尔在《在循环中：唐·德里罗与系统小说》中就论述了德里罗意大利裔天主教家庭背景对其作

① Thomas DePietro, "Everyday Mysteries," *America*, April 30, 2012, p.28.

② Thomas DePietro, Conversations with Don DeLillo, Jackson: University Press of Mississippi, 2005, p.10.

③ Ibid, p.106.

④ Ibid, p.63.

品神秘性的影响。"虽然德里罗的天主教作家或护教论者身份并不明显，但德里罗的确将他的某些宗教背景——宗教典礼仪式与诵经，对宗教信仰问答的恐惧与罪责，一种隐形和未知感——重新刻写进他的世俗世界中。"① 显然，勒克莱尔已敏锐地察觉到德里罗的宗教背景与他对世俗社会的剖析之间的紧密关联。道格拉斯·基西在《唐·德里罗》中认为宗教的成长和教育背景，使德里罗和詹姆斯·乔伊斯（James Joyce）之间存在某种亲密的关联，而德里罗小说中迫近的末日感也可追溯至其宗教背景。② 然而，虽然早期的德里罗研究者们注意到宗教对德里罗创作的影响，但他们并未对此进行深入研究和系统探讨。直到 1997 年长篇小说《地下世界》问世之后，德里罗小说中的宗教灵性与神秘主义主题才受到学界的广泛关注。约瑟夫·杜威（Joseph Dewey）等主编的《文字之下：唐·德里罗的〈地下世界〉研究》（*Under Words: Perspectives on Don DeLillo's Underworld*）一书中共收录了 13 篇关于《地下世界》的论文，其中有 9 篇涉及宗教话题。戴维·科沃特在《唐·德里罗：语言的物理学》中探讨了德里罗对宗教语言的使用，并试图破解德里罗小说中语言的宗教寓意。菲利普·沃尔夫（Philipp Wolf）在《现代化与记忆危机：约翰·邓恩到唐·德里罗》（*Modernization and the Crisis of Memory: John Donne to Don DeLillo*）中概述了德里罗对宗教语言的使用。哈罗德·布鲁姆在其主编的德里罗评论集的前言中，将德里罗创作中的宗教色彩与神秘主义视为美国超验主义思想的传承。"尽管他被称为后现代主义者，他是一个不愿脱离自己时代的盛期浪漫主义超验主义者……他真正的导

---

① 　Tom LeClair, *In the Loop: Don DeLillo and the Systems Novel*, Urbana and Chicago: University of Illinois Press, 1987, pp.14-15.

② 　Douglas Keesey, *Don DeLillo*, New York: Twayne, 1993, p.2.

师是爱默生、梭罗、惠特曼。"① 兰迪·莱斯特对此评论道："将德里罗视为浪漫主义作家的评论家在他小说中的自我对抗、神秘与奇迹中，以及对顿悟元意识的侧面披露中找到例证。"② 杜威在《超越悲伤与虚无：德里罗解读》（*Beyond Grief and Nothing: A Reading of Don DeLillo*）中直言："天主教带给德里罗作品必不可少的灵性词汇"并"赋予他的视域一种庄重感"③。另外，埃米·亨格福德（Amy Hungerford）对德里罗创作受天主教及其语言逻辑的影响进行了深入分析与探讨。她的文章《唐·德里罗的拉丁弥撒》（"Don DeLillo's Latin Mass"）重点关注德里罗作品语言的宗教逻辑，分析了德里罗如何借用天主教拉丁语弥撒语义不清等特征，使他的小说"不但展示了一种神秘的信仰，而且展示了人们如何想象出一种语言来维持这种信仰，同时又将原先的宗教体制和实践拒之门外，或保留意见"，从而得出德里罗在其创作中"想象了一种存在于祷告而不是教条，显现而不是说教，狂热而不是理性，神秘而不是知识中的启示"的结论④。利利安娜·M. 奈旦（Liliana M. Naydan）重点关注了宗教神秘主义与德里罗作品中媒介暴力之间的关联。她的文章《媒介暴力、天主教神秘性与反原教旨主义：唐·德里罗〈欧米伽点〉中弹性的后 9·11 叙事》（"Media Violence, Catholic Mystery, and Counter-fundamentalism: A Post-9/11 Rhetoric of Flexibility in Don DeLillo's *Point Omega*"）认为，德

① Harold Bloom ed., *Bloom's Modern Critical Views: Don DeLillo*, New York: Chelsea House, 2003, p.2.

② Randy Laist, *Technology and Postmodern Subjectivity in Don DeLillo's Novels*. Frankfurt: Peter Lang, 2010, p.2.

③ Joseph Dewey, *Beyond Grief and Nothing: A Reading of Don DeLillo*, Columbia: University of South Carolina Press, 2006, p.11.

④ Amy Hungerford, "Don DeLillo's Latin Mass," *Contemporary Literature*, Vol. 47, 2006, pp. 348-377.

里罗借用天主教神学的神秘特征将暴力隐蔽在文本中，将其与通过乏味地反复播放呈现的荧屏暴力并置，从而批判了美国的影视媒介制度对大众的消极影响以及"受狂热宗教激进主义信仰影响的、恐怖分子宣传的狭隘的暴力叙事"[①]。有研究者认为，除了天主教之外，德里罗的创作还受到过佛教的影响。例如，罗伯特·科恩（Robert E. Kohn）在《唐·德里罗小说中的藏传佛教：街道、文字和灵魂》（"Tibetan Buddhism in Don DeLillo's Novels: the Street, the Word and the Soul"）中认为德里罗对灵性的关注并不是始于而是终于天主教。科恩赞成杜威对德里罗创作三阶段的划分，但是他并不同意的是：德里罗将其天主教思想转化为他对东方宗教的迷恋。相反，他认为德里罗在创作的前两个阶段从东方传统尤其是藏传佛教中发展出其灵性意识，然后在第三阶段中再将其传输回天主教思想中。[②] 中国学者袁杰在论文《"写作即开悟"：唐·德里罗的佛教与后世俗写作》中，将德里罗的小说置于后世俗叙事语境之中，认为德里罗的创作既受到了藏传佛教，也受到了禅宗佛教的影响。[③]

除了关注宗教灵性和神秘主义对德里罗创作思想和语言风格的影响之外，越来越多的研究者还注意到灵性与德里罗对当代世俗社会的批判之间的紧密联系。例如，保罗·莫尔特比（Paul Maltby）在《德里罗的浪漫主义形而上学》（"The Romantic Metaphysics of Don DeLillo"）中认为，给德里罗贴上后现代主义作家标签的做法忽视了他作品中与后现代格格不入的形而上因素，德里罗对"原始语言""孩童心灵"和"崇高

---

① Liliana M. Naydan, "Apocalyptic Cycles in Don DeLillo's *Underworld*," *LIT: Literature Interpretation Theory*, Vol. 23, 2012, p.95.

② Robert E. Kohn, "Tibetan Buddhism in Don DeLillo's Novels: The Street, The Word and The Soul," *College Literature*, Vol. 38, 2011, pp. 156-157.

③ Yuan Jie, "'Writing as Enlightenment': Don DeLillo's Buddhism and Postsecular Writing," *Neohelicon*, Vol. 48, 2021, p.368.

性"的运用使他具有浪漫主义作家的特点 ①。德里罗的灵性和神秘主义书写与大众媒介和消费主义营造的超现实社会形成了对抗。马克·奥斯廷（Mark Osteen）在《美国魔法与恐惧：唐·德里罗与文化对话》（*American Magic and Dread: Don DeLillo's Dialogue With Culture*）中对德里罗作品中的宗教信仰和神秘主义进行了考察，将其视作一股抵抗当代社会阴暗面的力量。他认为："在德里罗的作品中，主体意识被电影和消费图像轰炸，秘密、暴力与名声被盲目崇拜，历史、英雄主义和高雅文化的宏大叙事被瓦解，共同导致了一种瘫痪性的恐惧局面。" ② 针对当代美国社会的这种局面，奥斯廷认为德里罗小说中的人物，"希望通过寻求一些魔法形式——类宗教的仪式、伪神般的权威力量、奇迹般的变形——来帮助他们找到神圣和集体感" ③。杰西·卡瓦德罗（Jesse Kavadlo）在《唐·德里罗：信仰边缘的平衡》（*Don DeLillo: Balance at the Edge of Belief*）中声称，"将德里罗的小说看成时尚、先知及后现代代表的流行观点是目光短浅的" ④。卡瓦德罗认为要分析德里罗的小说，"必须扎道德和精神信仰维度考虑进去"，原因是："丧失与救赎的可能性是德里罗作品的重要主题"，德里罗的小说"展示了一个缺乏精神信仰，但对精神信仰又充满渴望的世界"，以及"德里罗小说本身的物质性表明，他相信讲故事的力量可以成为当代人生活整体缺乏道德这一现象的治愈剂"。⑤ 在论文集《故

---

① Paul Maltby, "The Romantic Metaphysics of Don DeLillo," *Contemporary Literature*, Vol. 37, 1996, p.275.

② Mark Osteen, *American Magic and Dread: Don DeLillo's Dialogue With Culture*, Philadelphia: University of Pennsylvania Press, 2000, p.1.

③ Ibid.

④ Jesse Kavadlo, *Don DeLillo: Balance at the Edge of Belief*, Frankfurt: Peter Lang, 2004, p.4.

⑤ Ibid, pp.5-10.

事的天赋：后现代世界中的叙事希望》(*The Gift of Story: Narrating Hope in a Postmodern World*)中，埃米莉·格里辛格（Emily Griesinger）认为，即使在宏大叙事被解构和被否定的后现代社会中，"叙事，尤其是上帝意图拯救堕落生命的宏大故事，有着维系和制造希望的潜力"①。马克·伊顿（Mark Eaton）则具体分析了德里罗小说中的这一主题。伊顿认为，德里罗在小说中描绘了一幅"信仰选择空前之多"的美国社会新景象。② 兰迪·莱斯特认为，德里罗作品的后现代主义与浪漫主义双重特征"部分源自作品人物与其技术环境互动的存在意义渗透中"③。德里罗小说中的技术是"充满神秘性和魔力的场所"，他小说中的人物"通过他们盲目崇拜的技术形式表达自己的超越渴望"④。萨拉·杰伊·哈特（Sara Jaye Hart）认为德里罗是一位深刻的天主教小说家。虽然德里罗在作品中没有与天主教教义保持一致，他的小说仍传达了天主教主题，推崇了一种与集体相关联的意识和对待世俗物质的神圣方法⑤。德里罗的小说，暗示一种面向集体的充满神圣感的现代生活方式可以对抗由孤立的消费主义生活方式造成的团体和环境暴力⑥。马克·C.泰勒（Mark C. Taylor）在《与现实重新连线：对话威廉·C.加迪斯、理查德·鲍尔斯、马克·丹尼利斯基

①　Emily Griesinger, "Narrating Hope in a Postmodern World," in *The Gift of Story Narrating Hope in a Postmodern World*, Emily Griesinger and Mark Eaton (eds.), Waco: Baylor University Press, 2006, p.2.

②　Mark Eaton, "Inventing Hope: The Question of Belief in Don DeLillo's Novels," in *The Gift of Story Narrating Hope in a Postmodern World*, Emily Griesinger and Mark Eaton (eds.), Waco: Baylor University Press, 2006, p.32.

③　Randy Laist, *Technology and Postmodern Subjectivity in Don DeLillo's Novels*. Frankfurt: Peter Lang, 2010, p.3.

④　Ibid, pp.3-4.

⑤　Sara J. Hart, "Sacramental Materialism: Don DeLillo, Catholicism and Community," PhD diss., Boston University, 2011, p.v.

⑥　Ibid, p.vi.

与唐·德里罗》（*Rewiring the Real: In Conversation with William Gaddis, Richard Powers, Mark Danielewski, and Don DeLillo*）中运用跨学科的视野对四位当代美国小说家作品中宗教、文学与哲学的复杂关系进行了探讨。泰勒认为这四位作家承认现代社会的技术进步"既改变了文化生产的状况，又提出了史无前例的艺术挑战"，当代社会的技术革新"既驱使一些人拒绝接受传统宗教形式，又驱使其他一些人向原教旨信仰回归……技术革新表达了曾被视为宗教特色的欲望与抱负……在信仰和无信仰的残余黄昏中，用来救赎生活和革新世界的技术却经常变得极具破坏性"。[①]在具体谈及德里罗的作品《地下世界》时，泰勒认为"德里罗一直对技术充满怀疑，但又认识到历史不能倒带"，德里罗清楚地认识到，资本主义的"故障与危险"，以及随之而来的"全球的不稳定性"，在德里罗的小说中充满了一种"世界末日的口吻"[②]。

由此可见，这些研究者对德里罗小说中的宗教、神秘主义因素与当代美国世俗社会的联系进行了深入挖掘，将这些形而上的因素视为德里罗对病入膏肓的美国后现代世俗社会开出的一剂良药，而德里罗小说中的人物对信仰和灵性的渴望与追寻，证明人性的光辉尚未被物质主义、技术至上、娱乐至死的世俗社会蚕食殆尽。正是在此意义上，德里罗甚至被评论家视为和詹姆斯·法尔·鲍尔斯（J. F. Powers）、托马斯·品钦和弗兰纳里·奥康纳（Flannery O'Connor）一样的当代天主教作家[③]，他

---

① Mark C. Taylor, *Rewiring the Real: In Conversation with William Gaddis, Richard Powers, Mark Danielewski, and Don DeLillo (Religion, Culture, and Public Life)*, New York: Columbia University Press, 2013, p.6.

② Ibid, p.9.

③ Nick Ripatrazone, "On Don DeLillo's Deep Italian-American Roots: On the Rich Artful Paranoia of the Son of a Jesuit," https://lithub.com/on-don-delillos-deep-italian-american-roots/. May 3, 2016。

们都试图通过上帝的神圣性和传统宗教信仰的秩序感来对抗后工业社会中人们空虚和混沌的精神伦理状态。

然而，本书认为，将德里罗视为天主教作家，似乎过于夸大了传统宗教对德里罗本人及其创作的影响。正如德佩特罗所说，德里罗与传统意义上的天主教作家存在很大不同：

天主教作家的小说风格不一，这些作家们的美学理念也不一致。有些天主教作家将神职人员封闭的世界揭示于众，另外一些则将一个特殊的道德或灵性困境戏剧化。然而，他们中的大多数生活在一个成长中的天主教文化世界中。德里罗不属于其中的任何一类，他的 15 部小说与詹姆斯·法尔·鲍尔斯和弗兰纳里·奥康纳的小说几乎没有共通之处。①

这种不同主要源于德里罗世俗化的宗教观。虽然德里罗出生于拥有天主教背景的意大利移民家庭，但是他对天主教的忠诚度并不如其他天主教作家那么高。德里罗自称在耶稣会高中"睡了四年觉"，在耶稣会大学也"没学到什么东西"。② 再者，成年后的德里罗没有选择皈依天主教，而是选择不归属于任何宗教团体。虽然德里罗承认早期的天主教成长和教育背景对他的创作有着不可忽视的影响，但是他也在某次访谈中公开宣称他作品的"主要元素"并不是传统意义上的宗教：

拉丁弥撒有种奇特的魅力——充满神秘和传统感。宗教一直不是我作品中的主要元素。最近这些年来，我认为真正的美国宗教已经变成"美

---

① Thomas DePietro, "Everyday Mysteries," *America*, April 30, 2012, p.28.

② Thomas DePietro, *Conversations with Don DeLillo*, Jackson: University Press of Mississippi, 2005, p.79.

国人民"。这个术语很快制造出一个神圣不可侵犯的光环。起初，它主要被政治家们用于提名大会和就职演讲中，成为新闻广播和其他无党派场合中的主要用词。所有曾经以上帝的名义获得的敬畏感被转移到类似你我这样的实体中，但是我们仍然存在吗？"美国人民"这个词组是否仍翱翔于电波之中？抑或美国人民已经死亡并被埋葬？现在比以往似乎更甚，只剩教派、运动、宗派、分裂的团体，以及极度悲愤的个人声音。媒体吸收了一切。[1]

不难看出，德里罗对待宗教并不像其他传统天主教作家那样虔诚。在他看来，上帝和宗教的神圣性与权威性受到了当代世俗社会的挑战，原本在公共领域支配人们精神生活的传统的制度性宗教，现在只存在于个人领域或以宗派和小型团体中，并继续发挥着影响力。德里罗的这种宗教观契合了世俗理性与宗教信仰将持续并存的"后世俗"[2]（Postsecular）理论观点。

事实上，许多研究者对德里罗是传统天主教作家的观点表示质疑，并论证了德里罗创作中的灵性与传统宗教之间的区别。例如，丹尼尔·博

---

① "An Interview with Don DeLillo," Pen America, https://pen.org/an-interview-with-don-delillo/.

② 据詹姆斯·贝克福德（James Beckford）考证，最早使用"后世俗"概念的是美国社会学家安德鲁·格里利（Andrew Greely）。在一篇题为《世俗性之后：新礼俗社会：后基督教附言》（"After Secularity: The Neo-Gemeinschaft Society: A Post-Christian Postscript"，1966）的文章中，格里利使用"后世俗"这一术语来指称教会内部出现的一种新型类似礼俗社会的社群。20世纪90年代末，学界对"后世俗"的讨论开始急剧升温，但是对于该概念的具体含义却众说纷纭。进入21世纪，"后世俗"的使用变得越来越频繁和广泛，意义也变得更加多样和复杂。贝克福德将这些用法大体归为六类。参见James A. Beckford, "SSSR Presidential Address Public Religions and the Postsecular: Critical Reflections," *Journal for the Scientific Study of Religion*, Vol. 51, 2012, pp.1–19。

恩（Daniel Born）在《德里罗小说中的神圣噪音》（"Sacred Noise in Don DeLillo's Fiction"）中认为德里罗小说的神圣因素，既不同于传统宗教意义上"迷失的信仰"，也不同于浪漫主义所追求的"模糊的超越性"，而是一种团体交流、暴力牺牲与语言表达的汇集之物，主要集中于被主流文化视为邪教的行为表现之中 ①。约翰·麦克鲁尔首次明确地将德里罗与托马斯·品钦、托尼·莫里森（Tony Morrison）、纳瓦雷·斯科特·莫马迪（Navarre Scott Momaday）、莱斯利·马蒙·西尔科（Leslie Marmon Silko）、路易斯·厄德里克（Louise Erdrich）以及迈克尔·翁达杰（Michael Ondaatje）等作家一同定义为后世俗小说家。1995 年，麦克鲁尔在一篇名为《后现代 / 后世俗：当代小说与灵性》（"Postmodern/Post-Secular: Contemporary Fiction and Spirituality"）的文章中已经讨论过后世俗与后现代文学之间的关系。麦克鲁尔认为詹姆逊（Fredric Jameson）、利奥塔（Jean-François Lyotard）等人视后现代文化为"彻彻底底且令人满意地世俗化"的观点，忽视了美国文化中各种"灵性的、神秘的或超自然的话语"的显性力量 ②。当代美国人对灵性的关注呈现增长和繁荣趋势，但是仍处于一种不确定的混乱状态中。麦克鲁尔认为，当代美国小说家如托马斯·品钦和唐·德里罗等，对这种状态进行了准确捕捉和呈现：

唐·德里罗的作品反复地塑造了受无处安放的灵性冲动驱使和新宗教运动蛊惑的当代美国人形象。他的作品与其他后现代文学作品相比，在形式和本体论上少了几分嬉戏精神，却通过引导读者将注意力聚焦于

---

① Daniel Born, "Sacred Noise in Don DeLillo's Fiction," *Literature and Theology*, Vol. 13, 1999, p.213.

② John A. McClure, "Postmodern/Post-Secular: Contemporary Fiction and Spirituality," *Modern Fiction Studies*, Vol. 41, 1995, p.142.

那些仍然神秘甚至神奇的事件，和为各种宗教和灵性话语及顿悟风格腾挪空间的方式，坚持不懈地对有关"真实"的世俗观念进行质问。①

在《德里罗与神秘性》（"DeLillo and Mystery"）中，麦克鲁尔认为德里罗关注的神秘性除了流行小说和超自然小说意义上的神秘性之外，还包含了第三种宗教意义上永恒的神秘性。他声称，在德里罗的作品中，人类只有与这种永恒的神秘性妥协，接受世界的有限性和脆弱性，才能减少生活的焦虑感，增加行动的责任感，进而接触到围绕在这个世界左右的神秘的仁慈精神②。然而，德里罗转向天主教的神秘性并不是回归宗教本身。相反，他似乎致力于深化天主教的神秘话语，以让天主教教条、天主教世界和有神论本身消失，或者只是作为思索性想象力激发的产物存在。在此意义上，德里罗的想法与美国哲学家威廉·康诺利（William Connolly）在《身份／差异》（*Identity/Difference*, 1991）中提出的"后世俗"概念类似。"后世俗"既拒绝"至高无上神明"的宗教话语，也不接受"掌控一切的现代工程"的话语，它提倡培养一种"无神论式的对生命和世俗的敬意"③。在麦克鲁尔颇具影响力的著作《不完整的信仰：品钦和莫里森时代的后世俗小说》（*Partial Faiths: Postsecular Fiction in the Age of Pynchon and Morrison*）中，麦克鲁尔对后世俗文化进行了细致分析。"当代有一大批美国人生活在世俗与宗教的交界处"，这个后世俗群

---

① John A. McClure,"Postmodern/Post-Secular: Contemporary Fiction and Spiritual-ity," *Modern Fiction Studies*, Vol. 41, 1995, pp. 142-143.

② John A. McClure, "DeLillo and Mystery," *The Cambridge Companion to Don DeLillo*, John N. Duvall (ed.), Cambridge: Cambridge University Press, 2008, p.167.

③ Ibid, p.168.

体将带来"新的、复杂的、混合形式的思想和生活方式"①。麦克鲁尔援
引詹尼·瓦蒂莫（Gianni Vattimo）和理查德·罗蒂（Richard Rorty）的观
点，认为"后世俗社会中的宗教是以'弱化'宗教的形式回归的，它拒
绝绝对化的论断，制约体制化的宗教参与权力斗争，与教条化教会保持
距离"。②后世俗叙事是世俗和宗教的对话，"质疑传统一神教与世俗人文
主义的绝对权力观"③。麦克鲁尔认为许多当代美国小说都呈现出后世俗
特征。"这类小说讲述了具有世俗思想的人物转向宗教的故事；其本体论
上的标识是宗教瓦解了世俗对于真实的建构；其意识形态上的标识是一
种带有世俗进步价值观的明显'弱化'宗教形式的重新显现。"④麦克鲁尔
进一步认为，后世俗小说的稳定特征是：后世俗人物经历的不是从世俗
直接到宗教的转变，而是从困惑通向一种安全的宗教境遇，在信仰的复
杂性中寻找精神安慰。由后世俗人物组成的宗教社群与拥有大型教堂和
大规模信众的传统宗教相比显得规模小、脆弱且短暂。后世俗人物不相
信永久结构和固定场域，否定宗教的普遍性和绝对权威。然而，当代小
说的后世俗特征在形式上和主题上又有差异。例如，与品钦的小说相比，
德里罗小说中的后世俗特征不是那么强烈。在德里罗的小说中，宗教转
向是一个"小心翼翼的摸索过程"，其"本体论上的开放过程体现在极细
微之处———一种悄无声息的'真实'结构的松懈和短暂到几乎无法感知
的'自然法则'中断过程"⑤。在具体分析时，麦克鲁尔将德里罗小说中的
宗教形式分为三种——弥赛亚式的狂热宗教、禁欲式的秘密宗教以及世

①　John A. McClure, *Partial Faiths: Postsecular Fiction in the Age of Pynchon and Morrison*, Athens: University of Georgia Press, 2007, p.10.

②　Ibid, p.12.

③　Ibid, p.15.

④　Ibid, p.3.

⑤　Ibid.

俗化的神圣宗教。麦克鲁尔认为只有第三种体现了后世俗"弱化"宗教的特点。德里罗小说中的宗教和世俗人物都抛开对于超脱的欲念，在一种类宗教的启示中接受人的有限性和缺陷，由此缓解精神信仰危机带来的焦虑和恐惧感。

受麦克鲁尔启发和引导，许多学者对德里罗小说中的后世俗主义及技术灵性等问题进行了具体研究。例如，凯瑟琳·路德维格（Kathryn Ludwig）的文章《唐·德里罗的〈地下世界〉与当代小说中的后世俗》（"Don DeLillo's *Underworld* and the Postsecular in Contemporary Fiction"）对后世俗的理解与麦克鲁尔基本保持一致，即后世俗意味着"同时批判世俗的现实建构和教条式宗教"①。然而，她也注意到，在更广阔的意义上，后世俗还意味着对宗教概念本身的质疑。由此，路德维格认为，德里罗的《地下世界》等作品"通常都表达了一种反宗教的思想，作品中的人物追求宗教的可能性，却不公开肯定任何一个宗教思想体系"②。具体而言，《地下世界》中的人物尼克·谢伊（Nick Shay）与埃德加修女（Sister Edgar）的后世俗倾向体现在他们从自我包裹、与外界隔离的"缓冲"状态到接受生命的脆弱性、积极改善与他人关系的"漏洞"（porous）状态的"转变"中③。凯西·麦考密克（Casey J. McCormick）的文章《通往一种后世俗的"深刻信仰的团契精神"：唐·德里罗〈地下世界〉中埃德加修女的技术灵性追求》（"Toward a Postsecular 'Fellowship of Deep Belief': Sister Edgar's Techno-spiritual Quest in Don DeLillo's *Underworld*"）致力于从一种"新无神论"的角度重新考察宗教问题。这种"新无神论"

---

① Kathryn Ludwig, "Don DeLillo's *Underworld* and the Postsecular in Contemporary Fiction," *Religion & Literature*, Vol. 41, 2009, p.82.

② Ibid, p.84.

③ Ibid, p.85.

拥护技术革命作为灵性连接世界的手段。然而，抹杀神的存在并不否定主体在后现代生活中观察、审视以及寻找安慰的能力，由此便形成了后世俗社会。麦考密克认为这种"技术—文化连接主义"正是德里罗小说《地下世界》提倡的"灵性之路"，集中体现在小说人物埃德加修女的信仰危机、技术灵性探索，以及通过颠覆商品经济和拥护共同体而获得的终极超越之中，而德里罗接受后现代超现实，并利用它寻获一种新型后世俗灵性①。

　　综上所述，以麦克鲁尔为代表的学者致力于以新的维度解读德里罗作品中的灵性。他们拒绝将德里罗作品中的灵性因素等同于传统的教条化的宗教灵性，而是将其视为"吸引那些对世俗的成功策略不满的人"和"挑战市场或消费价值观"的后世俗"新型灵性"②。后世俗研究刷新了人们对德里罗作品中宗教、神秘主义与灵性因素与世俗社会互动关系的认识，为德里罗研究开辟了一片广阔的新天地。然而，后世俗本身是一个意义广袤、内涵丰富的概念，关于后世俗的讨论涉及神学、宗教哲学、社会学、政治学、文学、文化研究、女性主义、后殖民主义以及城市研究等众多学科领域。"后世俗的意义如此多变，且在一些情况下互不相容，以至于评定世界上一个特定的国家或地区是否已经步入后世俗时代变得没有多大意义。"③后世俗概念的宽泛性和复杂性也导致以后世俗为关

①　Casey J. McCormick, "Toward a Postsecular 'Fellowship of Deep Belief': Sister Edgar's Techno-spiritual Quest in Don DeLillo's *Underworld*," *Critique: Studies in Contemporary Fiction*, Vol. 54, 2013, p.97.

②　John A. McClure, "Postmodern/Post-Secular: Contemporary Fiction and Spirituality," *Modern Fiction Studies*, Vol. 41, 1995, p.142.

③　James A. Beckford, "SSSR Presidential Address Public Religions and the Postsecular: Critical Reflections," *Journal for the Scientific Study of Religion*, Vol. 51, 2012, pp.13.

键词的研究充满争议性。在贝克福德对后世俗的第三类定义^①中，他将后世俗视为"文化的再魅化"（reenchantment of culture）。这类后世俗"围绕着创造性和艺术性感受正从世俗主题转向探索着魔和魔法领域展开"^②。贝克福德特意提及麦克鲁尔，并视其为该类后世俗的代表。然而，他指出将后世俗视为文化的再魅化的做法存在争议。"人们对以魔法、奇迹、法术和超越征兆为特色的艺术形式不断增长的兴趣可能指涉后世俗主义，也可能指涉前世俗时代民间信仰、自然崇拜或者异教信仰的复苏"^③。换言之，由于在传统宗教灵性与世俗的无神论信仰之间还存在多种灵性形式，后世俗的"新型灵性"究竟指涉什么，需要具体问题具体分析。厘清宗教与灵性的关系、明确所探讨灵性的具体所指，成为后世俗研究者不可回避的议题。具体到麦克鲁尔的研究，他将德里罗作品中的人物置于当今世俗时代信仰与理性的正面冲突中进行分析，将他们通过非教条化的新型信仰或新型灵性寻找精神安慰的后世俗转变过程视为对抗世俗社会信仰危机的对策，这无疑颠覆了我们对德里罗作品中灵性的传统理解。然而，他将德里罗作品中的宗教形式分为三种——弥赛亚式狂热宗教、禁欲式的秘密宗教以及世俗化的神圣宗教，并且认为最后一种才属于后世俗宗教的范畴，因为他将后世俗的宗教限定为与教条化、权力化的传统宗教相区别的"弱化"宗教，但是这个限定仍然显得"漏洞百出"：

例如，在关于德里罗的章节中，他将一个无信仰人物转向沉思的行

---

① 詹姆斯·贝克福德（James Beckford）将"后世俗"的用法大体归为六类。其中第三类将后世俗视为文化的再魅化，这类后世俗主要集中在文学和艺术领域，其中心思想是"创造性和艺术性感受力正从世俗主题向探索魔法和灵性世界转变"。

② James A. Beckford, "SSSR Presidential Address Public Religions and the Post-secular: Critical Reflections," Journal for the Scientific Study of Religion, Vol. 51, 2012, p.6.

③ Ibid, p.13.

为视为"某种意义上的宗教皈依，因为该行为引起了承认神秘性和接受责任感两个结果"。若遵循这些标准，会不会连"反宗教"的罗斯（Phillip Roth）也可以受到后世俗的庇护呢？那些经常在主流信仰传统范围内写作的作家又如何呢？比方说玛丽莲·罗宾逊（Marilynne Robinson）或者沃克·珀西（Walker Percy）等作家，这些作家的作品总是充满麦克鲁尔讨论的多义性和开放性。麦克鲁尔建构的后世俗概念似乎过于宽泛，以至于它能接受除了最令人不悦的宗教或者反宗教的长篇大论之外的一切事物。①

由于麦克鲁尔对后世俗灵性的限定不够确切，他用"新型信仰"来解释德里罗作品中灵性的做法存在不足。麦克鲁尔本人似乎也意识到了这种不足，但是他只是简单地将这种复杂性归因于德里罗作品中"反语的可能性"：

德里罗赋予这些宗教变形仪式戏剧化效果，这些仪式产生出一种复杂的不完整救赎体验，一种由神秘的集体感和接受世俗世界脆弱性、有限性和破碎性的沉痛感组成的体验。但是，德里罗既打造出这些充满神秘性的后世俗表现形式，又质疑这些表现形式的局限性，暗示这些形式可能最后只是另一种自我神秘化的模式。每一个情景都包含了反语的可能性……这些场景的策略性布置将我们拉向更深的未知之中。②

---

① Andrew Hoogheem, "Partial Faiths: Postsecular Fiction in the Age of Pynchon and Morrison (review)," *Philip Roth Studies*, Vol. 7, 2011, pp.110-111.

② John A. McClure, "DeLillo and Mystery," *The Cambridge Companion to Don DeLillo*, John N. Duvall (ed.), Cambridge: Cambridge University Press, 2008, p.176.

换言之，德里罗本人对待灵性的立场是什么？他对宗教与灵性的文学加工，在多大程度上与他本人的灵性观保持一致？德里罗作品的灵性主题承载着何种现实意义？这些无疑是德里罗作品的宗教与灵性主题研究不可回避的问题。除此之外，麦克鲁尔的研究只关注了德里罗少数几部小说，未能体现出德里罗创作与后世俗灵性之间的系统联系。正如有论者所说："麦克鲁尔只是将德里罗当成范例而已，并没有仔细或充分审视其作品。"①

有鉴于此，本书以德里罗早中晚期的九部小说为研究对象，在进一步厘清灵性概念的基础上，试图对德里罗小说中的灵性及其伦理内涵进行更为客观准确地解读。本书认为德里罗小说中的人物所体验的并不是以"弱化"宗教或"不完整信仰"为特征的后世俗灵性，而是一种与宗教并无关联的"世俗灵性"（secular spirituality）。本书探讨的"世俗灵性"概念既不同于依赖上帝或神的传统宗教灵性，也不同于风靡西方世界的各式现代灵性信仰，而是指无信仰者依靠世俗日常本身寻获神秘与崇高的精神体验，以期实现自我的内在超越（immanent transcendence）。借助此概念，本书旨在说明德里罗小说中的人物试图在世俗日常中实现自我的内在超越，从而摆脱消费主义和媒介拟像对个体自我的束缚与侵蚀，并积极改善个体与他者、个体与社会之间的伦理关系。

三、理论框架与关键词

在西方传统文化语境下，"世俗灵性"似乎是一个自相矛盾的词，因为"世俗的"（secular）与"灵性的"（spiritual）在实际使用中总是被对

---

① Jesse Kavadlo, *Don DeLillo: Balance at the Edge of Belief*, Frankfurt: Peter Lang, 2004, p.5.

立起来。因此，要澄清本书使用的"世俗灵性"的具体含义，就有必要从词源学角度对"世俗"和"灵性"的意义变迁进行考究。

汉语中表达非宗教含义的"世俗"一词对应的英语表达形式为"secular"。该词源于中世纪拉丁语 sēculāris，意为"属于一个时代的"。其古法语形式为"seculer"，现代法语为"séculier"，意为"活在尘世的，不属于任何宗教派别的"，也可指"属于国家的"。在英语使用中，大约从 19 世纪 50 年代开始，"secular"被用来指涉"人文主义以及将对神的信仰从伦理和道德问题中排除"[①]。可见，"世俗"几乎总是与"神圣"或"宗教"等词对立。近代以来，随着自然科学与技术的发展，西方世界经历了一个世俗化[②]（secularization）的过程。经典世俗化理论的支持者认为宗教信仰的势力和影响力持续衰退，逐渐从公共领域退居私人领域，理性和科技取而代之，成为现代世俗社会发展的基石。

然而，随着 20 世纪 70、80 年代以来宗教力量在世界范围内的复兴[③]，主张现代性必然导致宗教式微的世俗化理论开始受到质疑。尽管他们的论述各有不同，许多当代理论家都认识到将宗教与世俗对立起来的

---

① Secular, Online Etymology Dictionary, https://www.etymonline.com/word/secular#etymonline_v_23091.

② 马克斯·韦伯（Max Weber）认为世界的世俗化过程是一个"理性化""理智化"和"祛魅化"（disenchantment）的过程。具体而言，就是宗教中终极和崇高的价值观从公共生活中退出，人类不再把来世的生活看得比现世的生活更重要、更确定，不再像野蛮人一样需要向魔法力量求助，科学技术替代魔法力量成为人类新的依靠。参见马克斯·韦伯：《学术与政治：韦伯的两篇言说》，冯克利译，生活·读书·新知三联书店，1998。

③ 20 世纪下半叶，经济和社会的现代化在全球开展，同时也发生了一场全球性的宗教复兴。塞缪尔·亨廷顿（Samuel Huntington）援引吉利斯·凯伯尔（Gilles Kepel）称之为"上帝的报复"（la revanche de Dieu）的观点，认为它遍及世界上所有文明与国家。参见塞缪尔·亨廷顿：《文明的冲突与世界秩序的重建》，周琪等译，新华出版社，1998。

世俗化理论存在缺陷①。他们一致认为，宗教与世俗的关系并非简单的取代关系，宗教不但没有消亡，而且以新的形式仍在私人和公共领域中发挥着重要影响。信仰与世俗将持续并存。

在此背景下，"世俗"本身的含义也发生了变化。在加拿大哲学家查尔斯·泰勒（Charles Taylor）颇具影响力的著作《世俗时代》（*A Secular Age*）中，他认为在两种传统的"世俗性"（secularity）②之外还存在第三种世俗性——信仰上帝只是众多选项中的一个。当今时代并非一个宗教信仰持续衰退的单一时代，而是由宗教的、灵性的、反宗教的多元化选择组成的时代。人们可以通过多种方式追寻生活的"完满"（fullness）状

---

① 例如，彼特·伯格（Peter Berger）认为，自启蒙时代以来的世俗化理论在经验层面已经被证伪。首先，现代化在产生世俗化影响的同时也激发了"反世俗化"运动。其次，社会层面的世俗化与个人意识层面的世俗化并没有直接联系。最后，世俗化虽然使宗教的影响力受到减弱，但是宗教并没有消失，反而在全球范围内呈现出复兴的趋势。参见 Peter L. Berger, "The Desecularization of the World: A Global Overview," *The Desecularization of the World: Resurgent Religion and World Politics*. Washington D.C.: Ethics and Public Policy Center, 1999；何塞·卡萨诺瓦（José Casanova）认为，世俗化理论和世俗主义世界观既无批判性也无反思性，因为它们不仅未考虑到而且掩盖了该过程的特殊与偶然的历史性，并且缺乏对世俗或世俗经验多样性的分析、研究和阐释。参见 José Casanova, "The Secular, Secularizations, Secularisms," *Rethinking Secularism*, New York: Oxford UP, 2011；尤尔根·哈贝马斯认为，当今世界与宗教事务相关的变化与争端骤然增多，使得我们不得不对认为宗教已经退出公共领域的世俗化理论观点进行重新审视。三个现象的汇合表明世界范围内的"宗教复苏"景象：传教活动在全世界范围内的扩大化，宗教激进主义极端化，以及宗教中固有的暴力潜能的政治工具化。当今欧洲社会可以被称为"后世俗社会"，正是因为它仍需适应宗教团体在世俗化程度越来越高的环境下持续存在的情况。参见 Jürgen Habermas, "Notes on Post-Secular Society," *New Perspectives Quarterly*, Vol. 25, 2008。

② 泰勒将第一种称之为"世俗性1"。该理解基于公共领域之上，认为世俗社会的各种公共领域无须像前现代社会中那样必须以某种方式与上帝或其他终极实在观念有关。第二种，即"世俗性2"，指宗教信仰与实践的衰落，以及人们远离上帝和不再去教堂做礼拜。

态。与传统信仰者通过外在的神或上帝来达到完满不同，现代无信仰者或灵性信仰者可以依靠人的自然潜力从内部达到生活的完满状态。[①]

"灵性"[②]一词对应的英文表达形式为"spirituality"。据学者考证，英文"spirituality"的形容词"spiritual"来源于希腊词语"pneumatikos"，是使徒保罗（Apostle Paul）在《哥林多前书》及其信件中使用的一个新词，意思是"属灵的人"（spiritual person），与词语"psychikos anthropos"，即"不属灵的人或自然人"（natural person）相对。保罗使用该词时无意将灵性与物质、肉体与灵魂、善与恶对立起来，而仅仅用它代表"两种生活方式或态度"[③]。传到拉丁语中后，该词由保罗赋予的神学含义持续使用了数个世纪，并派生出形容词形式"spiritualis"（spiritual）和名词形式"spiritualitas"（spirituality）。12世纪，spirituality开始具有了与"物质性"（materiality）或"肉身性"（corporeality）相对的"灵性"意义。17世纪，灵性开始被用来描述"基督徒的内修生活"（the interior life of the Christian）。由于重视情感维度，灵性经常带有贬义的含义，与狂热甚至异教的灵修形式联系在一起。18世纪，该词开始被用来指涉与普通信仰生活相区别的"完美生活"（the life of perfection）。这种强调精英主义的意思成为该词在当代引起争议的理由。19世纪末和20世纪初，灵性作为"向往完美生活人士的内修生活"的意义被牢牢确立。[④]进入

---

① Charles Taylor, *A Secular Age*, Cambridge: The Belknap Press of Harvard University Press, 2007, pp.1-8.

② 国内许多学者将spirituality译为"灵性"或"精神性"，但大多未对其做出详细界定。本书中，笔者根据自己的理解将其译为"灵性"，旨在从spirituality错综复杂的定义中厘清世俗灵性（secular spirituality）概念的具体含义，进而明确本书所要探讨问题的范围。

③ Philip Sheldrake, *A Brief History of Spirituality*, Malden: Blackwell Pubishing, 2007, p.3.

④ Sandra M. Schneiders, "Spirituality in the Academy," *Theological Studies*, Vol. 50, 1989, pp.680-681.

20世纪尤其是下半叶以来，"灵性"的使用逐渐从宗教领域延伸到其他学科领域，成为心理学、精神病学、社会学、医学和老年病学等学科公认的研究术语。随着人们从不同学科领域对该术语的关注与讨论的激增，灵性的意义也得到迅速扩充并且变得错综复杂，导致学界难以对一个使用如此广泛的术语统一定义[①]。

尽管如此，学界关于灵性的使用和讨论仍经历了由"教条神学立场"（视灵性为"与圣灵交流和受神启支配的基督徒生活"）到"人类学立场"（视灵性为每个人都可体验的"人类生活的一项活动"）的转折[②]。灵性逐渐发展出"不只局限于个人内在，而是整合了人类体验的各个方面"[③]的现代意义。这种转折源自灵性与宗教关系[④]的转变。随着20世纪60年代西方世界反主流文化和新宗教等运动的兴起，现代灵性逐渐摆脱作为宗教附属物的身份，发展为一个与之对立的独立存在。与传统宗教的系统性、集体性与固定性等特点相比，现代灵性更多地被视为一段与个人成长和发展紧密相连的个性化历程。"灵性不仅认为灵性追求的路径是多样的，而且也认为人们的灵性体验、对于真理的认识以及与超越存在的联

---

① 在《宗教与灵性心理学手册（第二版）》（*Handbook of the Psychology of Religion and Spirituality, Second Edition*）中，道格·阿曼（Doug Oman）挑选了多名学者在不同时间节点（1965—2009）、从不同学科背景（包括神学、心理学、社会学、医学等）对"spirituality"做出的13个不同定义。参见金泽、梁恒豪：《宗教心理学》（第3辑），社会科学文献出版社，2017，第71—73页。

② Sandra M. Schneiders, "Spirituality in the Academy," *Theological Studies*, Vol. 50, 1989, p.682.

③ Philip Sheldrake, *A Brief History of Spirituality*, Malden: Blackwell Publishing, 2007, p.4.

④ 中国学者乌媛在论文《现代灵性和宗教的关系模式探讨》（2015）中将现代灵性与宗教的关系总结为五大类：一、宗教包含灵性；二、灵性包含宗教；三、"宗教的而非灵性的"和"灵性的而非宗教的"；四、宗教与灵性共生、互助；五、灵性是宗教的"改头换面"或"再改造"。

通，都是存在差异和变化的，因此人们需要的是去探寻灵性，而非单纯信仰。"① 越来越多的无信仰者拒绝传统的制度性宗教，选择成为 SBNR，即 "灵性的而非宗教的"（Spiritual But Not Religious）②。

　　基于以上 "世俗" 与 "灵性" 的具体含义，本书提出 "世俗灵性"（secular spirituality）③ 概念的一种操作性定义：无信仰者依靠个体对物质世界中的客观事物或活动的体验追寻生命终极意义的一种方式。换言之，世俗灵性不是通过神或超自然力量获得，其充分必要条件不是对宗教或来世的集体信仰，而是现世生活的个人体验。与传统宗教借助上帝或其他神明实现的外在超越不同，世俗灵性为现代人类提供的是一种心理安

---

　　①　乌媛：《现代灵性和宗教的关系模式探讨》，《宗教社会学》2015 年第 0 期，第 220 页。

　　②　乌媛认为选择 "灵性的而非宗教的" 的人群具体又可分为两种：一种是指人们在认同或不排斥制度宗教的基础上用灵性作为自己信仰的一种替代性表达；另一种是指反对主流的、组织化宗教而倾向于选择灵性作为表达方式的人。本书探讨的 "世俗灵性" 概念正是基于后者来建构的。

　　③　近年来，西方学术界不断涌现以 "secular spirituality" 为关键词的书籍和论文。然而，由于这些论者对 "secular" 和 "spirituality" 的理解各自不同，他们探讨的 "secular spirituality" 往往不是同一个概念，而是根据各自学科领域的语境来理解的。在此背景下，许多论者讨论的 "世俗灵性" 并未摆脱神学或宗教的范畴，其实质只是宗教的改头换面。例如，在《世俗灵性：19 世纪法国的转世与招魂术》（*Secular Spirituality: Reincarnation and Spiritism in Nineteenth-Century France*）中，作者借助 "世俗灵性" 探讨的是 19 世纪法国招魂术与科学、心理学以及天主教的相互影响，其实质并未脱离宗教神学的范畴。本书探讨的 "世俗灵性" 并非任何形而上宗教的世俗变体，而是指当代世俗个体在无神论语境下追寻的一种灵性形式。参见 Lynn L. Sharp, *Secular Spirituality: Reincarnation and Spiritism in Nineteenth-Century France*, Lanham: Lexington Books, 2006。

全和自我提升的"内在超越"（Immanent Transcendence）①，其核心是依靠自我意识的觉醒促进个体的自我、伦理与审美等感受向成熟状态趋近，从而达到个人生活体验的完满状态，体现了当代人类对自我成长与提升的关注。从伦理层面来看，传统的制度性宗教伦理提供的道德训诫和教育作用在当代社会的影响力逐渐减弱，即德国哲学家尤尔根·哈贝马斯所说的"道德命令再也无法从上帝的超验角度出发公开做出论证了"②。取而代之，越来越多的无信仰者，甚至是有信仰者，选择从世俗的日常中寻获具有超越性的灵性形式，从而找到新的道德和伦理标准。与传统宗教将神或上帝视为价值和伦理的源头不同，世俗灵性提倡的是基于人类自身和现世生活的内在超越，即"从世界内部对这个视角加以重建、把它纳入我们主体间共有的世界范围当中，而又不失去与整个世界保持距离的可能性以及全方位观察世界的普遍性"③。外在超越将神与人、灵与肉、来世与现世、主体与客体对立起来，强调神对人的优越性以及人对神的绝对服从，而内在超越则致力于消除神与人、主体与客体之间的二元对立关系，主张不借助任何外在手段，而是依靠自我的内在修行，实现自我的超越与提升，从而达到人与自然、与宇宙的真正和谐统一。正如学者所说："现代灵性所倡导的超越，不是高高在上、遥不可及的追求和膜拜，而是把对神圣的体悟、对世界的理解以及对自身觉醒的追求都

---

① 在当代学术语境下，"内在超越"通常是中国传统儒家思想的一个核心理念，主要指人依靠自身的德性修养，达到与天合一的精神境界，与西方基督教的依靠信仰上帝超脱现实世界的外在超越相对。本书借用该概念，并非暗示当代西方世界对中国传统儒家思想的接受，而是想表达当代许多西方人已经认识到传统宗教通过否定现世、期盼来世的外在超越无法使个体获得自我拯救，因而在肯定现世和体悟自我的内在超越中寻求个性解放和发展。

② [德]尤尔根·哈贝马斯：《包容他者》，曹卫东译，上海人民出版社，2002，第7页。

③ 同上。

放在当下，放在与日常生活息息相关的每个细节当中。"①

　　从本质上说，世俗灵性反映了当代西方文化对人性价值与人文精神的回归。近代工业革命以来，科技理性取代宗教信仰成为西方社会发展的基石，给西方世界及其公民带来了双重影响。一方面，西方资本主义各国在自由市场经济制度上迅速发展和繁荣起来，公民享受着科学技术和物质财富给他们带来的舒适生活体验。另一方面，富裕的物质生活并没有使他们在精神上获得同样的舒适体验，而是使他们陷入了史无前例的精神虚无困境。随着传统宗教的道德律令对现代人的影响和约束逐渐减弱，以及技术至上和消费主义对人性的异化，当代西方社会正遭遇孤独忧郁、滥用毒品、自杀和犯罪率上升等一系列社会问题。依靠科技理性实现人类精神文明繁荣这一幻想的破灭，促使越来越多的人开始反思现代性本身。20世纪50、60年代，在西方各国掀起了一场反主流文化运动（Counterculture Movement），各种传统文化观念受到现代西方人，尤其是年轻人的反叛。在此背景下，各种非理性主义和人本主义思潮应运而生，东方神秘主义及其他神秘主义风靡欧美大陆，并推动了一场波

---

① 乌媛:《现代灵性和宗教的关系模式探讨》,《宗教社会学》2015年第0期, 第222页。

及全球的"新时代运动"（New Age Movement）[①]，昭示着当代西方人对心灵探索与人性价值的回归。

　　作为当代人类追求个性化心灵成长的重要途径，世俗灵性代表着所有人类个体都蕴藏着的一种超越潜能。美国著名人本主义心理学家亚伯拉罕·马斯洛（Abraham H. Maslow）认为，人在"自我实现"之外还有一层更为高级的"自我超越"需求。[②]"没有超越，不能超越个人，我们就会成为病态的、狂暴的和虚无的，要不然就会成为失望的和冷漠的。我们需要某种'比我们更大的'东西作为我们敬畏和献身的对象，这是就一种新的、自然主义的、经验主义的、非宗教的观念说的，或许正如索罗和惠特曼，詹姆斯和杜威所说的那样。"[③]不难看出，这种更高层次

---

　　① 与"灵性"概念类似，不同的人对"新时代运动"有着不同的理解：一些人将其视为促进人类身体和心灵提升的手段，如流行于欧美的冥想、瑜伽、气功等灵修方式；一些人将其与神学、心理学、生命科学、精神医学等学科结合，并视其为对人类未来生命以及意识进化的形式进行科学探索的积极尝试；一些人将其视为对当代世俗社会过度依赖科技理性的修正，以及对因此而失落的人性的救赎；还有一些人则强调新时代运动带来的"新型灵性"和"新意识"对当代人类日常生活的影响和帮助，希望在自己的生活中注入一种新的思维和感知方式。需要指出的是，由于其明显的反科学、反理性和神秘主义的特点，"新时代运动"总是与通灵、算命、转世、占星术等具有浓厚迷信或宗教色彩的事物联系起来。本书探讨的"世俗灵性"更接近人们对"新时代运动"的后两种理解，是指当代人类依靠现实世界中客观存在的事物追求内在超越，以求达到自我身心平衡，从而实现个人与宇宙统一的境界。

　　② 1943 年，马斯洛在其论文《人类激励理论》（"A Theory of Human Motivation"）中提出了著名的人类需求五层次理论，即生理需求、安全需求、情感和归属需求、尊重需求以及自我实现需求。然而，随着马斯洛对其需求层次理论的不断完善，他逐渐意识到，最高层次即"自我实现"需求虽然为人类提供了人生动力，但这一终极目标容易导致不健康的个人主义甚至自我中心主义的倾向。因此，1969 年，马斯洛在去世前发表的一篇重要的文章《Z 理论》（"Theory Z"）中重新审视了自己的需求层次理论，并提出了第六层次的需求，即"自我超越"（self-transcendent）需求。

　　③ ［美］亚伯拉罕·马斯洛：《存在心理学探索》，李文湉译，云南人民出版社，1987．第 6 页。

的超越需求，并非来自传统宗教，而是来自"自然主义的"和"非宗教的"世俗灵性，其本质是一种内在超越的需求，即在世俗的日常生活中感受"比我们更大"的神圣崇高性。马斯洛认为超越者们"能进行统一地或神圣般地（即凡人中的神圣化）观察，或者他们能在实际的、日常的却是水平上观察事物的同时，也看到一切事物中神圣的一面"①。与马斯洛相同，当代学者科尔内尔·杜图瓦（Cornel W. Du Toit）认为，世俗灵性是一种"影响着每个人的、让所有体验都具有灵性维度的潜力"②。换言之，任何人都可以通过信仰之外的客观世界和事物获得世俗灵性。例如，人们可以从阅读小说或观看电影等活动中汲取灵性体验，因为它们"把人带入一个充满新的意义和宽广景象的思维开阔的世界"③。加拿大哲学家和心理学家乔恩·米尔斯（Jon Mills）认为，人类对宗教的崇拜源自他们心理和情感上对缺失的抗拒以及对安全的需求。虽然现代科学证明上帝并不存在，但是人类的心理需求仍促使他们"发明"出一个新的"上帝"，即一种与神明无关的世俗灵性。④世俗灵性代表着人对精神成长的态度，注重人的生活体验，需要"人在个性化即追求完满的过程中对之进行培育、实验和创新"⑤。具体而言，世俗灵性的追求者需要在现实生活中将其自我意识从物质领域的局限中解放出来，进而实现心灵的升华与内在超越。当代著名灵性导师艾克哈特·托尔（Eckhart Tolle）将这种

① ［美］亚伯拉罕·马斯洛：《人性能达的境界》，林方译，云南人民出版社，1987，第 275 页。

② Cornel W. Du Toit, "Secular Spirituality Versus Secular Dualism: Towards Postsecular Holism as a Model for a Natural Theology," *Hts Teologiese Studies-theological Studies*, Vol. 62, 2006, p.1253.

③ Ibid, p.1252.

④ Jon Mills, *Inventing God: Psychology of Belief and the Rise of Secular Spirituality*, New York: Routledge, 2017, p.171.

⑤ Ibid, p.166.

自我意识的转变称为"灵性觉醒"（spiritual awakening），认为它对于人类摆脱小我束缚、促进人类意识进化至关重要，同时对于当代人类重新建构正确的伦理观也具有重要意义。托尔认为当代人类面临的最大危机是人类集体心智的功能失调，人类引以为豪的科学理性不但没有缓解反而强化了这种功能失调造成的破坏力，恐惧、贪婪和权力欲望成为国家、种族、宗教和意识形态之间冲突不断的原因，也是造成各种人际关系冲突的主因。这种功能失调深植于每个人心智中的集体幻象。人类要化解这个危机就必须转变自我意识，摆脱小我心智对人类情绪的控制，通过灵性的觉醒带来的新思维和感知方式理解世界，进而调整和改善自我与他人、社会之间的关系。综上所述，人类生来便具有灵性觉醒和自我超越的潜能。对现代人类来说，灵性并非只有通过传统宗教活动才能获得，还可以借助许多世俗日常的活动来寻获。

作为一个有着传统天主教教育和成长背景，但在成年之后选择放弃天主教信仰的作家，德里罗将文学创作与灵性探索紧密关联起来。"一个天主教教徒的成长经历是很有趣的，因为宗教仪式中具有艺术元素，它能激发出艺术带给人的那种情感力量。我认为我对它的反应与我今天对戏剧的反应一样。"① 不难发现，德里罗对天主教的兴趣并非出于对天主教教义的虔诚。于他而言，神圣的宗教与世俗的艺术所产生的功效是相同的，它们都是人类获取灵性和崇高的超越体验的手段。正是在此意义上，德里罗可以被称为一名世俗灵性的拥护者。世俗灵性不是来自对上帝或《圣经》的膜拜，而是来自世俗活动，比如艺术活动。在一次访谈中，当采访者问德里罗是否是一位"灵性人士"时，德里罗回答："在一般意义上是。我认为写作比其他任何东西都使我更接近灵性感受，写作

---

① Thomas DePietro, *Conversations with Don DeLillo*, Jackson: University Press of Mississippi, 2005, p.10.

是终极开悟之路"①。在具体创作中，德里罗将他对当代美国世俗社会弊端的批判与美国人的伦理困境和精神求索关联起来。在杰·帕里尼（Jay Parini）主编的《牛津美国文学百科全书》中，约瑟夫·杜威将德里罗从《美国志》到《人体艺术家》的 12 部小说分为四种叙事类型：一、撤退叙事。在他早期的小说《美国志》《球门区》《琼斯大街》和《拉特纳之星》中，深陷伦理与精神困境的主人公们选择从世俗文化的束缚中撤退，以重获真实的自我，但他们均以失败告终。二、失败的参与叙事。在小说《玩家》和《走狗》中，主人公们发现撤退行不通，转而参与现实生活，但是由于他们对真实世界的不可预测性以及对死亡萦绕的无序生活缺少必要的敬畏之情，他们在情感上或者身体上都以死亡为结局。三、重获叙事。20 世纪 70 年代末的希腊与中东之行使德里罗领略到语言本身的力量。在小说《名字》和《白噪音》中，主人公们开始接受世界的神秘性和不确定性，以及人类的脆弱性，从而在对语言和死亡的类宗教顿悟中重获自我。四、赎回叙事。在小说《天秤星座》《地下世界》和《人体艺术家》中，德里罗转而关注作家如何通过写作将文字与历史经验从电子时代的图像文化的湮没中赎回。②杜威的分类证明了德里罗小说对当代美国人伦理和精神危机的持续关注，且凸显了其创作的连续性与系统性。如果用世俗灵性概念对此进行观照的话，我们不难发现，德里罗小说中的人物经历了一个自我沉沦、重获、超越的灵性觉醒过程。作为美国当代社会现实的复刻者与预言家，德里罗深刻揭示了个体在后现代消费文化和媒介拟象中逐步沦陷的过程。然而，与典型的后现代文

---

① Thomas DePietro, *Conversations with Don DeLillo*, Jackson: University Press of Mississippi, 2005, p.158.

② Joseph Dewey, "Don DeLillo," in *The Oxford Encyclopedia of American Literature*, Jay Parini (eds.), Shanghai: Shanghai Foreign Language Education Press, 2011, pp.352-358.

学作品中主体自我消解的悲观结局不同，德里罗虽然没有明确表明他的人物成功地实现自我救赎，但通过人物在世俗日常中对灵性觉醒与内在超越的体悟，暗示了后现代个体摆脱自我混沌与虚幻拟像的一条可能的出路。

本书选取当代西方学者亚伯拉罕·马斯洛、乔恩·米尔斯、科尔内尔·杜图瓦、艾克哈特·托尔、查尔斯·泰勒、尤尔根·哈贝马斯等人有关灵性和超越性的论述作为理论框架，通过对德里罗小说人物的伦理困境和世俗灵性渴望进行剖析，重点从个体与自我、个体与他者、个体与社会三个层面对其伦理内涵进行阐释，目的在于探析和揭示德里罗小说人物所代表的当代美国公民的精神与伦理发展趋势。

四、各章内容概述

本书第一章以《美国志》《名字》和《大都会》三部小说为研究对象，着重探讨德里罗的小说人物在自我意识危机层面对世俗灵性的渴望。在《美国志》中，受资本主义社会的异化和媒介拟像影响，主人公贝尔经历了一场深刻的自我意识危机，这导致他陷入道德与精神的虚无困境，促使他渴望通过一次灵性探寻之旅实现真实自我意识的觉醒。虽然德里罗没有直接表明贝尔最终实现了灵性觉醒，但仍暗示他在写作这项世俗活动中觉察到本我意识的内在空间。在《名字》中，德里罗从语言层面呈现了主人公埃克斯顿的自我意识在后现代语言危机中沦陷的过程。尽管埃克斯顿期待像邪教组织成员一样，通过神秘字母符号寻找稳定的意义结构，以逃离后现代语言樊笼，但是他清醒地认识到邪教组织封闭的语言观中蕴藏着自我毁灭的潜质。德里罗暗示埃克斯顿最终在日常生活的语言中顿悟到一种类宗教的灵性觉醒与内在超越，从而获得了自我意识的复苏和人生意义的重建。在《大都会》中，技术与金融资本的结合，使主人公帕克陷入了巨大的自我异化危机之中，遭遇利己主义和排斥他者的道德困境。帕克试图从技术与资本的结合中寻获一种世俗灵性体验，以实现自我救赎，却因对技术与资本规律缺乏必要了解，最终亲手造就了自己的悲剧结局。尽管如此，德里罗通过描写帕克对艺术崇高性的渴求，暗示个体在艺术灵性中汲取类宗教的超越体验，进而实现自我救赎与自我提升。

本书第二章以《玩家》《白噪音》和《坠落的人》等三部小说为研究对象，着重讨论德里罗小说中人物在他者伦理危机层面对世俗灵性与内在超越的向往。在《玩家》中，主人公莱尔对媒介拟像的认同，导致他灵性贫瘠和漠视他者。为了寻求刺激，莱尔走上了探秘恐怖组织和参与恐怖袭击计划的犯罪道路，逐步将自己推向了道德虚无的深渊。与莱尔的悲剧相对的是妻子帕米在伦理上的灵性觉醒。与莱尔一样，帕米害怕承担对他者的责任。她不顾道德禁忌，出轨并导致对方自杀。德里罗暗示，帕米在世俗日常中经历了一次类宗教的灵性觉醒：她认识到自己道德上的缺陷，并积极改善自我与他者之间的伦理关系。在《白噪音》中，电子媒介和消费文化未能为主人公格拉迪尼和家人提供他们期待的亲情温暖和家庭凝聚力，反而造成了家人之间孤立、漠视、疏远的现代家庭悲剧。这种家庭伦理悲剧在格拉迪尼夫妻对死亡的幽深恐惧中得到加剧。小说结尾，德里罗暗示格拉迪尼体验到一种类宗教的世俗灵性力量，让他对生命产生了虔诚与敬畏感，从而缓解了他对死亡的极度恐惧，并帮助他在向情敌明克复仇的过程中顿悟了自我对他者的道德责任。在《坠落的人》中，恐怖分子哈马德受到极端宗教组织的蛊惑，最终走向自我毁灭的伦理悲剧。作为"9·11"恐怖袭击的受害者之一，主人公基思遭受的心理创伤加剧了他的灵性危机和对他者责任的漠视，最终导致他在出轨和赌博中沉沦。与哈马德和基思漠视他者的伦理立场不同，德里罗暗示主人公丽昂在世俗灵性中获得内在超越体验，进而向他者趋近，并恢复自我对他者的责任感。

本书第三章以《球门区》《地下世界》和《绝对零度》等三部小说为研究对象，着重论述了德里罗小说人物在社会危机层面对世俗灵性与内在超越的期待。在《球门区》中，主人公哈克尼斯遭遇了病态的功利主义社会给当代世俗个体造成的存在虚无与社会疏离感。他尝试通过空旷的沙漠、激情的运动等在世俗与灵性之间找到一个交叉点，即通过客观事物寻找类宗教的世俗灵性与内在超越，最终仍因缺乏对灵性信仰的信心和积极入世的热情而失败。在《地下世界》中，德里罗通过埃德加修女与尼克的世俗灵性转变过程，预示当代世俗个体可以通过日常事物寻获世俗灵性与内在超越体验。同时，他也暗示，过度依赖技术与消费的世俗文化正呈现出一种抹杀人性价值的特征。与埃德加和尼克不同，克拉拉通过艺术创作把工业垃圾改造为具有灵性力量和超越属性的物品，表明当代人可以通过艺术创作摆脱对消费主义这种"新型宗教"的盲目依从，进而实现自我的内在超越与救赎。在《绝对零度》中，以洛克哈特夫妇为代表的人体冷冻技术支持者，试图利用先进技术抵抗死亡，这折射出当代"超人类主义者"想要通过"科技"控制和改变自然规律的愿望。然而，这种"技术至上"的价值观容易造成人性扭曲、社会异化。与此相对，德里罗暗示主人公杰弗雷在神秘语言中和日常生活中获得了一种类宗教的世俗灵性与内在超越体验，使他能够正视并接受生命与世界的脆弱性和有限性。

第一章　德里罗小说中的自我意识危机与世俗灵性

　　人的自我意识是指人对于自己的认识与理解。由于人类拥有作为自然动物和社会动物的双重身份，人的自我意识不可避免地包含着对人与自然、人与社会的认识和理解。在前现代时期，由于人只是作为超越性的上帝或神的附属创造物而存在的，人的自我意识是通过上帝或神的意识间接体现出来的。正如德国哲学家费尔巴哈（Ludwig A. Feuerbach）所说："宗教是人之最初的、并且间接的自我意识。"① 到了现代时期，随着人的自我意识与主体地位的不断上升，人不再是无条件服从上帝或神的被动者，而是可以通过理性认识和改造自然的行动主体，这一结果便是世界的祛魅化和世俗化。现代人不再转向上帝或神灵寻求生命的终极意义，而是依靠个体选择的世俗价值观立身处世。进入后现代景观社会，大众媒介通过超真实影像摧毁了主体自我的真实性，后现代社会变成了一个缺乏真实原型的拟像社会，当代人受到消费主义逻辑的控制，陷入自我意识混沌与道德虚无的困境。

　　作为美国后现代社会的复刻者与预言家，德里罗通过其小说创作深

---

　　① ［德］费尔巴哈：《基督教的本质》，荣震华译，商务印书馆，1984，第43页。

刻揭示了自我在消费文化和媒介拟像中沦陷的过程。正是基于此，德里罗总是被评论家和读者贴上后现代作家的标签。但他的作品也体现出区别于后现代文学的典型特征。与后现代文学作品中主体自我的消解不同，德里罗虽然没有明确表明其小说人物成功实现了自我救赎，却通过他们在世俗日常中对灵性觉醒与内在超越的体察与顿悟，暗示后现代个体摆脱自我混沌与虚幻拟像的一条可能出路。本章主要讨论德里罗小说中的主人公是如何在自我意识混沌、语言秩序混乱和技术至上的后现代社会向世俗灵性趋近的。

第一节 "做一些更为宗教性的事情"：《美国志》中的虚幻自我与灵性渴望

作为德里罗的首部长篇小说，《美国志》一直以来受到的关注并不多。从德里罗协会网（delillosociety.com）公布的最新数据[①]来看，在442 篇有关德里罗的期刊论文中，专门研究小说《美国志》的只有 6 篇，而我国更是只有两篇[②]。在这些研究中，许多学者从不同视角对主人公大卫·贝尔的自我救赎这个核心议题进行了阐释，并得出贝尔重新寻获自我的旅程注定以失败告终的一致结论。例如，约瑟夫·杜威将德里罗前四部小说归纳为"撤退叙事"，认为小说的主人公们"选择从他们的文化环境影响中逃离和撤退，并试图重获一个值得维护的自我，然而这

---

① 笔者撰稿时，该网站最近更新日期为 2018 年 8 月 5 日。
② 这两篇论文分别是：周敏的《德里罗的〈美国志〉解读》和沈非的《〈美国志〉中的形象与后现代那喀索斯》。

种尝试注定以失败告终"①。戴维·科沃特认为,《美国志》"是对'二战'
后二十五年来变得尤为显著的身份或异化主题的重新思考",而贝尔的
"自我甚至变得更加不稳定了"②。周敏从景观社会和影像符号对主体自我
意识的建构与结构这一角度出发,认为主人公贝尔"追求的以影像为认
同对象的自我,根本就是虚空的梦幻"③。与上述研究不同,笔者试图从学
界关注较少的灵性与超越视角,对小说主人公贝尔的自我意识探索过程
进行重新解读。贝尔的西部之旅折射出深陷后现代自我意识危机与道德
伦理困境的当代西方世俗个体对灵性与超越的渴望。然而,这种渴望不
是对传统制度性宗教的回归,而是当代西方无信仰者在传统宗教之外的
世俗灵性中实现内在超越与个人心灵成长。通过描述贝尔在写作这项日
常活动中对本我意识的灵性体验,德里罗暗示了后现代个体走出自我意
识危机的一条可能的出路。

一、第三人称自我意识与精神虚无

　　小说《美国志》主要讲述了,28 岁的纽约广播电视公司经理大卫·贝
尔,因感觉第一人称自我意识正被第三人称自我意识吞噬,而前往美国
西部寻找真实自我的故事。不难看出,贝尔的自我意识危机源于后工业
社会中人际关系的异化。

　　小说开始,德里罗对 20 世纪 60、70 年代美国职场的虚情假意与尔

---

① Joseph Dewey, *Beyond Grief and Nothing: A Reading of Don DeLillo*, Columbia: University of South Carolina Press, 2006, p.352.

② David Cowart, *Don DeLillo: The Physics of Language*, Athens: University of Georgia Press, 2002, p.131.

③ 周敏:《德里罗的〈美国志〉解读》,《中国社会科学院研究生院学报》2010 年第 6 期,第 118 页。

虞我诈进行了复刻和批判。贝尔携女伴去参加上司昆西组织的派对，却发现自己除了清点参加派对的人数和说些无关痛痒的话之外，根本无法真正融入派对人群之中。"这是一个我们不想与其他人交谈的派对。派对的全部意义就是大家整晚分开找个激动的人交谈，然后等派对结束时大家再碰个面，告诉彼此刚刚的交谈有多糟糕以及大家再次碰面有多开心。这就是西方文明的精髓所在。"① 这无疑是对当代美国社交场合人与人之间的虚情假意的讽刺。这种虚伪的人际关系让贝尔仿佛置身于虚幻的电影世界中，所有人都失去了人性特征，被物化成银幕上单调的影像。"'这就像是一部安东尼奥尼② 电影。'但是这些面孔却不如电影中的面孔有趣。"③ 然而，更加让贝尔感到痛苦的是，他为了获得同事的认同，不得不强迫自己迎合这种虚情假意。昆西在派对上讲了一个侮辱少数族裔的笑话，人群的反应却是"笑得上气不接下气，试图比别人笑得更大声以证明自己多受启发"④。原因在于，"如果你被这种笑话激怒，或者对其中某个诋毁你的种族或祖先的笑话感到不快的话，你就无法被主流接纳"⑤。除此之外，同事之间违心地邀请吃饭，言不由衷地交谈，相互隐瞒真相只为让对方出丑。这些描述折射出贝尔工作的广播电视公司"没有人情味"⑥，人在这种环境下工作与机器无甚差别。事实上，这也是贝尔对他的工作环境的真实感受：

① Don DeLillo, *Americana*, Boston: Houghton Mifflin, 1971, p.4.
② 米开朗基罗·安东尼奥尼（Michelangelo Antonioni, 1912—2007），意大利导演、编剧、剪辑。代表作包括《奇遇》《红色沙漠》等。1995 年，安东尼奥尼获得第 67 届奥斯卡终身成就奖。德里罗曾在访谈中承认自己的创作受到安东尼奥尼电影的影响。
③ Don DeLillo, *Americana*, Boston: Houghton Mifflin, 1971, p.4.
④ Ibid, p.6.
⑤ Ibid.
⑥ Ibid, p.21.

有很多次我觉得公司所有人只是存在于一盘录影带里。我们的言行似乎有种令人不安的消逝的特质。我们之前的所说所做被暂时冻结，在实验室小料盘中被当成录影带处理，等待合适的时间空当播放和重播。然后我有种感觉，某位仁兄用小指致命地推动了一个按钮，我们就永远被擦除了。其中，在盥洗室的时间可能是最难忍受的。我们十来个男人在盥洗室刷牙，就像电子信号一样，带着电视广告口齿不清和朦胧不清的疯狂在时空中穿梭。①

　　显然，这也是当代资本主义社会中人际关系被异化的缩影。正如卢卡奇（Georg Lukács）所说："人与人之间的关系获得物的性质，并从而获得一种'幽灵般的对象性'，这种对象性以其严格的、仿佛十全十美和合理的自律性掩盖着它的基本本质、即人与人之间关系的所有痕迹。"②

　　另一方面，贝尔的自我意识危机与数字化时代大众媒介对主体意识的拟像作用密切相关。小说中，贝尔对媒介影像的力量近乎痴迷。贝尔的父亲是一家广告代理公司的财会主管，经常在自家地下室放映各种广告录像带，并要求贝尔和姐姐充当观众。从此，影像的力量在贝尔幼小的心灵中刻下不可磨灭的印记。大学期间，贝尔选择电影作为自己的专业。课余时间拍摄电影的经历使他认识到"电影的力量似乎是无限的"③。工作之后，贝尔频繁使用电影演员柯克·道格拉斯和伯特·兰卡斯特饰演的角色与情节来指代现实中的人与场景，导致他无法区分自己是生活在现实中还是电影中。贝尔对影像力量的崇拜，反映出大众媒介对主体意识的拟像作用。法国哲学家让·波德里亚（Jean Baudrillard）认为，在当

---

①　Don DeLillo, *Americana*, Boston: Houghton Mifflin, 1971, pp.23-24.

②　[匈] 卢卡奇：《历史与阶级意识》，杜章智等译，商务印书馆，1992，第 144 页。

③　Don DeLillo, *Americana*, Boston: Houghton Mifflin, 1971, p.33.

代资本主义社会中，大众媒介如电影、电视、广告等对真实的复制已经脱离真实本身，变成一种"从中介到中介""为真实而真实"的"超真实"过程①。换言之，大众通过影像看到的并非现实世界本身，而是超越真实的拟像世界。贝尔在西部旅途中拍摄的电影中谈及广告媒介对后现代主体自我意识的仿真过程。"它使观众的意识由第一人称变成第三人称。在这个国家，有一个所有人都想成为的第三人。广告发现了这个人。广告借助他表达了消费者拥有的可能性。在美国，消费并不是一种购买行为，而是梦想行为。广告暗示着进入第三人称单数的梦想可能实现。"②正是这个脱离现实原型的仿真社会，对贝尔原有的自我中心与主体身份构成了毁灭性的打击。贝尔将自己的大脑意识比喻成"一间有着许多扇门的黑暗房间"：

多扇门同时开着的时候我的工作状态最佳。有时我会多开几扇门，让更多的光线进入，挑战真理。如果有人似乎察觉到我的言论或举动带有遥远的威胁，我就关闭所有的门，只留一扇开着，那是最安全的状态。但是通常我会让三到四扇门开着。我总是想起这个房间的画面。当我在会议上发言时，我能看见门在我脑海里开、关。很快我就达到能绝对精准控制光线涨退的程度。③

不难发现，贝尔一度能够依靠理性自主地控制和调节其意识，并从中获得巨大的成就感。然而，工作多年后，他发现自己逐渐失去了对自

① [法]让·波德里亚：《象征交换与死亡》，车槿山译，译林出版社，2009，第93—93页。

② Don DeLillo, *Americana*, Boston: Houghton Mifflin, 1971, p.270.

③ Ibid, pp.36-37.

我意识的掌控能力。"我无法再控制这些门。文字进进出出。我能极其清楚而完美地听见它们,但是我无法相信它们出自我的口中。"①对此,贝尔清醒地认识到,"我唯一的问题在于我整个人生就是在回声效应中上的一堂课,我以第三人称活在这个世界上,这点很难解释"②。不难发现,贝尔的"第一人称"意识被"第三人称"意识取代,其原因正是大众媒介对主体意识的拟像作用,即贝尔所说的"回声效应"。对整日与电影、广告打交道的贝尔而言,自我意识已经失去了一个可以锚定的中心,总是处于漂浮状态之中,人生缺乏一个固定的意义来源。正如杜威所说:"他已经丧失任何真实自我的概念了。"③

这种漂浮的"第三人称"自我意识引发了贝尔的道德与精神危机。贝尔一度依靠良好的自我调节,在工作和婚姻上都十分得意,直到"其他东西开始挤进来,一种绝望的轻声细语"④。激情退却后单调重复的婚姻生活使贝尔开始不停地在婚外情中寻找刺激,似乎只有在盲目追逐情欲的过程中才能依稀体验到他的"自我时刻",最终被妻子梅瑞迪斯发现而离婚。表面上,贝尔的道德危机来源于对生活新鲜感的渴求。实质上,贝尔的伦理困境来自更深层次"后义务论时代"的道德虚无主义。"在这个时代里,我们的行为已经从强制性的'无限责任''戒律'和'绝对义务'中解脱出来。"⑤与前现代时期通过上帝的神性和现代时期通过人的理性建立的普遍主义的道德标准相比,后现代社会的道德处在一种多元主

---

① Don DeLillo, *Americana*, Boston: Houghton Mifflin, 1971, p.97.

② Ibid, p.58.

③ Joseph Dewey, *Beyond Grief and Nothing: A Reading of Don DeLillo*, Columbia: University of South Carolina Press, 2006, p.18.

④ Don DeLillo, *Americana*, Boston: Houghton Mifflin, 1971, p.37.

⑤ [英]齐格蒙特·鲍曼:《后现代伦理学》,张成岗译,江苏人民出版社,2002,第3页。

义状态之中。"我们的时代是一个强烈地感受到了道德模糊性的时代，这个时代给我们提供了以前从未享受过的选择自由，同时也把我们抛入了一种以前从未如此令人烦恼的不确定状态。"① 诚如鲍曼所言，这种道德多元主义给后现代社会个体带来的影响是双重性的。一方面，价值观和生活观选择的多元化使得生活在后现代社会的个体更加自由和个性化。法国哲学家和社会学家吉尔·利波维茨基（Gilles Lipovetsky）这样评论道："这便是后现代社会，其特征就是整体倾向于缩减那种统治、专断的关系，而与此同时，在体育、心理技术、休闲时尚、旅游、人与人以及性关系等方面扩大了个人的选择范围，鼓励多样性，提供'自主规划'。"② 另一方面，由于缺乏普遍的道德规范与标准的约束，后现代社会个体又陷入道德虚无主义与相对主义的困境中。小说中，贝尔深陷后义务论时代的道德虚无之中无法自拔。他的行为全凭喜好而定，而且不愿承担任何责任或义务。他与梅瑞迪斯结婚的目的只是想利用婚姻的新鲜感改变自己混乱的私生活。"我只想休息，只想学习如何阅读我配偶的心灵与身体。只想摆脱女友温蒂·贾德，她对我的影子和形象以及我的汽车的动力与威胁充满渴望。我想将自己从关于速度、枪支、折磨、强奸、放荡以及构成美国性景象的消费包装的蒙太奇影像中解脱出来。"③ 而当他发现婚姻生活日渐平淡、枯燥无趣时，他便开始寻找婚外情，以满足自己对新鲜感和刺激感的追求。贝尔的第一段婚外情对象是自己公司的同事詹妮弗，但是他丝毫不在意是否被其他同事发现，因为他觉得"紧张和悬

---

① ［英］齐格蒙特·鲍曼：《后现代伦理学》，张成岗译，江苏人民出版社，2002，第 24 页。

② ［法］吉尔·利波维茨基：《空虚时代：论当代个人主义》，方仁杰、倪复生译，中国人民大学出版社，2007，第 3 页。

③ Don DeLillo, *Americana*, Boston: Houghton Mifflin, 1971, p.33.

念是保持一段成功婚外情的关键"①。一旦他确定詹妮弗爱上他之后，他又像一个浪荡公子一样设法抽身而去。"我与她见面的次数越来越少，而当我们见面时我就装深沉和玩逃避。"② 正如有的学者所说："他没有原则，没有可信的朋友，没有对任何人的忠诚。"③

贝尔在欲望的激情中游戏人生、拒绝承担任何道德责任与义务的立场，反映的正是后现代个体追求个人享乐主义的生活态度。这种生活态度体现在他们对自我的迷恋与满足上。"当前的时尚是为眼前而活——活着只是为了自己，而不是为了前辈或后代。"④ 小说中，贝尔对自己健美的外形和英俊的长相十分迷恋，经常照镜子观察自己的身体。"我与镜子之间的关系同我的许多同龄人与他们的分析师之间的关系几乎一样。当我开始怀疑自己是谁时，我就在自己脸上涂满泡沫开始刮脸。然后一切就变得明朗而美妙起来。我就是蓝眼睛大卫·贝尔。我的生活明显依赖于这一事实之上。"⑤ 这种自恋情结似乎也成为贝尔不顾伦理道德放纵情欲、表现"自我时刻"的理由。然而，这种放纵的生活观并没有使他感到更加幸福，反而给他带来了无尽的孤独与精神空虚。贝尔与前妻梅瑞迪斯离婚后仍住在一栋大楼中，有一天晚上两人旧情复燃，贝尔却趁前妻睡着后独自回到自己的公寓。

　　我想独自醒来。这是我的一个习惯，这么多年来许多女人开始鄙视

---

① Don DeLillo, *Americana*, Boston: Houghton Mifflin, 1971, p.38.

② Ibid, p.40.

③ Gary Adelman, *Sorrow's Rigging: The Novels of Cormac McCarthy, Don DeLillo, and Robert Stone*, Montreal & Kingston: McGill-Queens University Press, 2012, p.86.

④ [美] 克里斯托弗·拉什:《自恋主义文化：心理危机时代的美国生活》，陈红雯、吕明译，上海译文出版社，2013，第 3 页。

⑤ Don DeLillo, *Americana*, Boston: Houghton Mifflin, 1971, p.11.

的一个习惯。我的公寓欢迎我的回归，光线暗淡而安静，墙画和地毯的红酒味，壁炉和橡木镶板，黑色的真皮铺圈，复古且有着令人舒适的裂纹，壁炉架上沉闷的铜杯以及桌灯锃亮的麦芽色泽——这一切是这么的温暖和熟悉且不需要任何回复，这一切都提醒着我独居不需要对任何人做出承诺。我冲了个澡便上床睡觉了。[①]

与对他人做出承诺相比，独处让贝尔感到更加安稳。正如利波维茨基所说：

后现代社会疲于面向未来的跨越、乏味于单调的推陈出新，其赖以为继的中性化了的"改变"被视若无物，从这个意义上而言，后现代社会意味着社会与个人时代的退却，而预见和架构集体时代则显得越发必要。当代主要的坐标轴如革命、纪律、世俗化、前卫等，由于享乐主义个性化的需要而统统地被改变了用途；科学技术的乐观主义陨落了，随着不计其数的发明创造而来的是超强势集团、环境的恶化以及个体日渐的精神空虚；没有任何的政治意识形态能让群众激情重燃，后现代社会没有了偶像也没有了禁忌，它对于自身也不抱什么奢望，也不再有激动人心的宏伟蓝图，这便是支配着我们的空虚。一种既无悲剧也无末日的空虚。[②]

与孤独的自我形影相随的是后现代社会的精神空虚困境，这便是后现代社会人类生存现状的真实写照。小说中，作为广播电视制作经理，

① Don DeLillo, *Americana*, Boston: Houghton Mifflin, 1971, p.60.
② [法] 吉尔·利波维茨基：《空虚时代：论当代个人主义》，方仁杰、倪复生译，中国人民大学出版社，2007，第80—81页。

贝尔上班时几乎从不专注于自己的本职工作，而是无所事事地从事着一些无聊的活动。他要么向秘书打听其他同事的隐私，要么模仿篮球运动员向垃圾桶扔纸团，甚至无聊到在办公室里掏出生殖器把玩。正是在这种极度的空虚感中贝尔开始对自己的工作和生活现状感到不满，并陷入了一场严重的精神危机之中。贝尔的行为表明他正经历着利波维茨基意义上的"自恋障碍"。"自恋障碍表现出来的不再是'症状明显且显著的障碍'，而是'性格障碍'，其特征便是一种弥散的和咄咄逼人的不满，一种内在的空虚感和生活的荒谬感，无法感知事物与生命。"[①] 也正是这种"性格障碍"和精神空虚促使贝尔期望通过一次西部之旅来"做一些更为宗教性的事情"[②]。

二、现代世俗文明危机与"再魅化"趋势

贝尔对好友苏利文解释着他所说的"做一些更为宗教性的事情"的意思："在尖叫的深夜里探索美国。你知道，堪萨斯的阴和阳那种场景。"[③] 这句话反映出 20 世纪 60、70 年代神秘主义尤其是东方神秘宗教在美国文化中风靡的现象。这一时期，美国反主流文化运动持续高涨，美国国内政治、种族、宗教等领域的矛盾日益激化，传统文化价值观与新兴文化价值观的冲突此起彼伏。在此背景下，传统宗教对美国人尤其是年轻一代的吸引力逐渐下降，取而代之的是各种新兴宗教和神秘主义宗教，尤其是东方神秘宗教，在美国"垮掉的一代"（Beat Generation）中的传

---

① [法] 吉尔·利波维茨基：《空虚时代：论当代个人主义》，方仁杰、倪复生译，中国人民大学出版社，2007，第 80—81 页。

② Don DeLillo, *Americana*, Boston: Houghton Mifflin, 1971, p.10.

③ Ibid.

播与流行。文学方面，以杰克·凯鲁亚克（Jack Kerouac）、艾伦·金斯伯格（Allen Ginsberg）等美国作家为代表的"垮掉的一代"在其文学创作中显示出对印度教、佛教、道教、日本神道教等神秘东方宗教的浓厚兴趣。"迷惘的一代与垮掉的一代的主要区别在于后者对形而上问题——神秘主义与灵性的强烈兴趣。"① 作为同时代的美国作家，德里罗的首部小说《美国志》无疑受到了这些作家的影响。正如评论家查尔斯·钱普林（Charles Champlin）所说，贝尔的西部之旅是一次"后凯鲁亚克式的朝圣之旅"②。勒克莱尔也称贝尔的旅程"如此有意地追忆亨利·米勒、杰克·凯鲁亚克和威廉·巴勒斯的反主流文化旅程"③。究其原因，作为现代社会根基的世俗理性，大大促进了社会生产力的解放与物质文明的繁荣，但同时也将传统宗教的绝对伦理观与心理安定感从人们的精神生活中排除出去，导致现代人正遭遇史无前例的自我意识与精神危机。正如荣格（Carl Jung）所说："现代人已经失去其中古时代兄弟们所有的心理信心，现代人的信心都已为物质安全、幸福及高尚等理想所代替。可是这些理想要能实现，所需要的乐观成分当然更多。甚至物质的安全现在亦成为泡影了，因为现代人已开始发觉，在物质上的每一次'进步'阶段，总是为另一次惊人的浩劫带来更大的威胁。"④

　　小说中对世俗理性繁荣造成的"浩劫"以及"威胁"多有着墨。在与家人谈论原始人和现代人的差异时，贝尔的母亲安认为是否拥有"魔

---

① Gregory Stephenson, *The Daybreak Boys: Essays on the Literature of the Beat Generation*, Carbondate: Southern Illinois University Press, 2009, p.5.

② Qtd. in David Cowart, *Don DeLillo: The Physics of Language*, Athens: University of Georgia Press, 2002, p.134.

③ Tom LeClair, *In the Loop: Don DeLillo and the Systems Novel*, Urbana and Chicago: University of Illinois Press, 1987, p.34.

④ [瑞士]荣格：《现代灵魂的自我拯救》，黄奇铭译，工人出版社，1987，第305页。

力"是区分两者的主要标准。原始社会中,"一切事物都充满着魔力",原始人的生命价值与他们崇拜的事物相比显得"不重要"①。然而,"我们西方人过于重视人的生命,因为我们没有魔力"②。显然,安为现代人类丧失魔力叹惜。在安看来,导致西方人失去神秘"魔力"的原因正是现代世俗文明本身。"我们都生来自带魔力,有些人比其他人携带的要多,但是我们学习的一切知识将这种魔力埋藏起来。"③正如泰勒所说,随着近代自然科学的发展与启蒙运动的兴盛,人类社会从一个"信仰作为默认选项"的神权时代转变成为一个"无信仰占支配地位"的世俗时代④。不可否认,近代西方文明的理性"祛魅化"工程的确促进了个体自我意识的觉醒和现代世俗社会的繁荣,但是以往宗教神权代表的伦理权威的缺失和价值世界的多元化也产生了自我疏离、人性异化、道德虚无等负面作用。

在苏利文为贝尔讲述的故事中,印第安奥格拉苏苏部落圣人"黑刀"对现代世俗文明的负面影响进行了更为辛辣的讽刺。当被问及社会发生了哪些变化时,"黑刀"答道:

基本上没什么变化。只有物质和技术发生了改变。我们依然是一个禁欲者的国度,我们依然是效率专家和讨厌浪费的人。这些年以来,我们一直在重新设计我们的景观,去掉不需要的物体,如树木、山脉以及所有那些未能利用好每一寸空间的建筑物。禁欲主义者讨厌浪费。我们计划毁灭任何不能服务于效率事业的事物。⑤

---

① Don DeLillo, *Americana*, Boston: Houghton Mifflin, 1971, p.184.

② Ibid.

③ Ibid, p.185.

④ Charles Taylor, *A Secular Age*, Cambridge: The Belknap Press of Harvard University Press, 2007, pp.12-13.

⑤ Don DeLillo, *Americana*, Boston: Houghton Mifflin, 1971, p.118.

　　显然，"黑刀"将现代人称为"禁欲主义者"是一种反语的使用。一般而言，"禁欲主义"一词常用于宗教教义和道德哲学中，指人通过节制物质欲望和享乐以实现宗教修行或道德完善的目的。然而，"黑刀"口中的这群"禁欲主义者"却依然充满欲望，他们毁灭自然的目的是满足一己私欲。"黑刀"认为每一个现代人心中都隐藏着这样一个毁灭"一切美好的旧事物"并"代之以乏味的同一结构"的欲望①。正是物质技术的同一化属性导致当代人类迷失了自我，也正是世俗理性的工具化欲望使当代社会遭遇严重危机。

　　世俗理性的兴盛带来的另一个威胁是现代人死亡恐惧的加剧与终极意义的迷失。美国社会学家和文化人类学家厄内斯特·贝克尔（Ernest Becker）指出，人类行为的基本动机是通过某种象征性的"英雄体系"塑造一个"人生有意义的神话"来控制其对死亡的恐惧，以及拒绝死亡②。在人类历史上，宗教曾成功地扮演了这种"英雄体系"的角色。宗教"必须驱除自然的恐怖，也必须使人类顺从命运的残酷，特别是死亡所表现出的残酷"③。随着人类文明的发展与进步，科技及其代表的理性价值观取代传统宗教价值观成为人类新的"英雄体系"和寻获终极意义的

---

　　① Don DeLillo, *Americana*, Boston: Houghton Mifflin, 1971, p.184.

　　② Ernest Becker, *The Denial of Death*, New York: The Free Press, 1973, p.24. 贝克尔认为人类的存在悖论或困境在于人是一种具有半动物自我和半象征自我的生物。象征自我使其意识到自己"超于自然的至高权威与独一无二"，但动物自我又使其意识到自己迟早"要回到几英尺的地下，在黑暗中默默无声地腐烂和永远地消失"（Ibid, p.26）。人类的这种"煎熬困境"迫使其通过更多地关注象征自我来抑制死亡引起的焦虑感，具体策略是凭一种"英雄体系"创造能够"活过或胜过死亡与腐朽"而且有着"持久价值与意义"的事物，以此感受生命中超越死亡的永恒价值（Ibid, p.5）。

　　③ ［奥］弗洛伊德：《一种幻想的未来：文明及其不满》，严志军、张沫译，河北教育出版社，2003，第14页。

工具①。然而，科技理性在促进物质文明繁荣的同时，产生了生态浩劫、人性异化等负面作用，这不但没有缓解反而加剧了现代人的死亡恐惧与精神迷茫，导致许多人转向神秘主义与灵性信仰，以寻求精神支撑。当代世俗文明正呈现出一种"再魅化"趋势。

小说中，贝尔的母亲安对死亡充满了恐惧。安出生于一个牧师家庭，婚后经常在镇上的圣公会教堂做义工。然而，她并不是一位坚定的基督教信仰者。"尽管她真的很虔诚，但我觉得她对耶稣受难的说法感到不自在"，原因是"可能他流汗太多，不对她胃口"②。除此之外，安认为基督教高教会派与低教会派的划分是"愚蠢的"③。她向贝尔讲述经过自己改编的基督耶稣寓言，以哄骗贝尔帮助父母做家务。她不清楚什么是犹太基督教的伦理规范，她不知道如何承受缓慢而痛苦的死亡，为此她迫切希望从教会牧师波特那里得到答案与方法，并期待波特牧师能向她分享更多有关宗教与死亡的知识。由此可见，安对上帝和基督教的兴趣是功利主义的，目的在于从中寻找克服死亡恐惧的方法。"死亡恐惧乃是一种对于时间上具有不确定性同时又必将到来的死亡命运无能为力、惶恐不安的心理感受和情绪反应。死亡恐惧与自我意识相伴而生，成为人类无法根除的永恒的内在性焦虑。"④历史上,宗教通过其对永生的承诺曾在帮助人类控制、克服死亡恐惧方面发挥了巨大作用。随着近代自然科学的发

---

① 马克斯·韦伯认为世界的世俗化过程是一个"理性化""理智化"和"祛魅化"的过程。具体而言，就是宗教中终极和崇高的价值观从公共生活中退出，人类不再把来世的生活看得比现世的生活更重要、更确定，不再像野蛮人一样需要向魔法力量求助，科学技术替代魔法力量成为人类新的依靠。参见 [德] 马克斯·韦伯：《学术与政治：韦伯的两篇言说》，冯克利译，生活·读书·新知三联书店，1998，第 28—33 页。

② Don DeLillo, *Americana*, Boston: Houghton Mifflin, 1971, p.137.

③ Ibid, p.142.

④ 岳长红、马静松：《对死亡恐惧的形而上追问》，《医学与哲学》2014 年 4 月第 35 卷第 4A 期，第 11 页。

展，世俗理性逐渐替代宗教信仰成为人类行动的指导原则，作为理性代表的科技由此成为人类对抗死亡恐惧的新工具。然而，现代科技理性在帮助人类控制死亡恐惧方面并不如前现代的宗教行之有效，反而在一系列诸如暴力、战争与环境污染等负面影响中造成了现代人心理安全感的缺失。"科学甚至于已经把内心生活的避难所都摧毁了。昔日是个避风港的地方，如今已成为恐怖之乡了。"[①] 在此背景下，许多现代人重新转向宗教或其他灵性形式，以寻求心理安慰和控制死亡恐惧的方法。当安罹患宫颈癌，并且病情恶化时，她对上帝的信仰似乎更加坚定。她以此为由拒绝医生的手术治疗。"上帝已经被打败了，她说。任何使用手术刀和手术钳的人都无法改变上帝被打败的事实。上帝原本就在我的身体内部，而我把他赶出去了。他是我身体的光源，而我把它熄灭了。"[②] 可见，安将上帝存在其体内与否视为生命持续与否的标志，只有依靠对上帝的坚定信仰她才能克服萦绕在当代无信仰人类心头的死亡恐惧。

受妻子安的影响，同为无信仰者的克林顿也开始对自己的人生价值与意义进行反思。克林顿曾经信奉的是世俗社会的成功学伦理，即通过个人的努力获取最大的经济利益。"我热爱这个行业……狗吃狗式的自相残杀，为了赢得六百万美元的垃圾游戏。像我这种人还能从哪儿赚这么多钱？我拥有正确的品牌形象。"[③] 在马克斯·韦伯看来，虽然这种"尽可能多挣钱"的资本主义精神"表达了一种与某些宗教观念密切相关的情绪"，但是"充满着资本主义精神的人倾向于对教会采取一种漠不相关的态度，假使不是敌视的态度"[④]。信奉世俗资本主义精神的克林顿原本对宗

---

① ［瑞士］荣格：《现代灵魂的自我拯救》，黄奇铭译，工人出版社，1987，第306页。

② Don DeLillo, *Americana*, Boston: Houghton Mifflin, 1971, p.170.

③ Ibid, p.85.

④ ［德］马克斯·韦伯：《新教伦理与资本主义精神》，于晓等译，生活·读书·新知三联书店，1987，第37—59页。

教信仰不以为然，但是随着年龄的增长和人生阅历的累积，他开始对自己的世俗价值观进行反思，并在精神上产生了一种向宗教与神秘灵性靠近的倾向。"到我这个年纪你将意识到你所做的一切都是错误的。不管你是谁，你所做的一切都是错误的。也许我应该成为一名天主教徒。……我从不信仰宗教，但是宗教中有某种东西。"①可见，世俗理性作为新的"英雄体系"，在克服死亡恐惧以及追寻人生价值方面并未起到预期的功效，正因如此，不少现代人开始对世俗理性及其价值观提出质疑，并萌发出对传统宗教与神秘灵性的渴望。

同样，作为无信仰者的贝尔也对死亡充满了恐惧。"正如《白噪音》中的杰克·格拉迪尼一样，母亲、姐妹和父亲以不同方式了解到的死亡也是贝尔必须学会面对的。"②幼年的贝尔就对死亡充满好奇与忧惧，经常思考"人是如何死亡的"③之类的问题。成年以后，贝尔的死亡恐惧随着其自我意识危机的加重而愈演愈烈。认识到其"第一人称"主观意识正被"第三人称"客观意识蚕食，贝尔内心极度焦虑和恐惧。他对情妇詹妮弗一直有所保留，不愿透露过多关于自己的真实信息，原因是"我需要每一个自我碎片，我害怕自己消失"④。贝尔极力保护自我意识，其目的在于抵御主体死亡的恐惧。随着贝尔感觉自我意识变得越来越孱弱，他数次迫不及待地想"离开这里"⑤，而促使他下定决心的正是对母亲去世场景的回忆。"我感受到一阵突如其来的寒意，那片白色的寂静——母亲的临终病床、蜡烛与亚麻布、她巨大的眼睛、浅而不畅的呼吸。床单下

---

① Don DeLillo, *Americana*, Boston: Houghton Mifflin, 1971, p.86.

② David Cowart, *Don DeLillo: The Physics of Language*, Athens: University of Georgia Press, 2002, p.139.

③ Don DeLillo, *Americana*, Boston: Houghton Mifflin, 1971, p.185.

④ Ibid, p.41.

⑤ Ibid, p.97.

她的身体不过是灰烬和骨头屑而已，她的双手在干烧着……我必须离开这里，苏利。"①贝尔清楚地认识到如果他再不逃离这个"将自我简化为商品，用肉欲放纵取代灵魂"②的地方，等待他的将是自我消失殆尽和主体堕入死亡的结局。正是在这种巨大的死亡恐惧阴影之下，贝尔踏上了"做一些更为宗教性的事情"的西部之旅，期待通过灵性的探索、恢复和拯救其日渐消亡的自我意识。

三、日常中的世俗灵性与内在超越

然而，现代人对神秘主义与灵性的兴趣并不等同于向传统宗教的回归。"这种对宗教的新型兴趣并不像 50 年代宗教复兴那样对教会重燃的兴趣。"③自然科学与世俗理性的进步与发展使现代人认识到传统宗教神明与来世承诺的虚妄性。"宗教的种种仪式对现代人而言，已不再是发自内心的宗教——不再是其精神生活的表现；在他看来，那只能被归入外在世界中的东西。"④因此，以"垮掉的一代"的年轻人为代表的当代美国公民公开反抗传统宗教教条与价值观，他们渴望和追寻的是那些"能够和其心灵生活之内在经验相一致"⑤的神秘宗教与灵性形式。"年轻人在东方神秘行为、秘传异教、迷幻药剂中追逐宗教体验。或者他们踏上'耶

---

① Don DeLillo, *Americana*, Boston: Houghton Mifflin, 1971, p.97.

② Joseph Dewey, *Beyond Grief and Nothing: A Reading of Don DeLillo*, Columbia: University of South Carolina Press, 2006, p.18.

③ Hargrove Barbara, "Church Student Ministries and the New Consciousness," *The New Religious Consciousness*, Charles Y. Glock and Robert N. Bellah (eds.), Berkley: University of California Press, 1976, p.205.

④ [瑞士] 荣格：《现代灵魂的自我拯救》，黄奇铭译，工人出版社，1987，第 308 页。

⑤ 同上，第 310 页。

稣之旅'，与基督教会的死气沉沉或文化囚禁状态形成公开对抗。"① 他们
感兴趣的灵性与传统宗教是截然不同的两个概念。在此意义上，他们又
被称作"灵性的而非宗教的"。他们"拒绝将传统的有组织宗教视为唯
一甚至是最重要的促进自己灵性成长的方式"，而是"视灵性为一段与
追求个人成长和发展紧密相连的路程"②。可见，与传统信仰者将神明所
代表的灵性视为终极目标不同，现代无信仰者对灵性的追求并非以形而
上的神明为载体，而是通过其他途径实现其个性化与多样化的发展。他
们渴望的不是凌驾于人性之上的宗教灵性，而是一种基于人性本身的替
代灵性。乔恩·米尔斯认为人类对上帝的崇拜源于他们心理上和情感上
对缺失的抗拒以及对安全感的渴求。虽然现代科学技术证明上帝并不
存在，但是人类的这种心理需求仍促使他们"发明"出一个新的"上
帝"，即一种与神明无关的"世俗灵性"③。与传统宗教灵性不同，世俗
灵性注重人的生活体验，强调人对个性精神的追求，代表着人对完满的
渴望。

　　小说中，贝尔渴求的正是这种注重自我意识扩展与提升的世俗灵性，
而不是以绝对服从神明和牺牲自我意识为基础的传统宗教灵性。大学期
间，贝尔选修了一门禅宗佛教课程。然而，他对授课老师奥博士讲述的
"净化嘴中佛陀一词""动中有静""变成一棵竹子"④ 等禅宗教义并不感兴

---

① Hargrove Barbara, "Church Student Ministries and the New Consciousness," *The New Religious Consciousness*, Charles Y. Glock and Robert N. Bellah (eds.), Berkley: University of California Press, 1976, p.205.

② Qtd. in Robert C. Fuller, *Spiritual But Not Religious: Understanding Unchurched America*, New York: Oxford University Press, 2001, p.6.

③ Jon Mills, *Inventing God: Psychology of Belief and the Rise of Secular Spirituality*, New York: Routledge, 2017, p.171.

④ Don DeLillo, *Americana*, Boston: Houghton Mifflin, 1971, p.175.

趣。他选课的真正目的是借助奥博士的课程进入一种催眠状态。"我们希望获得这种睡眠，因为我们二十岁了，并且已经开始认识到不存在所谓的无坚不摧的事物。"① 可见，一方面，受工具理性束缚与物化的现代人渴望从神秘灵性中获得某种自我超越的体验。另一方面，理性的科学知识背景又使他们认识到宗教神明的虚妄性以及世俗人类的有限性。最后一堂禅宗课上，奥博士将贝尔和其他三名同学带至一棵棕榈树下，以传统方式向他们讲述佛教教义中"空"（emptiness）的含义，并教授他们如何通过禅修净化自我意识，从而达到佛法中祛除自我中心的无我之境。然而，事实上，贝尔的确感到自己"正离开宇宙"，但是"博士那些听上去隔着数个世纪之遥的词语每次都将我带回现实"。② 可见，由于未能像佛教徒一样虔诚地接受佛教教义，贝尔无法体验到东方佛法中的无我境界。正如杜威所说："这种非西方思维的深度和激情明显不是一种通达灵性的捷径。"③

不难发现，虽然贝尔对东方神秘宗教显示出浓厚兴趣，作为无信仰者的他并不认同依靠形而上的宗教崇拜超越其自我意识。贝尔的选择是在保存自我意识的前提下在现实世界中寻找一种替代宗教的世俗灵性，进而以世俗日常为媒介实现自我的内在超越。对贝尔来说，这个日常媒介的首选就是电影。作为世俗文化的重要组成部分，电影对当代人类产生了深远影响。贝尔从小痴迷于影像媒介的力量。他与两位姐姐经常在自家地下室观看父亲带来的各种广告录像带。影像强大的力量在童年贝尔幼小的心灵上留下了不可磨灭的印记，总是"期待看见他带回家的新

① Don DeLillo, *Americana*, Boston: Houghton Mifflin, 1971, p.175.

② Ibid, pp.176-177.

③ Joseph Dewey, *Beyond Grief and Nothing: A Reading of Don DeLillo*, Columbia: University of South Carolina Press, 2006, p.19.

录像带"①。大学期间，贝尔主修电影专业。课余时间拍摄电影的经历让他认识到影像是一种接近上帝的无限的力量。"它是一个概念，一种新宗教的图标。"② 正如特里·伊格尔顿（Terry Eagleton）所说："宗教在人类历史中承担了关键的意识形态责任，以至于一旦它开始陷入声名狼藉，这种功能还是不能简单地被放弃。然而，也必须被各种各样的世俗思想模式接管，而这无意中帮助神性以一种更为隐秘的方式活下去。"③ 对无信仰者贝尔而言，电影成为宗教在当代社会的世俗替代物，电影就是他的信仰。"电影和广告意象是大卫的神圣经文。然而，与上帝的神圣之言不一样的是，这些互文性的话语是一些大批生产的、匿名设计与消费的复制品。"④ 在去往西部的旅途中，贝尔选择在一个中西部小镇福特柯蒂斯停留，并招募演员拍摄一部以他自己为原型的自传电影。"电影推销的是超越性的梦想。"⑤ 借助电影的神圣力量，贝尔渴望实现"从世界本身内部，即在我们主体间共享世界的边界之内"的内在超越，而不是传统宗教提供的"超出世界之外"的外在超越⑥。换言之，贝尔渴望从世俗的日常生活中感受宗教式的神圣性。借助这种基于现世生活本身的内在超越体验，他希望重新锚定自我的中心，以克服自我意识消失与主体死亡的恐惧。"对大卫而言，电视和电影不仅是世俗世界内部的存在，也是具有魔法感受的神

---

① Don DeLillo, *Americana*, Boston: Houghton Mifflin, 1971, p.85.

② Ibid, p.33.

③ [英] 特里·伊格尔顿:《文化与上帝之死》，宋政超译，河南大学出版社，2016，第53—54页。

④ Mark Osteen, *American Magic and Dread: Don DeLillo's Dialogue With Culture*, Philadelphia: University of Pennsylvania Press, 2000, p.19.

⑤ Randy Laist, *Technology and Postmodern Subjectivity in Don DeLillo's Novels*. Frankfurt: Peter Lang, 2010, p.32.

⑥ [德] 尤尔根·哈贝马斯:《包容他者》，曹卫东译，上海人民出版社，2002，第7页。

奇矢量。"①

　　然而，正如宗教崇拜容易使人的精神受控制一样，技术崇拜也容易导致人的自我被异化。贝尔对电影及其代表的技术理性的宗教式崇拜促使其自我意识受到技术力量的反噬和蚕食，这似乎也注定他通过拍摄电影拯救自我的旅程将无功而返。小说结尾，贝尔独居在非洲海岸的一个小岛上，自我意识濒临崩溃，整日以观看自己拍摄的电影片段消磨时光。针对小说的这个结局，许多学者从不同角度进行了解读。例如，杜威认为贝尔"固执地认为自我可以通过经验找回的西方观念"是行不通的，他"决心拍摄自己生活的努力，最终变成撤退和隔绝，而不是参与的策略"。② 奥斯廷从消费主义角度出发，认为贝尔的电影不仅证明"现实经历无法再现"，而且"放大了他的缺陷"，"把自己重新打包成商品、广告与自我消费者一体"③。周敏认为："他一方面意识到了形象对他的生活的影响，一方面又深陷其中。"④ 在此情形下，贝尔通过电影重获自我意识的企图只不过是"一种幻觉"，因为"再现总是指回到其他的再现"⑤。诚然，这些学者都正确认识到技术崇拜对当代人类的异化作用。随着人类对科技的依赖不断升级，科技正俨然成为一位"新型上帝"，在高喊为全人类谋福祉的同时又凌驾于人类之上，用技术至上的命令对人的自我意识与人性价值进行蚕食与抹杀。不可否认，德里罗在小说中对科学技术和世

---

① Randy Laist, *Technology and Postmodern Subjectivity in Don DeLillo's Novels*. Frankfurt: Peter Lang, 2010, p.24.

② Joseph Dewey, *Beyond Grief and Nothing: A Reading of Don DeLillo*, Columbia: University of South Carolina Press, 2006, p.22.

③ Mark Osteen, *American Magic and Dread: Don DeLillo's Dialogue With Culture*, Philadelphia: University of Pennsylvania Press, 2000, p.28.

④ 周敏：《德里罗的〈美国志〉解读》，《中国社会科学院研究生院学报》2010 年第 6 期，第 114—115 页。

⑤ 同上，第 116 页。

俗理性的负面影响进行了批判。然而，这并不表明当代世俗社会中的个体就必然堕入后现代虚无的深渊。事实上，德里罗在这部小说的结尾还暗示了另外一种积极的可能性。

　　小说结尾，贝尔清楚地认识到拯救其自我意识的方法只能回到世俗世界中寻找，因为他"无处可去"①。他曾经梦想与"垮掉的一代"的美国青年一样在东方神秘宗教中寻找自我超越，却发现自己无法接受那些信仰。在与好友分别之后，贝尔独自搭便车来到美国西部深处的某印第安部落，寄希望在这里找到一种神秘的原始力量以拯救自己，却发现这里早已成为某些美国年轻人假借灵性探索之名行苟且之事的淫秽之地。贝尔失望至极，乘坐飞机返回了纽约，并最终自我流放到非洲海岸的一个小岛上。多数论者认为这代表贝尔向媒介拟像世界的彻底屈服和他的灵性探寻之旅的彻底失败。然而，换一个角度来看，我们也可将此解读为贝尔对在世俗日常中寻找灵性与超越的领悟，尽管他对这种领悟并不是十分自信。拍电影虽然未能解决贝尔的问题，但是他并未沉沦于大众媒介与消费社会造成的第三人称意识之中，而是依靠观看影片片段维系着其孱弱的自我意识，否则他根本无法以第一人称视角向读者述说其经历。贝尔清楚地认识到自己拍摄的电影使他陷入"沉寂与黑暗之中"，但是他仍然喜欢去"触碰它"，"看着它在投影仪上放映"，因为他"想成为一位艺术家"，他相信艺术家是"一个愿意与真理的复杂性打交道的人"②。可见，贝尔拍摄电影的心理动机是对艺术创作的渴望。事实上，帮助贝尔维系自我意识的还有另一项——作为世俗日常的文学创作活动。独居在小岛上的那段日子里，贝尔的自我意识处于崩溃的边缘，他感觉"自我

---

　　① 　Mark Osteen, *American Magic and Dread: Don DeLillo's Dialogue With Culture*, Philadelphia: University of Pennsylvania Press, 2000, p.29.

　　② 　Don DeLillo, *Americana*, Boston: Houghton Mifflin, 1971, p.347.

所剩无几"①。写作成为维系其精神状态的重要日常活动。"我已经达到一种境界，创造格言警句成为忠实伴侣或疯狂状态的极好替代品。"②尽管在贝尔看来，写作与拍电影一样无法令自己恢复清醒的自我意识，因为"这些页面上，以有序比例出现的文字几乎是从混沌中释放出来的"③，但是写作仍然带给他一种类宗教的神圣超越体验："我时常把手稿搬至另一个屋子，目的是让我进屋时感到惊讶。我那本躺在松木桌上的书，从来都是一件令人动容的物品。它孤独，而且完全静止，充满诗意，散发出保罗·塞尚式的永恒光线。一个简单的物体，就像我存放在小型空调贮藏室的电影胶卷一样，只不过书是盒子形状的"④。未能通过传统宗教获取灵性体验的贝尔在作为世俗日常的艺术创作中感受到一种神圣性，也正是这种对世俗灵性的渴望让贝尔在消费社会的图像文化前依然保存着自我意识，尽管这种自我意识十分孱弱。正如有的学者所说，虽然"未能寻找到实质的和稳定自我的幸福感与安慰感"，但是"他希望在他的主观精神体验中建立足够的信心，使他能够创造一种自我意识，尽管这是一种受伤或衰弱的自我意识"，"在追求目标时他至少取得了部分成功"。⑤

　　德里罗首部小说《美国志》中的主人公大卫·贝尔深受美国后现代社会中人际关系异化以及大众媒介拟像作用的影响，其第一人称主体意识正遭遇被第三人称意识蚕食和消解的危机，致使他陷入道德和精神虚无主义的困境。在此情形下，贝尔渴望通过一种宗教式的灵性和超越体验来帮助他摆脱困境。然而，由于贝尔坚定的无信仰者立场，他未能像

---

① Don DeLillo, *Americana*, Boston: Houghton Mifflin, 1971, p.345.

② Ibid.

③ Ibid.

④ Ibid, p.346.

⑤ Benjamin Bird, "Don DeLillo's *Americana*: From Third- to First-Person Consciousness," *Critique: Studies in Contemporary Fiction*, Vol. 47, 2006, p.199.

同时代的美国青年一样从东方神秘宗教中获得这种灵性体验。贝尔的选择是在世俗的日常事物中感受神圣性，进而寻获一种类宗教的世俗灵性与内在超越体验，以成功恢复自我意识。然而，贝尔似乎进入了一个恶性循环，他用来解决问题的手段也正是问题出现的根本原因——当代人对技术力量的过度依赖和崇拜致使他们的自我意识受到"科技上帝"的控制和蚕食，这也导致他未能通过拍摄电影成功恢复稳定的自我意识。德里罗不仅对科学技术与世俗理性的负面影响进行了批判，还暗示了受技术上帝控制的当代人摆脱自我意识危机和道德虚无困境的唯一出路——世俗灵性。世俗灵性不是对传统制度性宗教的回归，而是在世俗日常中感受神圣性，是当代西方无信仰者在有组织宗教之外实现内在超越与个人心灵成长的选择。

第二节 "我们的祭品是语言"：《名字》中的零散自我与灵性顿悟

　　与许多评论家对德里罗早期作品的反应一致，德里罗本人也承认自己20 世纪 70 年代创作的早期作品不成熟。"20 世纪 70 年代我创作的一些作品是即兴的，而不是有着强烈创作动机的。我觉着我逼着自己写了几本书。这些书不是那种乞求被创作出来的书，又或者我写作的速度太快了。"①1979 年，德里罗获得古根海姆奖（Guggenheim Fellowship），开始了为期三年的希腊、中东和印度旅居生活。正是在这期间，德里罗有幸接触到不同的语言与文化氛围，积累了许多创作素材。1982 年，德里罗出版了被他称为"标志着新奉献开始的书"——《名字》。在谈及这段异域旅居经历给他的新小说带来的变化时，德里罗说道：

　　　　我发现这段旅居生活教会我如何重新看和听。不管《名字》中的语言观是什么，我觉得最重要的是我在听人们说话和看他们做手势，以及在聆听希腊语、阿拉伯语、印地语和乌尔都语的过程中的感受。我正面对着新的风景、新的语言，这个简单的事实使我感到有责任把它写好。我在这里比在更熟悉的地方看得和听得更清楚。②

　　不难发现，新的语言感受是德里罗创作小说《名字》的重要动机之一。事实上，德里罗在整个作家生涯中一直坚持通过语言的实验来革新

①　Qtd. in David Cowart, *Don DeLillo: The Physics of Language*, Athens: University of Georgia Press, 2002, p.6.

②　Thomas DePietro, *Conversations with Don DeLillo*, Jackson: University Press of Mississippi, 2005, p.18.

自己的创作。例如，早期小说《球门区》《拉特纳之星》中足球和数学行业用语，以及中期和后期小说《白噪音》《绝对零度》中婴儿咿呀学语。不仅如此，语言还对德里罗的创作哲学与理念产生了至关重要的作用。1982 年，《名字》尚未出版，德里罗在希腊接受托马斯·勒克莱尔的专访时说道：

　　写作于我而言就是试图制造有趣、清晰和美丽的语言。鼓捣字句和韵律可能是我作为作家最满足的事情。我觉得不久后作家就可以开始通过他的语言了解自己。他可以通过语言的建构看到某人和某物给他的反馈。再过些年，作家可以通过他使用的语言来建构自我。我觉得书面语言和小说可以达到该深度。作家不仅能看见他自己，而且可以开始制造甚至重造自己。当然，这是一个神秘而主观的领域。①

　　很明显，这段话反映出语言在德里罗创作中有着至关重要的地位与作用。对德里罗而言，语言是能够帮助作家表达创作意愿与建构主体自我的工具。在代表其创作转折点的小说《名字》中，德里罗重点关注了语言与自我意识的紧密关联。本节旨在分析该小说中的无信仰人物詹姆斯·埃克斯顿和欧文·布拉德马斯如何在语言的神秘性中寻获世俗灵性体验，从而帮助他们恢复主体迷失的自我意识，缓解对生存于混乱无序的现实世界的恐惧感。

---

　　① Thomas DePietro, *Conversations with Don DeLillo*, Jackson: University Press of Mississippi, 2005, pp.6-7.

一、自指的语言与零散的自我意识

《名字》的主要情节是，主人公埃克斯顿与其好友欧文·布拉德马斯、弗兰克·沃德拉跨越欧亚大陆追踪一个通过匹配姓名首字母杀人的邪教组织。该邪教组织成员的杀人动机是受害者姓名的首字母与某地名首字母重合。他们棒杀的第一名受害者是一位年老体弱的流浪汉。他的姓名是米开利·卡利亚姆比索斯（Michaelis Kalliambetsos），而他被害的地点名是米克罗·卡米尼（Mikro Kamini），两者均以 M 和 K 为首字母。像古埃及人一样，他们将受害人姓名的首字母刻在凶器上然后行凶，因为他们相信消灭敌人的名字能彻底将其置于死地。显然，该邪教组织成员的疯狂与残忍行为是受某种极端信仰的驱使，缺乏正常人的基本理智与人性。然而，他们为什么要对字母如此执着？字母对他们来说到底意味着什么？主人公埃克斯顿及其好友弗兰克咨询一位导游后得知，通过匹配名字首字母杀人的邪教组织成员"皮肤白皙,有些人还眼睛发蓝"[①],说的是基督教用语阿拉姆语。由此可以推测，这些人很可能是具有基督教背景的欧洲人。然而，该组织杀人的动机与基督教并无关联，甚至与宗教没什么关系。"他们这种牺牲哪儿有什么仪式？老头被榔头砸死。压根就看不出有什么仪式。他们创造的神明竟会接受这么一个牺牲品，一个脑子有毛病的人的死亡？事实上这不过是大街上一桩凶案而已。"[②] 可见，与一般意义上宗教组织严肃且充满仪式感的祭神行为相比，该组织的杀人行为毫无信仰与仪式可言，他们只是野蛮而无情地结束受害者的生命。那么，他们的杀人动机到底是什么？通过与邪教组织成员的接触，欧文

---

① ［美］唐·德里罗：《名字》，李公昭译，译林出版社，2013，第 170 页。
② 同上，第 131 页。

感受到了他们对字母的偏执。"是字母本身。他们感兴趣的是字母，有固定顺序的书写符号。"① 他们之所以对字母如此执着，是因为"了解字母的正确顺序"可以帮助他们"创造世界，创造一切"，以及"制造所有的生命与死亡"②。换言之，字母及其代表的语言才是他们真正信奉的神明，是他们寻获自我意识与终极意义的源泉。邪教组织成员通过匹配名字首字母杀人的行为从实质上反映出他们从语言的能指符号中寻求某种稳定秩序与意义的强烈愿望。"也许他们害怕骚乱，我一直在努力理解他们，想象着他们的思维方式。那个叫米开利的老头之所以成为受害者，也许正是由于他那种要求秩序的本能。"③ 正如《名字》的中文译者李公昭的评论，"这是一种毫无理性、疯狂的行为，充分表现了语言对现实的建构，表现了邪教试图通过建立某种结构来逃避孤立的自我和内心的混乱与疯狂"。④

小说中，与邪教组织成员一样期望通过语言寻获稳定自我意识和终极意义的是主人公埃克斯顿。埃克斯顿是美国东北集团派驻希腊分公司的一名风险分析员。他接受这份工作的真实目的是能与分居的妻子凯瑟琳和儿子泰普相聚。埃克斯顿因为与凯瑟琳的好友发生了婚外情才造成夫妻异地分居。与《美国志》中的主人公大卫·贝尔一样，埃克斯顿也陷入了道德虚无主义造成的孤独和精神空虚困境。与妻儿分居之后，虽然他经常从忙碌的工作中抽身与他们会面，但是他强烈的自我中心主义又致使他与妻子见面后争吵不断，甚至不顾婚姻伦理在分居期间仍与其他女子发生暧昧。爱情与家庭对埃克斯顿来说只是他用来满足自我需求

① ［美］唐·德里罗：《名字》，李公昭译，译林出版社，2013，第34页。
② 同上，第172页。
③ 同上，第131页。
④ 李公昭：《名字与命名中的暴力倾向：德里罗的〈名字〉》，《解放军外国语学院学报》2003年第2期，第101页。

的工具，而不是应该承担的责任。正如他自己所说："我对爱情的期望太高，因为我内心从没拥有过巨大的爱情。对我来说，爱情从没成为一和令人神魂颠倒的东西，或让我着迷到非要去找到某个人或某样东西的程度。"① 这种只注重个人感受、拒绝责任约束、缺乏交流的现代婚姻模式还体现在小说中其他人物身上。例如，同在希腊工作的银行信用主管大卫·凯勒结过两次婚。他将自己第一次婚姻失败归因于"年纪轻轻就结了婚"②。事实上，缺乏沟通和交流才是他与前妻分开的真正原因："当我们开始在分开的房间里各看各的电视时我就知道我俩的婚姻算是没救了"③。埃克斯顿的上级领导罗沙则干脆奉劝他与凯瑟琳离婚。"这种活法简直是发疯。分居。离婚可以教会我们一些事情。可分居什么都学不到。"④ 对罗沙来说，个人感受与婚姻责任相比更为重要，直接离婚而不是沟通交流，才是面对婚姻出现问题的最佳方法。这种缺乏夫妻情感交流与道德责任感的问题婚姻，在德里罗从早期到晚期的多部小说中频频出现。从《美国志》中的贝尔与梅瑞迪斯到《玩家》中的莱尔与帕米，从《白噪音》中的杰克·格拉迪尼夫妇到《地下世界》中的尼克·谢伊夫妇，从《大都会》中的埃里克·帕克夫妇到《绝对零度》中的罗斯·洛克哈特与前妻玛德琳，每一对夫妻之间都经历了一方对另一方的不忠与背叛。究其根源，随着 20 世纪 50、60 年代美国国内民权运动与性解放运动的兴起以及个人主义与女权主义的盛行，美国社会的两性关系和婚姻制度发生了巨大变化。新的价值观不断冲击和瓦解着传统婚姻模式，追求个人享受与承担家庭责任之间的矛盾变得越来越尖锐，这导致婚姻中出轨

---

① [美] 唐·德里罗：《名字》，李公昭译，译林出版社，2013，第 360 页。
② 同上，第 78 页。
③ 同上，第 79 页。
④ 同上，第 305 页。

和离婚率持续攀升。混乱的婚姻状态极大地影响了现代家庭的稳定性及其成员的心理健康。

在这段问题婚姻中，语言成为埃克斯顿逃避个人错误与责任、实现自我安慰和满足的工具。他因婚外情与妻子产生嫌隙后，并未对自己的不道德行为进行真正的忏悔，而是在脑海里模仿妻子的口吻列了一张关于自己"二十七条劣迹"的清单，并大声向妻子背诵，"问她这是否准确反映了她胸中的不满"①。英国哲学家奥斯汀（J. L. Austin）的言语行为理论（Speech Act Theory）将语言划分为叙述性和施为性两种类型。叙述性语言用来陈述、说明或描绘事物，而施为性语言用来完成说话人的某种行为。埃克斯顿此举的心理动机是通过自我贬低与嘲讽来保护他强烈的自尊心，达到讽刺和挖苦妻子的施为目的。"我想让她参与到我的失败中，让她感到她是如何渲染我每天的过失，让她瞧瞧她自己那个泼妇样，这只是传说的母狗。"② 正如马克·奥斯廷所说："通过把她本来的批评编成法典，他能够平息这些批评并且镇压妻子。"③ 不仅如此，埃克斯顿还频繁利用语言作为攻击妻子的武器。"我每天都要背诵那么几条，然后开始冥思苦想，再弄出几条新的，改进一下旧的。最后带着成果回到她跟前。为了加强效果，我有时会假扮女人的声音。"④ 这种丝毫不顾及他人感受的行为表明埃克斯顿是一个极度自我中心的人，语言则成为他将自我意志强加于他人的工具。"这种口头表演是一种具有献身精神的练习，一种试图通过重复达到理解的做法。我想钻进她的身体，通过她来看我自己，了

---

① ［美］唐·德里罗：《名字》，李公昭译，译林出版社，2013，第 18 页。

② 同上，第 20 页。

③ Mark Osteen, *American Magic and Dread: Don DeLillo's Dialogue With Culture*, Philadelphia: University of Pennsylvania Press, 2000, p.121.

④ ［美］唐·德里罗：《名字》，李公昭译，译林出版社，2013，第 20 页。

解她所了解的事。"①

这种自我中心主义式的语言观，并非只是发生在埃克斯顿身上，还充斥在整个现代西方社会与文化中。一般而言，在西方文明史上，语言经历了一个由附属到独立、由固定到漂移、由有序到无序的发展过程。古希腊时期，人类对语言形成问题的思考主要分为以柏拉图为代表的"自然派"和以亚里士多德为代表的"惯例派"。然而，无论是主张语言是自然万物再现的"自然派"，还是主张语言是人为惯例产物的"惯例派"，都将语言视为服务和帮助神或人类交流的工具。换言之，语言的形式从属于语言的内容，语言符号是概念意义的表达工具。通过使用语言工具，人类实现了自由表达和互相交流，并由此开始认识和了解世界。这种语音中心的语言观奠定了西方形而上学即逻各斯中心主义的根基。在前现代时期，受基督教影响，语言被视为上帝神性思想的载体，作为上帝子民的西方人主要通过《圣经》中神的语言与启示认识客观世界。到了近现代时期，语言成为主体理性与自我意识的表达工具，人类也由此取代上帝成为世界的主宰。20世纪初，随着瑞士语言学家费迪南·德·索绪尔（Ferdinand de Saussure）的结构主义语言理论的提出，西方哲学史也发生了一次意义重大的语言学转向。根据索绪尔的理论，人类的语言符号由代表语音形象（sound image）的能指（signifier）和代表概念（concept）的所指两部分结合组成。能指和所指的关系具有相对任意性，即语言的语音形象与概念意义之间并没有直接必然的联系。语言的意义源自能指符号之间的差异，语言因此成为独立于人类主体之外的先在物。这样一来，作为近代西方哲学根基的人类主体的绝对权威便受到了挑战。然而，索绪尔的结构主义语言理论并未完全摆脱逻各斯中心主义的局限，

---

① ［美］唐·德里罗：《名字》，李公昭译，译林出版社，2013，第20页。

其本质上仍是西方形而上学传统的语音中心论。到了后现代时期，以德里达为代表的解构主义理论家对这种语音中心的语言观进行了瓦解。德里达认为，语言的能指与所指并非处于稳定对应的状态，而是滑动的"延异"状态，所指意义变得漂浮不定，人的主体意识也因此被消解。

小说中，埃克斯顿通过语言将自我意志强加于他人的自我中心式语言观，未能获得他所预期的效果。尽管他的"二十七条劣迹"清单清楚地出现了诸如"自我满足""自我标榜""自我保护"等字眼，但是这并没有帮助他认识到自己的性格问题和道德缺陷。换句话说，他未能从这些语言能指符号中获得一个确切的所指意义。相反，这张清单上的罪状"让我产生了一种自我毁灭般的快感"[1]，并且不断在他的大脑中闪现。埃克斯顿陷入了德里达所说的后现代语言危机之中，语言的能指符号不再反映稳定的所指意义，成为没有指涉对象的"漂浮的能指"，主体也因此进入一种游离的意识状态，失去了通过语言表征建构稳定自我与意义的能力。正如小说中一名邪教成员所说："这个世界变成了一个自指的世界……一个无处逃逸的世界。"[2]

与埃克斯顿一样陷入自指语言与自我意识危机之中的还有欧文·布拉德马斯。欧文是一名考古学家和铭文专家，也是凯瑟琳所在考古队的发掘队长。他通晓五种语言，以挖掘古希腊文物，研究古希腊语言、文化和历史为荣。然而，当他探险来到希腊的一个山洞并将自己的考古事迹告诉居住在洞穴里的居民，即邪教组织成员，欧文发现这些人感兴趣的"并非历史、神明、倒塌的墙、发掘者的标尺杆和水泵"，而是"字母本身"，即"有固定顺序的书写符号"[3]。这无疑是对欧文从事的考古研究

---

① ［美］唐·德里罗:《名字》，李公昭译，译林出版社，2013，第20页。

② 同上，第333页。

③ 同上，第34页。

工作本身的否定。文物是记录古代历史的第一手资料，而考古则是现代人类了解古代历史的重要手段。欧文的工作就是通过研究碑文或铭文了解历史真相。换句话说，他一直以来致力于通过语言能指符号了解其对应的所指意义。然而，邪教组织成员只对字母本身即能指符号而非其所指意义感兴趣，这无疑使语言的能指符号脱离了其所指意义。受此影响，欧文"放弃了学术研究和对远古文化的大部分兴趣"，转而"在字块里看到一种神迹的重要性"①。与研究单调乏味的"起源于记账的欲望"的铭文背后的理性意义相比，字母符号中所蕴藏的神秘性和非理性更加吸引欧文。"这就是迷恋，詹姆斯。这是一种不讲理智的激情。夸张、愚蠢，也可能是短命的。"② 追随这种迷恋与激情，欧文长途跋涉，来到亚洲沙漠深处考察印度乃至伊朗的文字。"不在于它们的意思是什么，而在于他们说了什么。故意制造的意思不能算数。真正重要的是字的本身。"③ 可见，对字母符号的疯狂迷恋颠覆了欧文之前坚信的现代语言观，语言的能指符号脱离其所指意义，进入了一种无法锚定中心的漂浮状态，使其自我意识也陷入了虚无之中。欧文从希腊到印度一路探寻着邪教组织的踪迹，甚至间接参与了一次邪教行凶杀人的过程。正如杜威所说："冰冷地拥护字母的吸引力让布拉德马斯失去了人性。通过这种方式，他与邪教本身的逻辑达成了一致。"④

---

① [美]唐·德里罗：《名字》，李公昭译，译林出版社，2013，第41页。
② 同上。
③ 同上，第330页。
④ Joseph Dewey, *Beyond Grief and Nothing: A Reading of Don DeLillo*, Columbia: University of South Carolina Press, 2006, p.74.

二、神秘的语言与伦理秩序渴求

邪教组织成员对字母的执念在他们通过首字母杀人的行为中得到极致体现。这种残忍而疯狂的行为"建立在一个前语言能力的层面上"[①]，展现出一种原始而野蛮的神秘感。然而，这种神秘的暴力行径却对埃克斯顿和欧文产生了巨大的吸引力，引领他们从希腊到印度一路追寻邪教成员的踪迹，甚至亲历了邪教杀人的过程。埃克斯顿发现自己浏览报纸的死亡新闻报道时，"正努力将受害者的名字与犯罪地点的名字匹配到一起"[②]。表面上看，与恐怖故事或电影对听众或观众所产生的影响机制一样，埃克斯顿和欧文对邪教组织首字母杀人行为的浓厚兴趣源自人类对神秘和恐怖事件的猎奇心理。然而，从深层原因来看，这种兴趣凸显了后现代社会个体对主体死亡的恐惧和伦理秩序的渴求。正如欧文自己所说："这种杀人是对我们的讽刺。它讽刺了我们对建构与归类的需要，讽刺了我们建立系统来抵御我们灵魂中恐惧的需要。它使得系统与恐惧变得半斤八两。抵御死亡的手段变成了死亡本身。"[③]

作为人类文明的根基，语言承载着反映和建构现实的功能。人类通过建立能指与所指或者名与实的对应关系，为其存在赋予某种稳定的秩序与意义，帮助其克服由混沌引起的死亡恐惧。然而，随着西方文明步入后现代阶段，语言的能指与所指或名与实脱节，语言无法反映和建构现实，原本相对稳定的自我意识被消解，当代西方个体正处于一种自我疏离、精神空乏、充满不确定性与恐惧感的状态中。与西方语言发展历

---

① ［美］唐·德里罗:《名字》，李公昭译，译林出版社，2013，第 234 页。

② 同上，第 281 页。

③ 同上，第 345 页。

程相对应的是其社会与伦理秩序的嬗变过程。在前现代神权时代和近现代人权时代，语言的能指和所指的对应关系相对稳固。语言符号是神权和人权的表征和投射工具，建立于该语言观基础上的社会与道德秩序也相对稳定。到了后现代时期，能指无法找到一个固定的所指对应，而是处在一个滑动的所指链条之中。能指无法再准确表达出语言使用者的原意，语言的所指变得漂浮不定、不可捉摸。在此基础上，作为前现代与近现代社会伦理根基的神本主义和人本主义权威受到解构，原本相对稳定的社会与道德秩序变得混乱无序。由此，许多生活在当代世俗社会的个体对前现代时期更具规则和稳定的伦理秩序充满了渴望与向往。正如鲍曼所说：

当我们拒绝责任时，我们就会错误地躲开责任，而一旦我们要重新承担责任，责任就会像一副担子一样，太沉重以至于我们不能独自承担。因此现在我们怀念以前憎恨的东西，即一种比我们更强大的权威，一种我们可以信赖或者必须遵守的权威，这种权威可以为我们选择的适当性担保，至少可以分担一部分我们"过多的"责任。①

显然，鲍曼所说的以前"更强大的权威"指的是西方前现代时期古希腊罗马神话和犹太—基督教体系代表的超越性权威。与现代社会多元化的伦理准则相比，西方前现代时期的宗教超越性伦理虽然曾经对人类思想和行动起到过禁锢与束缚的负面作用，但是其相对稳定有序的伦理原则却为众多信仰者提供了较为可靠的终极意义。正因为如此，虽然宗教在当代世俗社会的影响力大不如前，但许多当代人仍然对宗教代表的

① ［英］齐格蒙特·鲍曼：《后现代伦理学》，张成岗译，江苏人民出版社，2002，第23页。

超越性充满渴望，这本质上是一种对规则与秩序的期待。"依赖于规则已经成为习惯，没有这种疲劳，我们会感到脆弱和无助。"①

小说中，埃克斯顿对这种宗教的超越性伦理观表现出一种矛盾的态度。一方面，作为生活在当代世俗社会的无信仰者，埃克斯顿对宗教神明的真实性与宗教信仰的有效性表示怀疑。在谈到自己和家人的信仰状况时，埃克斯顿说道："我们是怀疑论者……是那种稍高一筹的怀疑论者。基督教的流散。这是我和凯瑟琳共同的一个方面，牢不可破的怀疑……"②埃克斯顿对基督教的怀疑来源于他的自然科学知识背景。"类星体、量子现象，这些是我们思量与奇迹的源泉。我们的骨骼来自爆炸的星球穿过太阳系来到地球的物质。知识是我们共同的祈祷，我们的吟唱。那里有阴沉的、无以名状的东西，显露出神性的巨大。"③对埃克斯顿来说，现代科学正确解释了世界的构成与人类的起源，因此科学知识理所当然成为当代人类的共同信仰。除此之外，埃克斯顿对集体宗教仪式也充满不屑和排斥感。当妻子凯瑟琳谈起她非常向往形形色色、数量众多、姿势各异的朝圣者集体朝圣的场面时，埃克斯顿说道："要我，就躲远点儿"④。另外，对宗教信仰的质疑也成为埃克斯顿一直推延参观雅典卫城的重要原因。"我宁愿在这个不完美和充满喧闹的现代城市中闲逛。"⑤显然，雅典卫城与城市里的其他建筑代表着宗教与世俗、非理性与理性、古典与现代、完美与不完美、宁静与喧嚣的对立，而埃克斯顿的选择反映出他拒绝和否认宗教超越性权威的坚定的世俗主义立场。然而，这种世俗主

① ［英］齐格蒙特·鲍曼:《后现代伦理学》，张成岗译，江苏人民出版社，2002，第105页。

② ［美］唐·德里罗:《名字》，李公昭译，译林出版社，2013，第105页。

③ 同上。

④ 同上，第28页。

⑤ 同上，第3页。

义立场并没有给埃克斯顿带来更多的责任感和安定感。相反，他甚至害怕承担最起码的家庭责任。"我开始把自己想成一个四季旅游者。当这么个旅游者也不错。外出旅游意味着逃避责任。错误和失败不会像在家时那样死缠着你不放。你可以从一个大陆漂泊到另一个大陆，从一种语言过渡到另一种语言，暂时不用去绞尽脑汁。"① 可见，婚姻于他而言就是"逃离这个世界、逃离他可能的欲望以及死亡恐惧的亲密避难所，一种婚姻的旅游"②。然而，尽管逃避家庭责任的确让埃克斯顿感到短暂的自由，但是没有秩序的自由也让他感到无尽的空虚，导致他陷入了婚外情的道德困境。另一方面，埃克斯顿又对宗教的神秘性及其超越性伦理充满向往。"如果真有上帝的话，我们又怎么会不俯首臣服？存在将减弱，变得纯净。"③ 换句话说，在埃克斯顿看来，如果上帝真的存在的话，现代人将拥有更加稳定的终极意义，混沌的世俗世界也将变得更加有序。可见，他渴求通过传统宗教的神圣性寻获稳定的生活秩序和意义。再者，虽然埃克斯顿一再拖延参观雅典卫城，但是他又说道："这么多东西在那里汇聚，是我们从疯狂中抢救出来的。美丽，尊严，秩序，比例。到那里参观被附加上了许多义务"④。埃克斯顿并不是真正不愿去朝圣，而是敬畏雅典卫城所代表的神圣责任与义务。"立在我面前。威力无比地耸立在那里，几乎逼迫我们对它视而不见。或至少抗拒它。"⑤ 这些代表希腊神话和文明光荣过往的良好品德和素质，与他自己的道德虚无主义形成了鲜明的对

---

① [美]唐·德里罗：《名字》，李公昭译，译林出版社，2013，第49页。

② Tom LeClair, *In the Loop: Don DeLillo and the Systems Novel*, Urbana and Chicago: University of Illinois Press, 1987, p.181.

③ [美]唐·德里罗：《名字》，李公昭译，译林出版社，2013，第105页。

④ 同上。

⑤ 同上。

比,"威胁到他的自我重要性并使他感到自己的不足"①。雅典卫城对埃克斯顿来说是一个高高在上的道德标杆。一方面,他害怕靠近它,因为神圣的雅典卫城衬托出自己道德上的缺陷。另一方面,他无意识中又渴望靠近它,因为他迫切需要一个道德上的权威帮助他获得救赎。

与埃克斯顿类似,欧文对宗教的神秘性及其超越性伦理观也表现出一种矛盾的态度。尽管他并不是一名天主教徒,天主教教堂却让幼小的欧文感到安全而温暖。"他说他小时候总觉得教堂是一个安全的地方……牧师用一种开放的、推销的方式比画着、吟唱着、演讲着,就像个城市领导人……长椅上投下一层神秘的柔光,像是某个对来世认真而幸福的一瞥。"② 然而,当他的父母加入了作为基督教新教教派之一的五旬节派教会③ 后,欧文再也无法找到这种安全感。"这个教会没有给人任何安全感。教堂是一个老旧、普通、孤零零的建筑,四周什么都没有……会众全是穷人,多数说的是方言。无论看上去还是听上去这都是一件令人畏怯的事情……他母亲击掌挥泪。人们时而发出低沉的嗡嗡声,时而发出喧闹的嚷嚷。"④ 不难发现,与"强调说方言而且敬拜形式与众不同"⑤ 的五旬节教相比,传统天主教的教堂陈设、布道语言以及礼拜形式等都让欧文

---

① Clement Valletta, "A 'Christian Dispersion' in Don DeLillo's *The Names*," *Christianity & Literature*, Vol. 47, 1998, p.412.

② [美]唐·德里罗:《名字》,李公昭译,译林出版社,2013,第 194 页。

③ "五旬节派"(Pentecostalism)产生于 19 世纪末、20 世纪初的美国。五旬节运动在美国快速蔓延,它对处在社会边缘的人们尤其具有吸引力。不同寻常的是,白人和非洲裔美国基督教的群体都受到吸引并接纳了这一运动。据估计,现在全世界有超过 5 亿五旬节派信徒,而且地理分布广泛,遍及南美、亚洲、非洲和欧洲等地。参见 [英]麦格拉思:《基督教概论》(第 2 版),孙毅等译,上海人民出版社,2013。

④ [美]唐·德里罗:《名字》,李公昭译,译林出版社,2013,第 194—195 页。

⑤ [英]麦格拉思:《基督教概论》(第 2 版),孙毅等译,上海人民出版社,2013,第 331 页。

感到更加舒适与安全。作为一名世俗的无信仰者，欧文深知这个世界上"没有什么上帝"，但是他仍然对传统宗教"令人畏惧的冲动和痴迷"着迷①。成千上万的伊斯兰教教徒在圣地麦加绕着方形石殿克尔白跑步的场景，让欧文感到震撼。"在人流的裹挟之下，中间没有任何空隙，大家跑得气喘吁吁，跑动的步速完全视人群自身的步速而定。这正是吸引我到这些事情的地方。顺从。"②可见，传统宗教真正吸引欧文的是与神合为一体的感受，"自我消失，与他人融合，摆脱'自由意志和独立思考'负担"③的感受。这种宗教性的集体感受让欧文感到自己成为更大存在的一部分，打破了他的自我中心思维定式，让他感受到一种无我的轻松自在，仿佛回到了无忧无虑的童年。"他渴望回到童年时期的安全日常中去，童年不需要自我表达因为所有的需求都可以毫不费力地得到满足。"④。欧文经常将自己想象成一名基督教徒，从中寻求慰藉与救赎。"每当人们问起什么，这正是他说的。基督徒。听起来多么古怪。过了这么多年后再把这个字用在他身上，显得多么奇特、强烈，充满着悲伤的慰藉。"⑤

正因为埃克斯顿和欧文对宗教集体性和超越性的渴望，邪教组织神秘的杀人行为才会对他们充满吸引力。从更深层次而言，这折射出当代人对终极意义和伦理秩序的渴求。他们期待像邪教组织一样借助神秘的字母匹配行为寻获一种稳定的秩序与意义，以逃离这个"自指的"和"无

---

① [美]唐·德里罗：《名字》，李公昭译，译林出版社，2013，第333页。

② 同上，第332页。

③ John A. McClure, *Partial Faiths: Postsecular Fiction in the Age of Pynchon and Morrison*, Athens: University of Georgia Press, 2007, p.68.

④ Paula Bryant, "Discussing the Untellable: Don DeLillo's *The Names*," *Critique: Studies in Contemporary Fiction*, Vol. 70, 1987, p.24.

⑤ [美]唐·德里罗：《名字》，李公昭译，译林出版社，2013，第28页。

处逃逸的"世界①。正如邪教组织的一名成员安达尔所说:"秘密的名字是逃避这个世界的一种方法。这是一条通往自我的路。"② 然而,随着他们慢慢发现邪教组织的真相,他们认识到邪教组织神秘的语言观中蕴藏着一种"封闭倾向",即"任何教派以外的事情对他们来说都是没有意义的。他们是自我闭锁的。他们发明了自己的意义、自己的完美"③。邪教组织看似充满规律与秩序的行为,实际上只是一种无实际意义的暴力行为。"那个教派的力量,它那种心理控制正是建立在没有这些东西的基础上。没有感觉,没有内容,没有历史联系,没有仪式意义。"④ 最后,埃克斯顿和欧文清楚地意识到,他们从中"什么都不会得到",因为邪教组织的行为根本"没有指定什么,也没有表明什么"⑤。他们终于发现,邪教组织的行为并非对生命和神明充满敬畏的传统宗教行为,而是一种闭锁在自我逻辑中的疯狂行径。对这种疯狂邪教的认同不会给他们带来稳定秩序和意义,而只会将他们推向更深的混沌无序与死亡恐惧的深渊。正如周敏所说:"对邪教秘密的发现虽然给了詹姆斯某种希望的确据,这种希望却完全是相反方向的证明,因为如我们已经看到的,邪教成员的语言观乃是虚无和任意:这种发现非但不能给人安慰,反倒会让人幻灭。"⑥

---

① [美]唐·德里罗:《名字》,李公昭译,译林出版社,2013,第333页。
② 同上,第237页。
③ 同上,第242页。
④ 同上,第243页。
⑤ 同上。
⑥ 周敏:《语言何为?——从〈名字〉看德里罗的语言观》,《外国语》2014年第5期,第85页。

三、世俗的语言与内在超越顿悟

埃克斯顿与欧文对宗教灵性的矛盾态度代表了当代许多世俗无信仰者在灵性探索上的立场。其本质并不是向传统宗教的回归，而是对作为宗教替代物的世俗灵性的渴求。正如泰勒所说，我们时代的世俗性并不在于"宗教信仰与实践的衰落"，而在于从"不可能不信上帝的社会"向"信仰只是诸多人生可能性之一"的转变。[1] 换句话说，无信仰和宗教信仰并存于世俗时代。无论是有信仰者还是无信仰者，其灵性生活本质上都是对一种"完满"状态的追求。与信仰者通过信仰上帝或神明的外在超越实现"完满"不同，当代世俗无信仰者主要通过自我提升的内在超越体验"完满"。由此，与当代西方世界宗教回归的趋势同时发生的是另外一种新精神潮流——"灵性的而非宗教的"。选择"灵性的而非宗教的"人，"拒绝将传统的有组织宗教视为唯一甚至最重要的促进自己灵性成长的方式"，而是"视灵性为一段与追求个人成长和发展紧密相连的路程"。[2]这种潮流体现了当代人对人性、对自我成长与提升的重视。换言之，当代世俗人类渴望的是一种内在的超越体验，即从世俗世界和日常事物中体验神圣性。"他们能进行统一地或神圣般地（即凡人中的神圣化）观察，或者他们能在实际的、日常的缺失水平上观察事物的同时，也看到一切事物中神圣的一面。"[3]体现在语言上，就是要感受日常语言的神圣性，从

---

[1]　Charles Taylor, *A Secular Age*, Cambridge: The Belknap Press of Harvard University Press, 2007, p.5.

[2]　Qtd. in Robert C. Fuller, *Spiritual But Not Religious: Understanding Unchurched America*, New York: Oxford University Press, 2001, p.6.

[3]　[美]亚伯拉罕·马斯洛:《人性能达的境界》，林方译，云南人民出版社，1987，第 275 页。

而超越现代语言观的自我中心倾向，在语言交流中接纳和包容他者。

　　尽管神秘的邪教对两者都产生了巨大吸引力，欧文与埃克斯顿最终的选择和结局却大相径庭。受邪教神秘性的吸引，欧文最终在印度找到了该组织的一支。在与邪教成员接触的过程中，欧文逐渐被他们同化，甚至沦为他们的帮凶。当邪教成员辛格对欧文说，他"现在是我们的成员了"①，欧文极力否认。然而，当邪教成员对另一名受害对象施暴时，他却选择躲在粮仓里不出来。"我干吗要出来，眼睁睁地望着他们杀他吗？"②可见，虽然欧文不愿意承认自己被邪教组织同化，他却已经陷入了邪教的语言和行为逻辑中无法自拔。与邪教成员一样，欧文在寻找秩序与意义的道路上却掉入了混沌与虚无的深渊。正如科沃特所说："像邪教分子一样，他也凝视深渊，直至，如尼采所言，自己变成了深渊。"③

　　与欧文的最终沦陷不同，当埃克斯顿了解到邪教组织的行为"什么意思也没有""只不过是为了拼凑字母而已"④之后，他更加坚定了自己在精神信仰方面的世俗灵性立场。这表现为他对待日常事物的态度发生了明显转变。埃克斯顿一直有研究"门、百叶窗、清真寺的灯、地毯"等生活物品和文字图案的习惯，并感觉它们"好像是某个难以忍受的启示的一部分"⑤。可见，他能觉察到日常事物中存在某种类宗教超越的神圣性。然而，这种神圣性起初让他感到"难以忍受"，其原因在于当时他仍深陷后现代语言与自我意识危机之中，无法将日常事物的所指与能指对

---

　　①　[美]唐·德里罗：《名字》，李公昭译，译林出版社，2013，第335页。

　　②　同上，第345页。

　　③　David Cowart, *Don DeLillo: The Physics of Language*, Athens: University of Georgia Press, 2002, p.169.

　　④　[美]唐·德里罗：《名字》，李公昭译，译林出版社，2013，第345页。

　　⑤　同上，第156页。

应起来。"我不知道事情的名字。"① 然而，当他从欧文的陈述中了解到邪教组织的神秘性只是一种名与实脱节的无意义语言游戏之后，埃克斯顿似乎立刻体验到一种宗教式的顿悟。"我离开老城时感觉自己像是经历了一场独特与令人满足的竞赛。他在生命力量中失去的，不管什么，都是我所赢得的。"② 与欧文在与邪教接触的过程中逐步沦陷，最终间接参与了邪教杀人行为不同，埃克斯顿认识到，邪教组织提供的超越性，本质上仍是一种"自我和自我的体系被抹去"③ 的宗教式外在超越，对他恢复稳定的自我意识并无帮助。他选择在世俗的日常事物中体验神圣性，进而实现自我的内在超越。与传统宗教的外在超越相对，世俗灵性的内在超越不以削弱和抹杀自我意识为条件，而是在保持自我意识独立的前提下在世俗日常中感受一种更大的存在，从而促进自我在精神层面的提升与成长。

小说第三部分结尾，埃克斯顿终于来到他一直有意逃避的雅典卫城，参观帕台农神殿。当他亲眼看到这个理想中神圣而令人敬畏的神殿时，他似乎立即经历了一种宗教式的顿悟。

我走到神殿的东面，这里一下变得宽敞、开阔起来，残垣断壁、山花饰、屋顶，对逃避了遏制的悲叹。这便是我在这上面了解到的主要东西，那就是帕台农神殿，不是一个让人来研究，而是让人来感受的建筑。它并不高傲，也不理性，永恒，纯粹。在这个地方我无法找到那种宁静、逻辑和安稳的感觉。这不是那个已经死去的希腊遗迹的形象，而是下面那个活生生的城市的一部分。这很让人吃惊。我原以为它是一个独立的

① ［美］唐·德里罗：《名字》，李公昭译，译林出版社，2013，第156页。
② 同上，第347页。
③ 同上，第344页。

整体，那个神圣的高坡，完整无缺地保留着多利安人的遗风。我从没料到，这里的石头竟会流露出一种人类的情感，然而这正是我所发现的，比这个建筑所体现的艺术与数学，那种光学的精确，更加深刻。我发现自己听到了一阵乞求怜悯的呐喊。这就是遗留在那些用大槌凿出来的，包围在一片蓝色之中的石头里的东西，这种公开的呐喊，这种我们知道就是我们自己的声音。[①]

从这段话中可以发现，神殿并非他想象中的那么高高在上、圣洁完美且不可靠近，它只不过是平凡、有限且充满缺憾的世俗世界的一部分，甚至连神殿中的石头都流露着凡俗的"人类的情感"，回荡着喧嚣的"我们自己的声音"。换言之，通过世俗的语言这个媒介，埃克斯顿领悟到神圣性与世俗性并非绝对对立，而是相互联系和渗透的关系。他之前因为敬畏而不敢参观的帕台农神殿其实与山下世俗的雅典城是一体的。他精神上一直渴求的神圣性和超越性并不是传统宗教或神话的专利，并非遥不可及，而是近在咫尺，就存在于世俗的日常事物之中。埃克斯顿在日常事物中感悟到了一种类宗教的神圣性与超越性，即世俗灵性。语言则成为埃克斯顿通达世俗灵性的媒介。看到神殿内人群互相聊天的场景，埃克斯顿不禁发出感触，"这是我们带给神殿的东西，不是祷告，不是吟诵，也不是被屠宰的公羊。我们的祭品是语言"[②]。

虽然德里罗并没有明确表明世俗灵性给埃克斯顿的生活带来了什么影响，读者却不难由此推测，德里罗很可能是在暗示埃克斯顿的自我意识危机在一种久违的社群感中得到积极治愈。"这里从'我'到'我们'

---

① ［美］唐·德里罗:《名字》，李公昭译，译林出版社，2013，第370页。

② 同上，第371页。

的转变标志着埃克斯顿对社群的新理解。"① 通过对世俗日常中神圣灵性的顿悟，埃克斯顿体验到一种隶属更大的人类和宇宙共同体的感觉。这种世俗灵性的社群感与传统宗教的社群感存在质的区别。它不是以削弱或抹杀个体的自我意识为基础，而是在保持独立自我意识的前提下去融入一个客观的"比我们更大的"集体。正是在由世俗人类组成的社群中，埃克斯顿找到了集体归属感，意识到自己并非孤独的个体，而是整个人类社会的一部分。正如英国 17 世纪玄学派诗人约翰·邓恩（John Donne）的诗句所说："谁都不是一座孤岛，自成一体。每个人都是那广袤大陆的一部分。"② 通过觉察自己与雅典卫城帕台农神殿朝拜者的联系，埃克斯顿实现了从自我中心到趋向他者的内在超越，从而体悟到他一直寻觅的生命秩序和意义，其自我意识危机和道德虚无困境势必也将得到化解。正如有的学者所说："埃克斯顿对雅典卫城的新观念将为他打开重生的通道。"③

除此之外，小说结尾也可视作德里罗对世俗语言与灵性体验之间关联的进一步暗示。小说最后一部分是埃克斯顿的儿子泰普以童年欧文为原型创作的小说节选，内容与前三部分并无太大关联。然而，从结构安排上来看，德里罗分别用岛屿、山脉、沙漠和草原四种地形来命名小说的四个部分，他将小说视为一个有机整体的用意不言而喻。语言上，虽然泰普的作品显示出与他年龄相符的青涩与不成熟，埃克斯顿却从中感受到了一种与众不同、超越日常的体验。

---

① Mark Osteen, *American Magic and Dread: Don DeLillo's Dialogue With Culture*, Philadelphia: University of Pennsylvania Press, 2000, p.136.

② 海明威在自己小说的扉页引用了邓恩的这首诗歌。参见 [美] 海明威：《丧钟为谁而鸣》，佟莹译，湖南文艺出版社，2012。

③ Mark Osteen, *American Magic and Dread: Don DeLillo's Dialogue With Culture*, Philadelphia: University of Pennsylvania Press, 2000, p.137.

那天夜里我重读了泰普写的那几页东西。尽是些琐碎的意外事情，一会儿又发现了什么，总之是这位年轻主人公见到的和纳闷的。但第二遍读下来后发现问题最大的是一些生气勃勃的拼写错误。我发现这些字既让人莫名其妙，又让人精神振奋。他把这些字重新写过，让我明白它们是如何组成的，真正的含义是什么。它们是古代的东西，隐秘、可塑。①

可见，埃克斯顿感觉泰普的拼写错误"让人精神振奋"，其原因在于这些文字经过改写之后让他明白它们是如何组成的，真正的含义是什么。这种陌生化②的艺术创作技巧使读者的审美重心由语言的内容转移到语言形式本身，从而刷新了读者对日常生活语言的自动化感受。"页面上文字不同寻常的外观将注意力引向所有文字的审美与可塑本质。"③这与德里罗自己注重语言形式的创作观相契合。在一次采访中，德里罗曾说："某种意义上我像诗人一样开放对待语言，而不是首先关注其准确的内容与意思。我有种奇特的视听语言的感觉。我在脑海中听见韵律，句子的节拍和抑扬顿挫，但是我也看见字母在页面上成形的样子。"④除了新奇的审美

① ［美］唐·德里罗：《名字》，李公昭译，译林出版社，2013，第 351 页。

② 文学术语"陌生化"（Defamiliarization）是 20 世纪初俄国形式主义代表人物维克托·什克洛夫斯基（Viktor Shklovsky）的核心概念，主要是指通过对人们日常生活中习以为常的事物进行艺术加工，使审美的主客体之间保持一定的审美距离，让人们从对这些事物的自动化感受中解放出来，恢复他们对事物本来面目的感受，让他们以一种新眼光去看熟悉的事物，从而产生一种新奇感。

③ Paula Bryant, "Discussing the Untellable: Don DeLillo's *The Names*," *Critique: Studies in Contemporary Fiction*, Vol. 70, 1987, p.26.

④ Thomas DePietro, *Conversations with Don DeLillo*, Jackson: University Press of Mississippi, 2005, p.147.

感受之外，埃克斯顿还在这些错拼的文字中体验到一种"隐秘"的"古代的东西"①，即一种神圣性与超越性。正如《美国志》中主人公大卫·贝尔认为他的书稿"散发出保罗·塞尚式的永恒光线"②一样，埃克斯顿也从作为世俗日常的艺术语言中感受到了一种灵性的力量。"每个音节都变成了一件神圣的祭品，一件举向光明的手工艺品。"③这或许也是德里罗的真正用意：通过以埃克斯顿的灵性顿悟和泰普的文学创作为小说结尾，德里罗试图向读者表明创新的语言艺术可以为西方人体验世俗灵性、摆脱自我意识危机和道德虚无困境提供一条可能的途径。与《美国志》一样，《名字》的结尾也是一个开放式结尾。德里罗没有明确给出主人公的结局，却都暗示了世俗灵性与内在超越为当代人摆脱自我意识危机和道德虚无困境提供了一条可能的途径。并且，与《美国志》相比，《名字》中这种可能性更加积极一些。正如奥斯廷所说："答案似乎是我们无法从语言自己'堕落'中找回语言，但是我们可以通过对他者义务的口头祭品——语言'堕落'——的测试与证实，找到一种代理超越性。"④

在标志其小说创作转折点的作品《名字》中，德里罗重点关注了语言与当代个体自我之间的紧密关系。通过描述主人公埃克斯顿与欧文对一个通过匹配姓名首字母杀人的邪教组织的兴趣与着迷，德里罗揭示了深陷自我意识危机与道德虚无困境之中的当代个体对伦理秩序与终极意义的渴求。正如李公昭所说，《名字》"真正想要揭示的是语言所包含的那种非理性的、情感的、神秘的力量；是词语在表面意义下如何通过抽

---

① [美]唐·德里罗：《名字》，李公昭译，译林出版社，2013，第351页。

② Don DeLillo, *Americana*, Boston: Houghton Mifflin, 1971, p.346.

③ Paula Bryant, "Discussing the Untellable: Don DeLillo's *The Names*," *Critique: Studies in Contemporary Fiction*, Vol. 70, 1987, p.26.

④ Mark Osteen, *American Magic and Dread: Don DeLillo's Dialogue With Culture*, Philadelphia: University of Pennsylvania Press, 2000, p.139.

象与操纵消除人们内心深处的恐惧，满足人们躲避混乱，追求秩序的愿望"①。为此，他们渴望通过宗教的神秘语言中蕴藏的集体性和超越性来摆脱世俗的自指语言对他们的束缚。然而，与欧文一步步迷失并被邪教组织疯狂的语言逻辑同化的结局不同，埃克斯顿在世俗的语言中领悟到一种类宗教的神圣性与超越性，即世俗灵性。通过对世俗日常中神圣灵性的顿悟，埃克斯顿体验到一种隶属全人类甚至宇宙的社群感，从而实现了从自我中心到趋向他者的内在超越。通过比较两位主人公的不同结局，德里罗暗示当代世俗人类的自我意识危机和道德虚无困境可以在世俗灵性的领悟过程中得到化解，而以泰普的文学创作为代表的创新语言艺术或许可以为当代人类体验世俗灵性与内在超越提供一条可能的途径。

第三节　"网络资本创造未来"：《大都会》中的异化自我、技术超越与艺术崇高性

出版于 2003 年的《大都会》是德里罗的第十三部小说，也是他在新世纪创作的第二部小说。小说一经发表便受到多方好评，被认为是 21 世纪初美国最优秀的小说之一。2012 年，由加拿大导演大卫·柯南伯格执导的同名电影上映，这也是德里罗首部小说被搬上银幕。与 20 世纪末最后一部长篇小说《地下世界》八百多页的史诗篇幅相比，德里罗的小说进入新世纪后篇幅骤减：2001 年出版的《人体艺术家》只有 128 页，《大都会》只有 224 页。尽管篇幅短小，德里罗新世纪的小说比起他以前的作品来却增添了一丝抽象与深邃感。"似乎他在《地下世界》中已经耗尽

---

① 李公昭：《名字与命名中的暴力倾向：德里罗的〈名字〉》，《解放军外国语学院学报》2003 年第 2 期，第 102 页。

了宏大，开始着迷于细微、内在与短暂的可能性。"[1] 作为德里罗新世纪小说中的代表之作，《大都会》对当代美国世俗社会的混沌状态以及美国人的自我意识危机和精神困境进行了艺术呈现。

　　评论方面，国内外学者多集中于小说中的后现代主义、技术与资本、异化与伦理、恐怖主义等主题研究上，鲜有研究者将主人公帕克的自我意识危机与他对世俗灵性和内在超越伦理的渴望联系起来。本章的最后一节即以此为目的，旨在表明帕克的自我意识危机来源于资本主义制度通过技术与资本对人的控制与异化，以及当代世俗社会信仰的缺失。然而他对金钱、艺术以及爱情的追求反映出他通过世俗事物寻找灵性与内在超越的渴望，虽然这种追求最后以失败而告终。

一、金融资本与自我异化危机

　　与詹姆斯·乔伊斯的名著《尤利西斯》类似，《大都会》主要围绕主人公埃里克·帕克穿梭于纽约市曼哈顿区一天的经历展开。帕克是一位年仅 28 岁的从事股票和货币投资的亿万富豪。小说开始，帕克在安保主管的护卫下乘坐一辆豪华轿车去市区理发。一路上他们因总统车队出行、水管爆裂、抗议分子暴力攻击以及一位说唱歌手的送葬队伍等各种事件在市区缓慢前行。在此期间，帕克在车上先后接见了自己的技术主管、货币分析师、财务主管、私人医生助理和理论顾问。他通过车内的监视系统和电子网络了解时事新闻与操作日元交易。途中他还偶遇自己新婚22 天的妻子埃莉斯并与她就餐，与妻子分别后不久又淡定跑去与情妇们私会。他不顾助手的建议，用自己手头上的全部资金以及从妻子账户上

---

[1]　Randy Laist, *Technology and Postmodern Subjectivity in Don DeLillo's Novels*. Frankfurt: Peter Lang, 2010, p.152.

盗取的大笔资产买入日元，最后日元贬值使自己的财富亏空殆尽。小说
结尾，帕克不可理喻地枪杀了自己的安保主管托沃尔，在自己小时候生
活过的社区理了发，在一个电影片场再次偶遇妻子并遭她抛弃，最后被
自己解雇的前员工本诺枪杀。如果说乔伊斯在《尤利西斯》中"深刻地
反映了爱尔兰乃至整个西方社会中现代人纷乱复杂的心理结构"①，那么德
里罗则通过《大都会》对受技术与资本操纵的西方后现代社会中当代世
俗个体的自我异化与精神困境进行了透彻剖析。

　　小说开始，帕克出现在他价值一亿零四百万的公寓大厦里。大厦内
部的格局和装饰极尽奢华：楼内设有游泳池、纸牌室、健身房、鲨鱼缸
和影视厅，甚至还有专门用来思考的沉思室；每个房间的墙上都挂满了
油画作品；电梯里播放着高雅音乐。奢华的住宅大厦彰显着帕克作为亿
万富豪的身份，让他体验到生活的舒适和人生的成就。大厦的外观平凡
而又不失宏伟，反映出帕克既低调又高傲的性格。"这幢大楼高九百英
尺，是世界上最高的住宅大楼。它的外形是普通的长方形，它唯一的特
点就是它的规格。它是平凡的，而时间证明这种平凡本身就是一种无情。
他就是因为这个才喜欢这幢大楼。"②高耸的大厦为他提供了一种居高临下
俯瞰全世界的上帝视角。他喜欢站在窗边观察外面喧嚣的世界，喜欢夜
间在健身房锻炼释放压力。除此之外，大厦还可以充当他的精神庇护所，
为他提供心理慰藉与自我保护。当他感到犹豫和沮丧时，他喜欢在大楼
里独自穿行。"他时常感到小心翼翼、昏昏欲睡、虚虚幻幻。当他有这种
感觉时，他喜欢站着仰望此楼。"③对大厦所象征的社会精英身份的认同让
帕克感觉自己与大厦合而为一。"他瞅了一下大楼的长度，感觉到自己和

---

① 侯维瑞、李维屏：《英国小说史（下）》，译林出版社，2005，第538页。
② ［美］唐·德里罗：《大都会》，韩忠华译，上海文艺出版社，2013，第8页。
③ 同上。

它连接在一起，与大楼共享着这种表面和环境，而环境从大楼两侧又与表面连接在一起。"① 大厦带给他区别于普通大众的力量与深度。正如有的学者所说："这栋高楼以地产价格树起了一道屏障，把精英们圈定起来，成为精英阶级共享的、有意识同大众保持距离的社会空间。"② 除了豪宅之外，彰显帕克社会精英身份的还有他的豪华加长轿车以及车上的先进技术设备。虽然帕克对别人说他不在乎车的规格，但是内心却对自己的轿车感到无比自豪。"他想要这车，因为他不仅超大，而且霸气十足，蔑视群车；此种变形的庞然大物岿然不动地凌驾在对它的每一个非议之上。"③轿车庞大的体积和霸气的外观象征着帕克不同寻常的社会地位和身份。"与帕克所居住的摩天大楼占据较多的垂直空间一样，加长汽车的庞大体积占据了城市较多的水平空间。通过对道路的占有，帕克的轿车扩大了他的私人空间，并创造出一个'公共空间中的私有空间'。"④ 正是通过轿车制造的"公共空间的私有空间"，帕克才能自由穿梭于纽约市区之中。不仅如此，帕克还可以通过车上安装的各种先进的可视设备了解财经动态和时事新闻。"这些设备都不需要用手操控。他可以口授指令让大多数系统启动，或者摆一下手让某个屏幕一片空白。"⑤ 换言之，轿车上的这些技术设备赋予帕克一种"一切尽在我掌控中"的上帝视野与权威。正如有的学者所言："轿车由此制造了超出它正常操作范围、超出它自己视觉

① 唐·德里罗:《大都会》，韩忠华译，上海文艺出版社，2013，第8页。
② 黄向辉:《穿越都市的迷宫——解读唐·德里罗的〈大都会〉》,《英美文学研究论丛》2012年第2期，第301页。
③ [美]唐·德里罗:《大都会》，韩忠华译，上海文艺出版社，2013，第9页。
④ 李楠:《〈大都会〉：机器与死亡》,《外国文学》2014年第2期，第83页。
⑤ [美]唐·德里罗:《大都会》，韩忠华译，上海文艺出版社，2013，第12页。

感受的空间。"①

　　作为帕克富可敌国财产与社会精英身份的来源，金融成本成为他实现自我认同与价值的最重要途径。在股市疲软之前，帕克曾经是一位"制造历史"的股票分析师，通过预测股市行情和向股民推荐股票和板块"促使股票价格成倍上涨，改变整个世界行情"②。熊市到来之后，为了"寻找新的突破口，寻找新的发展方向"③，他开始从事货币交易，业务范围涉及世界各国的币种，这帮助他积累了巨额财富。帕克通过货币资本自身的增值实现财富积累，这一做法正是现代金融资本运作方式的体现。随着资本主义发展到垄断阶段，在资本主义发展初期曾起到重要作用的商业资本逐步衰落，产业资本与银行资本相互融合，形成了最高形态的垄断资本——金融资本。正如法国经济学家托马斯·皮凯蒂所言："如果我们以长远的眼光展望 20 世纪以后的情况，那么资本收入与劳动收入的比重保持稳定的观点必须面对这样一个事实，那就是资本自身的性质发生了彻底改变（从 18 世纪的土地和其他不动产变为 21 世纪的产业和金融资本）。"④金融资本的主要投资对象包括股票、债券、外汇等。随着 21 世纪经济全球化脚步的加快，金融资本迅速成为全球资本流通的主要组成部分。"正像资本本身在其发展的最高阶段变为金融资本一样，资本巨头、金融资本家也合于一身，越来越以支配银行资本的形式支配整个国民资

---

① Ian Davidson, "Automobility, Materiality and Don DeLillo's *Cosmopolis*," *Cultural Geographies*, Vol. 19, 2012, p.477.

② [美]唐·德里罗：《大都会》，韩忠华译，上海文艺出版社，2013，第 65 页。

③ 同上。

④ [法]托马斯·皮凯蒂：《21 世纪资本论》，巴曙松等译，中信出版社，2014，第 42 页。

本。"① 帕克便是这样一位从事货币股票交易的金融资本家与资本巨头。"他做股票交易的货币没有地域界限，有现代民主国家的货币、古老的苏丹式王朝的货币、偏执的共和国货币，还有强权反叛的民族的货币。"② 可见，只要有利可图，世界上任何国家的货币都可以成为他的交易对象，不论其经济、政治与意识形态状况如何。可以说，追逐资本利润是帕克的唯一信仰，他在金融资本中实现了自我价值认同。

然而，金融资本体系在提升经济效率和改变经济格局的同时也对当代资本主义世界造成了一些负面影响。依靠资本增值快速积累财富的观念使得许多当代人迷失于资本的欲望之中，其自我也在金融资本投机行为中被异化，资本不再是手段而是替代人成为目的本身。对利润的疯狂追逐暴露出帕克作为金融资本家与资本巨头占有资本和财富的本能欲望，使他陷入了严重的自我异化与道德虚无的困境之中。他"以极低的利率借贷日元，然后用它在股票市场做投机买卖"，目的是获得巨大的回报。尽管理论顾问金斯基认识到金融资本体系是一个无法控制的体系并极力劝阻他，帕克仍一意孤行，用自己账户上的所有资金以及从妻子账户上盗取的资金大笔购入日元，最终导致自己的财富亏空殆尽。这种不理性的投资行为背后的动机正是金融资本家在高风险市场环境下对巨额利润的疯狂追逐。正如有的学者所说："帕克押上自己的财富购入日元并最后亏空，揭示出货币作为欲望能指符号的角色。"③ 对金钱的无尽欲望使帕克丧失了自我，最终异化为资本的工具。

与帕克物质财富上丰盛的状态相对的，是他精神伦理上的极度空虚。

---

① [德]鲁道夫·希法亭：《金融资本——资本主义最新发展的研究》，福民等译，商务印书馆，1994，第253页。

② [美]唐·德里罗：《大都会》，韩忠华译，上海文艺出版社，2013，第65页。

③ Mark Osteen, "The Currency of DeLillo's *Cosmopolis*," *Critique: Studies in Contemporary Fiction*, Vol. 55, 2014, p.291.

他患有严重的孤独症，失眠时甚至"没有密友可以打电话去聊天"①，只能对着自己的狗说话。帕克的婚姻和感情状态也是一团糟。虽然他与豪门出身的妻子埃莉斯结婚不久，但是两人的婚姻并不是以感情为基础，而是"两大富豪的联姻"②。这对新婚夫妇就像陌生人一样。帕克根本不了解妻子的口味，他替埃莉斯点的早餐，她一口也没动。而埃莉斯甚至连帕克的眼睛颜色和具体工作都不清楚。帕克对埃莉斯的兴趣似乎总是停留在情欲之上。此外，帕克还与三名女性保持着不正当的关系。他甚至利用黑客手段盗取妻子银行账户上的钱用于投资日元。由此可见，帕克的行为根本不受道德约束，这直接导致他陷入道德虚无的困境之中。帕克在现实世界中总是处于一种游离不定的状态。"帕克的世界资产带来的矛盾与影响是他完全缺乏特定的归属感。"③ 小说开始，帕克尝试用各种方法治疗严重的失眠症。服药、阅读，甚至尝试用站立方式来睡觉，都没有效果。"他的每个举动都是自寻烦恼和虚伪的。苍白之极的思绪带来了焦虑的阴影。"④ 事实上，造成帕克严重失眠的是他精神世界的极度空虚。当他发觉自己没有朋友可以打电话排解忧虑时，他也察觉到即使有朋友他也没有什么可以跟他分享的。"有什么可聊的呢？这是一个沉默的问题，并不是言语能解决的。"⑤ 无聊的现实总是让他感到"虚虚幻幻"⑥，总是恍惚地关注一些现实中的微小细节，并且总是问出一些诡辩式的问题。例

① ［美］唐·德里罗：《大都会》，韩忠华译，上海文艺出版社，2013，第5页。

② 同上，第23页。

③ Aaron Chandler, "'An Unsettling, Alternative Self': Benno Levin, Emmanuel Levinas, and Don DeLillo's *Cosmopolis*," *Critique: Studies in Contemporary Fiction*, Vol. 50, 2009, p.243.

④ ［美］唐·德里罗：《大都会》，韩忠华译，上海文艺出版社，2013，第5页。

⑤ 同上。

⑥ 同上，第8页。

如，当他关注到货币分析师指甲边的死皮时，他不禁想到，"为什么指甲旁边的倒刺叫 hangnail 呢？"[①] 帕克甚至空虚到让自己的情妇用电枪击晕自己以寻求刺激。

自我的严重异化和精神的极度空虚还导致了帕克对他人生命的漠视。帕克三年没有正眼看过自己的技术主管希纳，因为"即使你看的话，你也了解不到别的什么事情"[②]。这是资本家在身份与地位上对自己雇员展现优越感的体现，而这种优越感是不容他人质疑与挑战的。帕克认为他的安保主管托沃尔"魁梧的外表"对他的权威与优越感构成了挑战。他觉得托沃尔的一切举动"都是带有敌意的煽动"，制约了他"关于他自己身体的权威，也制约了他对力量和肌肉的评价标准"[③]。这种自身权威受到挑衅的感觉在他们穿行纽约市区的过程中不断累积，最终导致帕克将托沃尔残忍地枪杀。"他所有的威势都荡然无存了。他看上去愚蠢而又困惑。"[④] 帕克对他人生命的漠视还体现在他对国际货币基金会总裁阿瑟·拉普以及俄罗斯传媒业巨头尼古拉·卡冈诺维奇被刺杀消息的反应上。阿瑟·拉普在电视直播的过程中被刺杀。帕克通过轿车里的屏幕观看了整个过程。"屏幕的画面上有个特写。阿瑟·拉普的脸血肉模糊，伴随着疼痛车阵抽搐，就像一堆挤压的白菜。"[⑤] 令人惊讶的是，帕克看完这个血腥的画面之后竟然想要重播一次，其道德上的冷漠程度可见一斑。如果说帕克冷血观看拉普被刺杀是因为他对拉普有"一种发自内心的强烈的无序憎恨"[⑥] 的话，那么他看到自己的朋友尼古拉·卡冈诺维奇被枪杀的画

---

① ［美］唐·德里罗：《大都会》，韩忠华译，上海文艺出版社，2013，第 33 页。
② 同上，第 10 页。
③ 同上，第 18 页。
④ 同上，第 125 页。
⑤ 同上，第 30 页。
⑥ 同上。

面时表现出来的窃喜感则令人难以置信。当他看到"卡冈诺维奇的身体和脑袋中了数枪的画面"，他竟然"感觉很好"，"觉得肩膀和胸脯都松弛了"[①]。"尼古拉·卡冈诺维奇的死让他感到放松。"[②] 他的理论顾问金斯基对此做出解释：

"你的天才和你的敌意总是息息相关，"她说。"你的思想是在敌视别人的基础上发展起来的。我想，你的身体也是这样。歹人活千年。他从某种意义上来说是你的对手，是吧？也许他身体强壮。他生性自大。这家伙富有，但令人讨厌。他的女人不计其数。所以，看到他可怕地死去，你有足够的理由窃喜。理由总是有的。别再研究这件事了，"她说。"他死了，你就可以活着了。"[③]

通过这段话我们可以发现，资本巨头总是在与其他资本家的竞争中实现资本积累的。对帕克来说，自我利益永远是第一位的，任何威胁到他利益的人，包括朋友，都是敌人。他们的死亡只会对自己更有利，所以根本不值得同情。

针对帕克自我异化危机与道德虚无困境的起因，有论者将其解释为帕克"五岁开始就拥有的创伤性幻想"[④]。这个解释并不能反映帕克这个人物身上的时代特征。究其根源，当代人的自我异化危机和道德虚无困境源自世俗社会对主体自我与伦理意识的负面影响。随着西方近现代自然科学与人文理性的发展，宗教在公共领域对人类的影响逐渐减弱，科技

---

① [美] 唐·德里罗：《大都会》，韩忠华译，上海文艺出版社，2013，第 70 页。

② 同上。

③ 同上，第 70—71 页。

④ Gary Adelman, *Sorrow's Rigging: The Novels of Cormac McCarthy, Don DeLillo, and Robert Stone*, Montreal & Kingston: McGill-Queens University Press, 2012, p.90.

理性替代超越的信仰成为指导人类思想和行动的伦理规范。诚然，代表世俗理性的科学技术在促进人类文明繁荣方面起到了决定性作用。然而，随着世俗主体代表主体目的与手段的理性对客体他者的压制和剥削，当代世俗社会正暴露出一系列的暴力与非正义伦理问题，导致当代人类进入了一个"道德模糊性的时代"①。"这个时代给我们提供了以前从未享受过的选择自由，同时也把我们抛入了一种以前从未如此令人烦恼的不确定状态。"② 这种伦理秩序混乱的状态到了 21 世纪的金融资本时代变得更加严重。资本家为了追逐剩余价值最大化不断积累资本，而在这个过程中人的主体地位被资本替代，劳动者和资本家都沦为被资本奴役的工具，当代人的人生意义随着资本对人性价值的取消而变得空虚、贫乏。

二、技术崇拜与超越困境

面对世俗社会混乱的伦理秩序和空虚的人生意义，当代人渴望一种"比我们更强大的权威"③ 为其提供明确的道德准则和人生方向，从而实现自我的救赎与超越。正如马斯洛所说："没有超越，不能超越个人，我们就会成为病态的、狂暴的和虚无的，要不然就会成为失望的和冷漠的。"④ 在前现代时期，这个"比我们更强大的权威"指的是传统宗教。作为人类精神生活的主要来源，传统宗教依靠其普遍的道德责任和伦理规则为人类提供着精神庇护。正是在此意义上，鲍曼认为身处"后现代道德危

---

① ［英］齐格蒙特·鲍曼：《后现代伦理学》，张成岗译，江苏人民出版社，2002，第 24 页。
② 同上。
③ 同上，第 23 页。
④ ［美］亚伯拉罕·马斯洛：《存在心理学探索》，李文湉译，云南人民出版社，1987，第 6 页。

机"之中的当代人对传统宗教这个"可以信赖的权威"充满"怀念"。①
然而，现代科学技术与自由思想的进步使人类认识到传统宗教的缺陷，
他们选择在世俗社会中寻找一个"宗教代替物"② 为其提供超越性需求。
"我们需要某种'比我们更大的'东西作为我们敬畏和献身的对象，这是
就一种新的、自然主义的、经验主义的、非宗教的观念说的，或许正如
索罗和惠特曼，詹姆斯和杜威所说的那样。"③ 马斯洛将这种非宗教的自
我超越视为其心理需求层级理论的最高级别。与马斯洛相似，乔恩·米
尔斯认为，人类对上帝的崇拜源自于他们心理和情感上对缺失的抗拒以
及对安全的需求。"我们需要某种东西来减轻我们的恐惧和颤抖，而理性
的声音几乎无法提供安慰。"④ 虽然现代科学技术证明上帝并不存在，但
是"这并未在心理上根除对上帝的需求"⑤。这种心理需求促使无神论者培
养出一种与宗教无关的"世俗灵性"作为"上帝的替代物"，使他们"在
对生活保持超越和愉悦感的同时，处理人们面对生老病死表现出来的虚
无感"⑥。

　　小说中，作为一名深陷自我异化与道德虚无困境之中的世俗资本家，
帕克无意识中渴望借助某种世俗灵性的力量实现自我救赎与超越。他的
选择是在资本与技术的结合中感受这一超越的灵性力量。"他在这里发现

---

　　①　[英] 齐格蒙特·鲍曼:《后现代伦理学》，张成岗译，江苏人民出版社，2002，
第 24 页。

　　②　[美] 亚伯拉罕·马斯洛:《存在心理学探索》，李文湉译，云南人民出版社，
1987，第 6 页。

　　③　同上。

　　④　Jon Mills, *Inventing God: Psychology of Belief and the Rise of Secular Spirituality*,
New York: Routledge, 2017, p.109.

　　⑤　Ibid, p.171.

　　⑥　Ibid.

了一种美丽和精确，一种特定货币波动中潜在的节奏。"① 在帕克看来，受技术控制的金融市场不只是一个凡俗的场所，还是一个具有某种神秘性与崇高性的空间。他从轿车屏幕上跳动的反映货币涨幅变化的数据上感受到这一神秘的灵性力量：

　　断言数字和图表是对难以驾驭的人类力量的冷酷压制，这只能是肤浅的思考；每一种渴望和午夜的汗水变为金融市场中清晰的货币单位。事实上，数据本身是热情的、强烈的，是生命进程中生机勃勃的一面。完全了解在电子表格和由0和1构成的电脑世界中数字指令决定每一个行星上亿万生命体的呼吸，就是对字母和数字系统强有力的辩护。这就是生物圈的起伏。我们的身体和海洋，都是可知的，是整体的。②

　　从这段话中我们终于明白帕克将"技术与资本的相互作用"视为世界上唯一值得研究的专业和知识的原因。对他来说，当代技术与资本结合所形成的电子数据是一股具有灵性的强大力量，犹如上帝一样主宰着人类和地球上的其他生物。在这个全知全能的"技术上帝"面前，一切事物，包括深不可测的海洋，都是共享、可知的，仿佛串联在一张巨大的信息网络上。正如《地下世界》结尾，埃德加修女身处"万物都被连接起来"的网络世界，感受到"她看到了上帝"③。信息技术如此强大以至于帕克像埃德加一样感觉自己与网络世界合为一体。"先进技术消除了界面本身，埃里克与他的屏幕显示的全球信息相连在一起。"④ 事实上，技术

---

① [美] 唐·德里罗：《大都会》，韩忠华译，上海文艺出版社，2013，第65页。
② 同上，第22页。
③ [美] 唐·德里罗：《地下世界》，严忠志译，译林出版社，2013，第877页。
④ Randy Laist, *Technology and Postmodern Subjectivity in Don DeLillo's Novels*. Frankfurt: Peter Lang, 2010, p.162.

已经成为当代人类文明赖以生存和延续的根基，技术的影响力如此之大，以至于它成为当代人类信仰和崇拜的对象。"技术对文明至关重要。为什么呢？因为它能帮助我们决定命运。我们不需要上帝或奇迹，也不需要大黄蜂的飞行路线图。"① 在金融资本主义时期，技术与资本结合形成的网络资本是一股难以捉摸且令人崇敬的神秘力量，对全世界经济乃至其他各个领域的发展起着至关重要的作用。这种"比我们更大"的网络资本力量掌控着当今世界的经济命脉与未来发展的方向。"网络资本创造未来。"② 帕克与理论顾问金斯基看着建筑物顶端电子屏幕上各种金融与货币信息飞速闪过，经历了一次类似宗教的显灵体验。

> 他站在她身后，手越过她的肩膀指着屏幕。在滚动的数据下面，标着世界各大城市的时间。他知道她在想什么。别去介意信息滚动的速度太快，人们跟不上。速度是关键。也别去介意源源不断的信息补充，一个数据刚过去，另一个数据接踵而来。发展趋势是关键，未来是关键。我们正在目睹的信息流，并不是一种景观或难以读懂的神圣化的信息。这种安装在办公室里、家里或车里的监控屏幕成了一种崇拜偶像，让人们惊讶地聚集在它面前。③

看着一块块显示着世界各地金融市场即时信息的电子屏幕，帕克与金斯基犹如置身于一座座矗立在教堂里的庄严神像前，内心充满敬畏与虔诚。正如有的学者所说："在某些方面，比起资本巨头来，帕克更像一位神秘主义者，一位异教的牧师，该教派的种子由四百年前的高利贷者

---

① [美]唐·德里罗：《大都会》，韩忠华译，上海文艺出版社，2013，第81页。
② 同上，第68页。
③ 同上，第69页。

种下。"① 由技术与资本结合而成的网络资本，替代传统宗教中的神明成为受当代人崇拜的神秘而崇高的灵性力量。

据马斯洛所述，超越者们"能进行统一的或神圣般的（即凡人中的神圣化）观察，或者他们能在实际的、日常的缺失水平上观察事物的同时，也看到一切事物中神圣的一面"②。虽然帕克从世俗的金融资本中感受当代技术与资本结合的神圣性与崇高性，他却未能成功实现自我超越的需求。显然，帕克没有注意到的是，当技术与资本结合的灵性力量受到人类的盲目崇拜且超脱人类掌控时，它将像宗教一样异化人的自我意识和存在方式。"作为一种人类技术充当神明的宗教，数字化财经显示屏构成了一种全人类范围的自我催眠与集体唯我论。"③ 受到技术与资本力量的宗教式催眠，当代人类变得越来越以自我利益为中心，整个社会也陷入了混乱之中。金斯基向帕克解释了这一点：

对了，你运用数学和其他学科进行分析。然而，最后你应对的是无法控制的体系。它夜以继日地高速运转。自由社会的人们并不害怕这种病态现象。我们自己创造了自己的疯狂和混乱，而我们无法掌控的思想机器又不断推波助澜。这种疯狂状态通常很难发现。它就是我们的生活方式。④

---

① Mark Osteen, "The Currency of DeLillo's *Cosmopolis*," *Critique: Studies in Contemporary Fiction*, Vol. 55, 2014, p.293.

② [美] 亚伯拉罕·马斯洛：《人性能达的境界》，林方译，云南人民出版社，1987，第 275 页。

③ Randy Laist, *Technology and Postmodern Subjectivity in Don DeLillo's Novels*. Frankfurt: Peter Lang, 2010, pp.163-164.

④ [美] 唐·德里罗：《大都会》，韩忠华译，上海文艺出版社，2013，第 73 页。

　　金斯基的话表明，随着金融资本的迅速扩张，受技术控制的虚拟资本对当今全球经济的影响越来越大，但是高度虚拟化的金融资本也导致了经济泡沫化，国际金融体系面临巨大的信用风险与危机。事实上，这种由金融资本制造的风险和危机是资本主义制度的顽疾。在资本主义社会，资本家凭借其资本榨取无产阶级劳动者的剩余价值实现资本积累的本性不会改变。正如马克思所说："作为资本的货币，流通本身就是目的，因为只有在这个不断更新的运动中才有价值的增殖。因此，资本的运动是没有限度的。"[①] 越来越多的资本家并不参与生产过程或从事劳动，而是利用他们占有的资本进行投机，从而迅速积累巨额资本。这势必导致作为资本的货币——金钱本身的异化。"一切财富都是为了它自己而存在。并没有其他种类的巨大财富。金钱已经失去了它一度具有的绘画般的那种叙述品质。金钱只对自己说话。"[②] 金钱失去了其作为等价交换物的内涵，变成了一个只有符号价值的虚拟数字。正如金斯基对帕克说：

　　资产不再是有关权力、人品和权威的东西，也不是粗俗的或是有品位的展示。因为资产再也没有重量和形状。唯一有关的是你付的钱。你自己，埃里克，想一想。一亿零四百万能买什么？不是几十间房子、无可比拟的景色、私人电梯。也不是旋转式卧室、电脑控制的床。不是游泳池和鲨鱼。是空中权吗？是传感调节器和软件吗？也不是清早可以告诉你感觉的镜子。你付了这个数目。一亿零四百万。这就是你买的东西。那就值了。数目证明它自己的价值。[③]

---

① 《资本论》第一卷，人民出版社，2004，第178页。

② ［美］唐·德里罗：《大都会》，韩忠华译，上海文艺出版社，2013，第67页。

③ 同上。

　　金斯基的话揭示出资本主义制度下资本虚拟化的趋势。到了金融资本主义阶段，这一趋势更加明显。随着大量资本从实体生产和贸易领域转向股票、房地产、外汇等投机领域，虚拟资本的数量和规模飞速增长。小说中对金融资本这一发展趋势最犀利的讽刺莫过于帕克读过的一句诗——"老鼠变成货币单位"①。这句诗出自波兰诗人兹比格涅夫·赫贝特（Zbigniew Herbert）的诗歌《来自被围困城市的报告》（*Report from the Besieged City*），描写的是在一座被围困至粮尽物绝的城市里，老鼠不但成了宝贵的食品，而且变成了货币单位。随着21世纪初金融资本的急剧膨胀与高度虚拟化，当代西方资本主义国家频繁遭遇债务、银行、信用、股市等金融危机，遭遇货币贬值、工人失业、经济萧条等严重的社会后果。一场全球性的金融风暴很有可能致使许多城市陷入诗句中描述的"老鼠变成货币单位"的境地。

　　小说对技术与资本灵性可能造成的这一疯狂后果进行了合理想象。由于帕克"公司的证券投资是如此庞大，涉及面广"②，他大笔买入日元的行为造成整个金融市场发生紊乱，导致整个体系岌岌可危。"货币到处都在暴跌。银行破产在蔓延。"③ 受此影响，作为国际金融中心的纽约市发生了一阵骚乱。帕克的豪华轿车在第七大道和百老汇的交界处，被参加抗议活动的人群堵住。抗议分子因不满于当代金融资本主义体系对他们的剥削而进行暴力示威。资本家利用巨额资本对劳动者的剩余价值进行压榨，导致资本家与普通员工之间的贫富差距加大，阶级矛盾越来越尖锐，最终达到不可调和的地步。正如金斯基所说："你的想法越有远见，就有越多的人跟不上。这就是人们抗议的全部原因。科技和财富的幻景。网

---

① ［美］唐·德里罗：《大都会》，韩忠华译，上海文艺出版社，2013，第21页。
② 同上，第97页。
③ 同上。

络资本的力量足以把人们甩到路旁的沟里去，让他们呕吐和死去。"① 由此可见，德里罗在小说《大都会》中不仅批判了当代金融资本主义的主要弊病，还对网络资本经济将不可避免地导致破坏性金融危机的结局进行了大胆预测。正如有的学者所说："小说更多地不是通过细节，而是通过探索策划这场危机的贸易家和金融家的心理与社会角色，从而在很多方面预见了 2008 年开始的那场金融危机。"②

金融资本主义不可调和的阶级矛盾最终导致帕克被前员工本诺·莱文枪杀。本诺曾经是一位教师，为了赚钱而改行为帕克的公司打工，结果遭到无情解雇。他由此对帕克心生怨念并策划刺杀他。在本诺向帕克开枪之前，他指出帕克最终失败的原因：

你试图运用大自然中的模式来预测日元的走势。这当然没错……你把这种分析做到了可怕和残酷的精确程度。然而，你却忘记了这个过程中的某些东西……那就是不对称的重要性，或者说偏斜的重要性。你一直试图在寻找平衡，美观的平衡；同样的部分，同样的边缘。我了解这一点，我了解你。不过，你本应该在日元的振荡和扭曲中不断地跟踪它。轻微的扭曲。或者说畸形。③

在本诺看来，帕克投资日元失败的根源在于他对技术的盲目崇拜。他过于依赖用技术手段对市场信息进行分析，而且缺乏对金融市场规律和技术自身缺陷的了解与接受。正如宗教信徒对神明的顶礼膜拜容易让

---

① ［美］唐·德里罗：《大都会》，韩忠华译，上海文艺出版社，2013，第 77 页。

② Mark Osteen, "The Currency of DeLillo's *Cosmopolis*," *Critique: Studies in Contemporary Fiction*, Vol. 55, 2014, p.293.

③ ［美］唐·德里罗：《大都会》，韩忠华译，上海文艺出版社，2013，第 171 页。

他们失去理智一样，当代人类对科学技术的疯狂崇拜也容易让他们沉浸在一种"狂躁情绪"中。"这种狂躁事实上是一种追求全知全能的愿望。这个目标威力无边；它可以重新创造人类、地球和整个宇宙。如果你为肉体疾病困扰，把肉体消灭就是了，我们现在就能够这样做。如果你对宇宙不甚满意，那么从头开始再制造一个。"① 对当代技术的盲目崇拜使当代人很容易忽视技术自身的缺陷及其负面效应，这导致了环境污染、资源短缺、人性异化、伦理挑战等文明危机。对技术的盲目崇拜使得帕克自信能掌控金融市场的"平衡"。他无法接受日元偏离自己预设的轨迹，发生"扭曲"或变得"畸形"，就像他无法接受自己的前列腺不对称这个身体畸形。可见，帕克失败的根源在于无法正确认识和规避技术与资本这股世俗灵性力量的负面效应。小说结尾，正如极端宗教分子高喊信仰赴死一样，帕克在生命的最后一刻盯着高科技手表的屏幕来面对死亡，似乎期待着在技术的虚拟世界中实现永生。"正如亚伯拉罕信仰灵魂有来世一样，技术的崇高性为帕克脱离躯体的思想提供了超越。"②

由此可见，深陷自我异化危机与道德虚无困境的帕克期待通过一种类宗教的世俗灵性力量帮助他实现自我救赎与超越。作为一名成功的金融资本家，他的确在技术与资本结合中体验到一种类宗教的神圣性与崇高性。但是，由于缺乏对技术与资本自身缺陷的正确认识，他陷入了对这一世俗灵性力量的盲目崇拜与狂热之中，最终因违背市场规律而走向毁灭，未能实现自我救赎与超越。

---

① ［美］埃德·里吉斯：《科学也疯狂》，张明德、刘青青译，中国对外翻译出版公司，1994，第 7 页。

② John N. Duvall ed., *The Cambridge Companion to Don DeLillo*, New York: Cambridge University Press, 2008, p.186.

三、艺术灵性与内在超越曙光

与多数学者认为《大都会》反映了当代世俗人类在灵性探索的道路上受挫的观点不同[①]，笔者认为德里罗在批判技术灵性对当代人的负面影响的同时，还描述了另一种积极的世俗灵性——艺术灵性。通过刻画小说中世俗人物对绘画、音乐、文学等艺术形式包含的超越性的渴求与向往，德里罗似乎在暗示艺术灵性或许可以对技术与资本的负面效应起到抵制与纠正作用。

作为一项表达人类灵性直觉与精神情感的创造性活动，艺术总是与超越日常经验的崇高性、神秘性等特质联系起来。杰出的艺术作品总是能激发审美主体对代表生命崇高境界的真善美的向往与追求，赋予其忘却个体自我通达超越之境的神秘灵性体验，促进其灵性和情感认知能力的提升与成长。随着物质文明与科学技术的发展和繁荣，物品丰盛的消费社会和虚拟的网络电子媒介导致当代人的审美品位严重下降，精神生活变得极度颓废。生活在灵性荒原中的当代人越来越强烈地感受到借助艺术激发精神创造源泉和生存本能动力的灵性需求。"那些仍然相信生命神秘性与独特性，相信价值观念的重要性与效果的人趋向于反抗'科学

[①]　例如，保罗·贾伊莫（Paul Giaimo）认为，帕克的失败"代表资本主义将自己视为神话以充当完全艺术、个体自我超越载体（像他的轿车一样）的失败"。参见 Paul Giaimo, *Appreciating Don DeLillo: The Moral Force of a Writer's Work*, Santa Barbara: Praeger Publishers Inc, 2011, p.113。伊朗学者贝赫鲁兹（Behrooz）和皮尔纳伊姆丁（Pirnajmuddin）则认为，《大都会》以及德里罗其他小说中的崇高性可以被定义为"怪诞而荒唐"的"后现代崇高性"——"一种空洞、困惑和压制，而不是使人提升和赋予人能量的现象"。参见 Niloufar Behrooz and Hossein Pirnajmuddin, "The Ridiculous Sublime in Don DeLillo's *White Noise* and *Cosmopolis*", *Journal of Language Studies*, Vol. 16, 2016, pp.183-197.

主义'，从宗教或艺术的想象性的解放中寻求安慰。"① 对许多世俗无神论者来说，艺术成为他们唯一可以信赖的灵性媒介。

小说中，主人公帕克中对绘画作品表现出极大兴趣，收购了许多的名贵画作。然而，帕克收集画作的主要目的并不是提升自己的审美体验与精神追求，而是为了炫耀自己的知识和精英身份。"他喜欢客人们不懂如何欣赏那些画作。对于许多人来说，那些刀刻的蛋清色版画都是不可知的。"② 超强的虚荣心和占有欲让帕克认为一切艺术作品都只是可以用金钱购买的商品而已。他的情妇迪迪专门负责为他收购画作。当她向帕克报告有渠道购买一幅美国著名画家罗思科的名画时，帕克却要求她为他买下整个罗思科小教堂。

"他的小教堂有多少幅画？"

"我不清楚。十四五幅吧。"

"告诉他们，如果他们肯把小教堂卖给我，我就会完好无损地保管好。"

"在哪里完好无损地保管好？"

"在我的公寓呀。那里有充足的空间。我还可以腾出更多的空间来。"

"但是人们需要看到它啊。"

"让他们买下呀。只要出价比我高就行。"

"原谅我说话不中听。罗思科小教堂是属于世界的。"

"如果我买下它，那就是我的了。"③

---

① 陶东风：《艺术与神秘体验》，《学术月刊》1990 年第 9 期，第 42 页。

② [美]唐·德里罗：《大都会》，韩忠华译，上海文艺出版社，2013，第 7 页。

③ 同上，第 25 页。

这段对话不仅暴露出帕克对罗思科作品展示空间理念 ① 的无知，更揭示出德里罗对金融资本主义时代艺术沦为拜金主义牺牲品的讽刺。在拜金主义社会中，艺术作品内在的审美价值及其崇高性已经完全被商业价值抽空，成为明码标价的资本商品。当代人对金钱名利的竞相追逐也使他们的审美眼光变得世俗而功利。然而，正是在这样一个艺术品鉴趣味低级化的当代精神荒原中，崇高的艺术审美体验才显得弥足珍贵，令人向往。当迪迪向帕克解释艺术作品可以带来令人身心愉悦的超越体验时，帕克显得困惑而好奇。

"它会提醒你，你还活在这个世界上。你内心有感受种种奥秘的欲望。"

……

他说："种种奥秘？"

"难道你没有在每一张你喜欢的画里看到你自己吗？你感到自己容光焕发。这是一种你无法分析或者说清的东西。你那一刻在干什么？你在看墙上的一幅画。仅此而已。但是，它让你感觉自己活在这个世上。它对你说，你活生生的就在这儿。对了，你还拥有比自己所知道的更深邃、更美妙的生命。"

……

---

① 以画家名字命名的罗思科小教堂是西方美术史上的一个圣地，代表着自由的艺术精神与纯粹的人文主义。教堂里收集了 14 幅罗思科画作，按照画家本人的意愿陈列。罗思科对作品的空间展示非常执着。他曾经说："我的作品很大，而且鲜艳，并没有外框，而博物馆的墙面通常也很宽阔，这样一来就会产生一个困扰：作品可能不会被大家过多思考，只是墙面的装饰罢了。这将使它们的意义得到扭曲，因为艺术品是按照自然生命尺度而不是制度上的尺度制造出来的，它们亲密、热切、渴望交流而不是作为装饰。为了解决这一问题，我希望把它们集中在一起而不是分散在巨大的空间里。这样观众看到的就不是太多太空的墙壁，墙壁被打败了，我作品才得以呈现。"参见 [美] 杰姆斯·布鲁斯林：《罗斯科传》，张心龙译，远流出版社，1997。

"我想让你为我去小教堂出个价。不管多少钱，我想要那里的一切。包括墙壁和所有的东西。"①

显然，帕克对迪迪所说的艺术灵性体验表现出兴趣和向往，所以他用"万能的金钱"对小教堂进行私人占有的欲望才会变得更加强烈。

事实上，帕克对艺术灵性的感知并非麻木不仁，他在不同的艺术形式中对艺术灵性有过不同程度的体验。他住宅大厦每个房间的墙壁上都挂满了他斥巨资收购来的名画：

墙上画着的艺术作品主要是彩色几何图案的大幅油画。它们占据了每个房间；在开有天窗的正厅墙上有一幅白色的画卷，画着潺潺流淌的泉水，带给人一种虔诚的沉寂。正厅拥有充满紧张和疑惑的塔形空间，这个空间需要虔诚的安静以便人们去观瞻和感受；这令他想起了清真寺里人们轻柔的脚步声和圆顶上野鸽子咕咕的叫声。②

对帕克来说，宁静的画作和画作陈列的空间能够唤起赏画人内心对崇高事物的虔诚。可见，尽管帕克对画作的欣赏并不专业或深刻，他仍能感知美术作品中具有的类宗教的超越潜质。除了美术之外，帕克对音乐也表现出极大兴趣。他在公寓大楼的一部电梯里播放法国作曲家萨蒂（Éric Alfred Leslie Satie）的音乐，因为它能让他在"情绪不太稳定"的时候"平静下来"和"情绪正常"③。另一部电梯演奏的则是伊斯兰教苏菲派说唱明星布鲁瑟·菲斯的音乐。菲斯音乐的特点是"将各种语言、节

---

① [美]唐·德里罗：《大都会》，韩忠华译，上海文艺出版社，2013，第28—29页。
② 同上，第7页。
③ 同上，第26页。

奏和主题巧妙地混合在一起"①。通过杂糅不同元素的形式，菲斯的音乐制造了一种超越个体、融入"比我们更大"的神秘事物的集体感。"这里面有狂喜、欢欣鼓舞，还有一种无法表达的东西。"②有的学者说："音乐、舞蹈、节日以及其他公共表现文化实践是人们表达集体身份的主要手段，这种身份对形成和维系作为人类生存基础的社会组织至关重要。"③这种灵性超越的集体感让不同种族和宗教背景的人在菲斯的葬礼上聚集在一起并感受到"一种整体沉醉的欢快"，也让破产后的帕克找到了一种轻松的解脱感。"埃里克对于自己破产的愉悦似乎在这里得到了尊重和认可。他已经摆脱了一切，只有无比的宁静感，一种淡泊和自由的宿命感。"④通过对菲斯音乐的认同，帕克在葬礼队伍中找到了一种久违的集体归属感，从而在音乐构建的时空中暂时超越了自我被资本异化的危机。这种超越不是以自我对更大的崇高力量的臣服为前提的宗教式外在超越，而是以自我觉醒和提升为前提的世俗内在超越。借助菲斯音乐获得超脱的帕克在道德层面经历了一次自我觉醒的过程。"然后，他想到了他自己的葬礼。他感到不值和可悲……他压迫别人，培育了他们的深仇大恨。那些他认为是一文不值的人将站在他面前，幸灾乐祸地俯视他。他将会成为木乃伊棺材中那具涂过香料的尸体，成为他们只要活着就要嘲笑的那个人。"⑤菲斯普世主义的音乐风格和巨大的人格魅力使帕克认识到自己道德上的自私与人格上的渺小。

　　由此可见，帕克的内心充满对艺术灵性超越体验的渴求，但是在当

---

① ［美］唐·德里罗：《大都会》，韩忠华译，上海文艺出版社，2013，第114页。
② 同上，第115页。
③ Thomas Turino, *Music as Social Life: The Politics of Participation*, Chicago: The University of Chicago Press, 2008, p.2.
④ ［美］唐·德里罗：《大都会》，韩忠华译，上海文艺出版社，2013，第116页。
⑤ 同上。

代金融资本主义条件下，这种渴求为一种物化的人类情感和商品化的审美趣味所淹没。对艺术灵性的需求总是屈从于他对资本的欲望。有学者将帕克视为"受挫的艺术家"，因为他"将自己对艺术的热爱转化为贪婪占有身边美好事物和人的需求"①。在自我被资本侵蚀和异化的情形下，短暂的艺术灵性超越体验无法从真正意义上消除帕克内心对找不到归属感的恐惧。这点在他破产和枪杀自己的保镖之后变得更加严重。"眼下是让人倍感寒战的时候，任何人都不可能逃出去。他只有无限期地停留，身后是接连不断的世俗间不明不白的陷害和诋毁，这样的日子以后也看不到头。"②帕克最后被自己的前员工本诺枪杀。在他临死之前，帕克对自己的葬礼进行了幻想。

　　他希望自己被埋葬在他的"黑杰克A"核炸弹里。不仅仅是埋葬，还要被火化，被烧成灰烬。他希望自己被灼热的太阳光熔化。他希望有一架远程遥控飞机，运载他那经过防腐处理的尸体，西装领带，带着穆斯林头巾，身旁还有那些威猛的俄国狼狗的尸体。飞机到达海拔最高处后，以超音速的俯冲一头扎进沙漠里，连人带机变成了一个火球，留下一幅地面艺术的杰作——与沙漠形成互动的焦土艺术。这幅艺术杰作将由他的买卖人和老情人迪迪·范彻代为保管，以纪念认证组织和开明人

---

　　① Paul Giaimo, *Appreciating Don DeLillo: The Moral Force of a Writer's Work*, Santa Barbara: Praeger Publishers Inc, 2011, p.112.

　　② [美]唐·德里罗：《大都会》，韩忠华译，上海文艺出版社，2013，第143页。

士对美国《国内税收法》第 501（C）（3）部分充满敬意的沉思。①

通过毁灭自己的身体来完成一幅艺术杰作，向致力于美国文化和公益事业的组织和人士致敬，帕克试图用生命换取金融资本主义社会中资本家的自我救赎。与帕克在华尔街上看到的自焚的抗议分子一样，帕克似乎也在用这种古老的宗教仪式表达自己对金融资本主义制度的抗议和对艺术灵性超越体验的向往。

有学者评论，尽管篇幅短小，德里罗的"后《地下世界》小说"展现出，作家本人正走向晚年这个事实给他的创作带来的"疏离与破碎"风格②。作为继《地下世界》之后德里罗在新世纪创作的第二部小说，只有两百多页篇幅的《大都会》对美国后现代社会的混沌现实以及当代美国人的精神困境进行了深刻描绘。通过描写主人公帕克因盲目崇拜技术与资本灵性力量而自我异化且深陷道德虚无危机的悲剧，德里罗似乎在告诫生活在金融资本主义时代的世俗人类不要过度依赖科技与资本的力量，而应该对其进行合理和人性化利用，使之服务人类文明的发展与繁荣。另外，通过描述主人公帕克对艺术崇高性的渴求，德里罗似乎在暗示当代人可以在艺

---

① ［美］唐·德里罗：《大都会》，韩忠华译，上海文艺出版社，2013，第 179 页。引文最后两句原为："……焦土策略的杰作。这可以看作是一个永久的证据，来证明这是他的执行者和老情人迪迪·范彻共同完成的壮举，目的是为了纪念由认证组织和开明人士共同商讨撤销《美国国内税收法》第 501（C）（3）部分的行为。"笔者根据自己的理解对这两句译文进行了修改。作为美国《国内税收法》的条款之一，501（C）列出了包括 27 种享受联邦所得税减免的非营利组织，其中 501（C）（3）列出的分别是宗教、教育、慈善、科学、文学、公共安全测试、促进业余体育竞争和防止虐待儿童或动物的组织。参见周贤日：《美国教育捐赠税制及其启示——以美国〈国内税收法〉501（C）条款为视角》，《温州大学学报（社会科学版）》2015 年第 6 期。

② Matthew Shipe, "War as Haiku: The Politics of Don DeLillo's Late Style," *Orbit: A Journal of American Literature*, Vol. 4, 2016, p.5.

术灵性中汲取一种自我提升的内在超越体验，从而为拯救资本主义社会中自我异化的审美主体奠定基础。

第二章 德里罗小说中的他者伦理危机与世俗灵性

古希腊哲学家亚里士多德曾经说过，人类是天生社会性的动物。换句话说，每个人都不可能离开社会这个集体而独立生存，都不可避免地要与他人打交道，个体自我总要与他者发生联系。自近现代西方启蒙运动以来，随着人及思想得以从上帝神权中解放出来，主体自我的地位不断抬高并导致个人主义价值观的逐步确立。在此情形下，自我与他者的关系也随之发生变化，他者的差异性被自我同一，成为主体自我可以控制和打压的客体。他者遭遇主体自我的暴力和不公正对待，导致人与人以及人与社会的关系不断恶化。"个人主义的阴暗面是以自我为中心，这不但使我们的生活变得更扁平化而且更狭窄，使生活的意义更加贫乏，对他者或社会的关注更少。"① 现代西方社会正遭遇家庭问题、性别歧视、阶级分化、种族矛盾、恐怖主义等一系列他者伦理危机。

保罗·贾伊莫认为，与评论家经常赋予德里罗小说的"后现代主义"或"现代主义"标签相比，"模仿现实主义"（mimetic realism）更适合用

① Charles Taylor, *The Ethics of Authenticity*, Cambridge: Harvard University Press, 1991, p.4.

来形容他的小说，因为德里罗的作品中包含了一种"潜在的道德力量"①。作为一个对当代社会发展动态保持敏锐观察力的作家，德里罗在其各个时期的小说创作中从不同角度对当代世俗社会主体自我与他者之间的伦理矛盾与冲突进行了真实复刻和深刻批判。例如，在早期小说《琼斯大街》中，主人公巴基·文德里克意识到女友奥佩尔的死亡是自己无情忽视的结果，但是他"没有看到自己对她的苛待与她死亡的道德联系"，反而"将其视为'自然的'"②。中期小说《名字》"只到达了一个消失点这么远。在这个点上，忠于自己或他人遭遇着自我的必然迷失，以及自我与他者之间的必然与无法弥合的分歧"③。新世纪小说《大都会》则"为我们提供了对一个时代发人深省的诊断，在这个时代中，自我与他者以及自我与集体之间的协商，被许多人完全忽视。他们在喧嚣与愤怒的金融交易、在媒介技术和网络资本的自由追求中，寻求精神情感满足"④。在德里罗的小说中，世俗的主人公们总是处于自我中心和漠视他者伦理的状态之中，而极端的个人主义以及对他人责任的缺失，又使得这些人物陷入孤独、迷失、精神虚无的深渊。然而，虽然他的小说人物结局大多较为悲惨，德里罗并非只是对当代世俗人类的他者伦理困境进行消极的呈现。自我的孤独迷茫与道德责任感的匮乏使他小说中的世俗人物对世俗灵性充满了渴望。这种以内在超越为基础的世俗灵性旨在促进个体自我的提升与成长，不但为修复病态的世俗个体自我提供了希望，而且赋予其一

① Paul Giaimo, *Appreciating Don DeLillo: The Moral Force of a Writer's Work*, Santa Barbara: Praeger Publishers Inc, 2011, pp.20-21.

② Don DeLillo, *Great Jones Street*, Boston: Houghton Mifflin, 1973, p.33.

③ Peter Boxall, *Don DeLillo: The Possibility of Fiction*, New York: Routledge, 2006, p.106.

④ Jerry A. Varsava, "The 'Saturated Self': Don DeLillo on the Problem of Rogue Capitalism," *Contemporary Literature*, Vol.46, 2005, p104.

种集体归属感，使其恢复对他者的责任与义务。本章以德里罗的三部小说《玩家》《白噪音》《坠落的人》为文本，着重分析小说中的世俗人物如何通过世俗灵性的觉醒，超越自我与他者的二元对立造成的伦理困境，在向集体归属感的趋近和对他者责任的担当中顿悟真实的内在自我。

第一节　"别人的无限痛苦"：《玩家》中的伦理困境 与灵性觉醒

评论家们对德里罗小说《玩家》中两位主人公莱尔和帕米的结局有着不同的解读。许多学者认为，两位主人公最终都未能摆脱灵性匮乏的虚无困境。例如，科沃特认为，相比莱尔在情感上的麻木不仁，帕米虽然展现出更强的情感能力，但是这并不意味着"她得救了"。"帕米相对强大的人性并没有为她的生活提供目标，她仍然处在艰难的困境之中。"[1]另外，与德里罗早期"四部曲"小说的"撤退叙事"不同，杜威将《玩家》视为"失败的参与叙事"。他认为莱尔与帕米都"认识到他们的不足与脱离生活"，但是他们采取的"冒险参与策略"最终证明都是"灾难性的"[2]。而另一位学者加里·阿德尔曼更为悲观。他认为德里罗的小说中"没有人获救"，其结局都是"程序化的毁灭"[3]。诚然，这些学者从不同角度对小说人物进行了仔细分析和颇有说服力的解读。然而，如果从莱尔与帕米针对其自我孤独与他者伦理危机所采取的策略来看，两者的结局

①　David Cowart, *Don DeLillo: The Physics of Language*, Athens: University of Georgia Press, 2002, p.53.

②　Joseph Dewey, *Beyond Grief and Nothing: A Reading of Don DeLillo*, Columbia: University of South Carolina Press, 2006, p.50.

③　Gary Adelman, *Sorrow's Rigging: The Novels of Cormac McCarthy, Don DeLillo, and Robert Stone*, Montreal & Kingston: McGill-Queens University Press, 2012, pp.73-75.

还是有所不同的。

一、媒介、资本主义与混沌伦理秩序

　　小说主人公莱尔和帕米是纽约市一对白领夫妇。枯燥乏味、名存实亡的婚姻使莱尔像《美国志》中的主人公大卫·贝尔一样陷入了一种极度空虚的生活状态之中。他试图通过观看电视打发无聊的时光，但他并不关注电视节目的内容，而是在频繁按遥控器换台这个过程中寻找"新鲜感"和"满足感"：

　　他没开灯，坐在离电视屏幕大概十八英寸的地方，每隔半分钟左右就换一次频道，有时换得更加频繁。他不是在搜索他的兴趣点。基本上不是的。他只是享受每换一个频道时按遥控器的新鲜感。从某种程度上讲，他是在寻找满足感。然而，这种换台的触觉和视觉的愉悦占了上风，甚而将随意的满足时刻转换成心旷神怡的领地空想。对于莱尔而言，看电视是一种类似数学或禅宗的训练。①

　　莱尔观看电视的真正意图，在于抵制其"注意力持续时间缩短和缺乏花时间与外界接触的兴趣"②的倾向。无论是数学训练还是禅宗冥想，两者都需要思想和注意力的高度集中。通过观看电视这个行为本身，莱尔期望达到一种自我催眠的快感。"电视最具催眠作用的不是它直接传播

---

① [美]唐·德里罗：《玩家》，郭国良译，浙江文艺出版社，2012，第 16 页。
② Douglas Keesey, *Don DeLillo*, New York: Twayne, 1993, p.88.

的内容，反而是在传播边缘产生的噪音，意义的副产品，语言垃圾。"① 然而，看电视不但未能让莱尔恢复专注以及与外界接触的兴趣，反而将他推入了更黑暗的意识和精神虚无深渊。每周，莱尔会花上一小时左右观看电视台播出的低俗的色情节目，通过追逐荧屏上"闪烁的肉体"来实现自我对精神刺激的满足。"镜头里出现一个个暗淡的身体，莱尔一动不动。画面完全吸引住了他的注意力，即使久而久之麻木了他的感官。"② 然而，一时的情色感官刺激无法让莱尔获得真正意义上的满足，反而使他在长时间"被电视的网眼效应占据"中陷入虚无的深渊。"他怀疑自己是否太复杂了，看不得裸体了，因此激动不起来了。"③

借助波德里亚的理论术语可以看出，莱尔的麻木和虚无感源自他对失去真实原型的"超真实"欲望的追逐。在波德里亚看来，广告、电视等大众媒介已经成为当代社会的变革性力量，正是媒介的巨大影响使得当代消费社会成为一个"超真实"的仿真社会：

　　这也是现实在超级现实主义中的崩溃，对真实的精细复制不是从真实本身开始，而是从另一种复制性中介开始，如广告、照片，等等——从中介到中介，真实化为乌有，变成死亡的隐喻，但它也因为自身的摧毁而得到巩固，变成一种为真实而真实，一种失物的拜物教——它不再是再现的客体，而是否定和自身礼仪性毁灭的狂喜，即超真实。④

————————

①　Julia Fiedorczuk, "Against Simulation: 'Zen' Terrorism and the Ethics of Self-Annihilation in Don DeLillo's *Players*," *Ideology and Rhetoric: Constructing America*, Bożenna Chylińska (eds.), Newcastle: Cambridge Scholars Publishing, 2009, p.45.

②　[美] 唐·德里罗:《玩家》，郭国良译，浙江文艺出版社，2012，第16页。

③　同上。

④　[法] 让·波德里亚:《象征交换与死亡》，车槿山译，译林出版社，2009，第93—94页。

换句话说，媒介所呈现的图像和影像等内容成为一种超越其真实原型的再现，其本质是一种真实缺席的空洞存在，一种比真实还要真实的虚幻现实。在这个仿真社会中，广大受众通过媒介看到的世界并不是现实世界本身的呈现，而是一个超越真实的拟像世界，传统世界的认知观和价值观因此受到冲击与瓦解。"生产转向消费，主体转向客体，物品转向符号，再现转向仿真，传统社会得以安身立命的一切都在对新技术无限追求的'致命策略'的牵引下，在大众传媒这个'仿真机器'越来越快的运转中'内爆'为碎片。"① 依此来看，莱尔通过观看情色节目来疯狂追逐的欲望并无一个实体的原型，不过是一个虚幻的符号而已。他本人也在追逐欲望符号的过程中失去了自我的自主性，由掌控媒介的主体变成了受媒介操纵的客体。

像贝尔一样，使莱尔感到空虚的还有他的工作。莱尔是华尔街纽约证券交易所的一名员工，表面上过着普通白领朝九晚五的体面和规律生活，实际上却遭遇了严重的自我异化与精神虚无的危机。在莱尔眼中，自己的工作场所是这样一个地方：

即便在最狂野的时代，这里也是理智当先。一切都有据可依。这里有规则、标准和习俗。在一阵阵电子敲击声中，你可能会觉得自己是在探寻秩序与阐释，在体系成分中追求身份的一部分，而这种探寻与追求是如此微妙、复杂、摄人魂魄。每个人都在实地踏勘，以求平衡。在交易所经纪人叫喊声过后，在一场拍卖会开价、投标、起落和钟声过后，总会有一个最终成交价，无论好坏，削平了世人的欲望。交易员脚踏实

① 裴云：《波德里亚理论及其在中国的传播》，暨南大学出版社，2014，第25页。

地。他们开实实在在的玩笑。他们从不逾越事物的边缘。莱尔纳闷，这个世界，这个他们共同拥有澄明见解的地方，有多少依然是他生活的居所。①

表面上，纽约证券交易所是美国乃至全球金融的中心，象征着当代世俗文明的"理智""规则"与"秩序"。实际上，与《大都会》中华尔街电子屏幕上不断闪烁跳跃的金融信息一样，小说中发出"一阵阵电子敲击声"的纽约证券交易所代表着以技术理性为基础的金融资本主义体系对当代人的强大控制力。在资本主义商品经济这个上帝般强大的力量的支配之下，劳动者被物化成劳动过程中的商品，主体变成了符号化的客体，当代人的存在由此也变得空虚起来。"交易所里流通的去物质化金钱同样似乎使人也变得去物质化，使他们变成了幽灵经济中的货币而已。"②在证券交易所中经历的存在感物化使莱尔不禁对"一切都组织得井井有条"的金融资本体系发出了疑问，"我总有些问题要问，这是什么，那是什么，我们在哪里，我在过谁的生活，为什么。"③

莱尔在媒介拟像世界和资本主义物化世界中遭遇了严重的自我孤独与精神虚无危机，直接导致他与他人的疏远和对他者责任的漠视。"他在自己和日常事务需要应付的大部分人之间保持了一定的距离。"④当妻子帕米向他提出合理的性需求时，他的真实想法是他应该"表现"，应该"满足"自己的妻子，应该"为她服务"⑤。莱尔买了一个新的电视放在客厅，

────────────

① [美]唐·德里罗:《玩家》，郭国良译，浙江文艺出版社，2012，第27页。

② Mark Osteen, *American Magic and Dread: Don DeLillo's Dialogue With Culture*, Philadelphia: University of Pennsylvania Press, 2000, p.146.

③ [美]唐·德里罗:《玩家》，郭国良译，浙江文艺出版社，2012，第62页。

④ 同上，第73页。

⑤ 同上，第34页。

这样他便可以在卧室一个人看电视。"他们看同一个节目，却在各自不同的电视机前，体现分享的感觉，部分的分享……只有空虚才是全然共享。"①淡漠的责任感使莱尔忘记了婚姻作为将男人和女人结合在一起的法律与道德契约本质，他已完全意识不到自己作为帕米丈夫的义务。正如《名字》中大卫·凯勒对他与前妻婚姻失败的评价："当我们开始在分开的房间里各看各的电视时我就知道我俩的婚姻算是没救了。"②莱尔对自己作为帕米丈夫责任的漠视使他成为婚姻的背叛者。莱尔工作的交易所发生了一次恐怖袭击事件，而这次事件激起了莱尔探寻恐怖分子及其秘密组织的好奇心。在探秘过程中，莱尔先后与恐怖组织的两名女成员发生关系，并逐步陷入该组织所策划的炸毁纽约证券交易所的阴谋中。除了对妻子的漠视外，莱尔还将华尔街上游荡的穷人与示威者视为与自己不同的他者，对他们不存任何同情与怜悯。与证券交易所内部的井然有序相反，交易所外面完全是一副混乱不堪的景象：

> 每天，那些遭人唾弃的人在街上出没，女人们推着垃圾车，一个男人拖着一个床垫，寻常醉汉从码头，从哈得逊河附近坑坑洼洼的建筑工地溜了进来，连鞋子都没得穿的人，被截肢者和畸形人，从一些团体中分离出来的人——睡在高速公路下装鱼的箱子里，跛着脚走过滑道、小巷、直升机升降台，来到大街上。还有活生生的姑娘。③

在资本主义社会中，由于生产资料掌握在资本家手中，无产者只能向资本家出卖劳动力赚取微薄的工资来维系生存。当机械化生产规模不

---

① [美]唐·德里罗：《玩家》，郭国良译，浙江文艺出版社，2012，第54页。
② [美]唐·德里罗：《名字》，李公昭译，译林出版社，2013，第79页。
③ [美]唐·德里罗：《玩家》，郭国良译，浙江文艺出版社，2012，第26—27页。

断扩大时，许多工人便面临失业和贫困的悲惨境遇。资产阶级与无产阶级的矛盾成为资本主义社会不可调和的矛盾之一。然而，成天在交易所工作因而受到"隔离"的莱尔并不愿意承认这个矛盾的存在。"在他看来，将疯狂和肮脏作为檄文用于谴责资本主义不适合这里，尽管貌似如此。这些男男女女意在功夫外，他们大叫大嚷，拖着双脚，呕吐连连。"①他似乎没有意识到，看似充满秩序和平衡感的金融资本主义体系之下隐藏着资本占有者对无产者的残酷剥削以及资本主义商品经济对人的物化等负面效应。正如有的学者指出："就像一个更为缥缈的轮子上的一个齿轮，莱尔不用弄脏手就把钱赚了。他看不见纽约市穷苦大众的劳动力受到那些支付他工资的公司的剥削。甚至他被支付的金钱，就像他在交易所大厅'处理'的钱一样，不是什么不义之财，而是电脑上编码的'纯'数字。"②

对他者伦理的漠视体现了莱尔在灵性追求层面的匮乏。正如德里罗在接受采访时所说："莱尔是一个聪明、敏感、灵性上营养不良的人。"③事实上，莱尔并非个例。当代德国灵性学者和导师艾克哈特·托尔认为，许多人都生活在一种灵性匮乏的"未觉醒"状态之中，他称之为"人类集体心智的功能失调"④。这种功能失调是"造成各种人际关系冲突不断的主因"，也"造成了你对于其他人和对你自己认知上的扭曲"⑤。托尔认为，只有转变自己的意识状态，获得一种灵性觉醒的新意识，才能从根本上解决这种功能失调。否则，人会在错误的认知下"采取一些让自己脱离

---

① [美]唐·德里罗:《玩家》，郭国良译，浙江文艺出版社，2012，第27页。

② Douglas Keesey, *Don DeLillo*, New York: Twayne, 1993, p.87.

③ Thomas DePietro, *Conversations with Don DeLillo*, Jackson: University Press of Mississippi, 2005, p.6.

④ [德]艾克哈特·托尔:《新世界：灵性的觉醒》，南方出版社，2012，第10页。

⑤ 同上。

恐惧或满足自己贪婪欲望的偏差行为"①。

　　小说中，莱尔试图通过反复检查随身物品以及确定物品的存放位置来获得对自我的稳定认知，从而摆脱内心对孤独和虚无的恐惧。

　　莱尔翻找口袋，检查零钱、钥匙、钱包、香烟、钢笔、记事本。他每天心不在焉地要这么做六七次，吃过午饭，下了出租车，他边走边在裤子和夹克口袋上拂了一遍。这是一个无意识、无计划的重复动作，但这使他感到安心。而且，他这些东西的存在以及它们确切的位置，是非常重要的。到了家里，他把一枚枚硬币摆在碗柜上。有时候，他想看看一条毛巾能用多久，到什么程度才会迫使他把毛巾扔进洗衣篮里。他经常从三四根设计和颜色他都不喜欢的领带中挑一根系。其他领带，那些好一点的领带，他用得很节省，他更喜欢看到它们挂在衣柜里。知道这些好领带比那些拙劣领带更"耐用"，他就很开心。②

　　这段话描述了莱尔在灵性匮乏状态下作为一个强迫症患者的典型症状。"强迫行为可分为两种：一是外显的强迫行为，如强迫性的洗涤、检查、计数；二是内隐的强迫行为，如强迫性的回忆、默念、祈祷、内心确定等。"③莱尔的强迫行为反映出他内心对孤独和虚无的强烈不安感，这促使他采取一些极端行为来证明自己在这个世界上的存在感。正如德里罗自己所说："人们需要规则和边界。如果社会不为他们提供充足的话，

---

① ［德］艾克哈特·托尔：《新世界：灵性的觉醒》，南方出版社，2012，第 10 页。
② ［美］唐·德里罗：《玩家》，郭国良译，浙江文艺出版社，2012，第 25—26 页。
③ 转引自张众良等：《强迫症病理的认知——行为研究述评》，《心理科学进展》2010 年第 2 期，第 306 页。

被疏远的个体可能就会不知不觉地陷入某种更深、更危险的事物之中。"①
为了寻找刺激和证明自己存在的意义，莱尔踏上了探秘恐怖组织并最终
参与恐怖袭击计划的道路，似乎只有这样做才能避免滑入虚无的深渊。
正如利波维茨基所说：

> 人们就这样要将虚无坚持到底；尽管已经被微型化了和隔离了，但
> 每个人仍然是导致虚无的一个积极因素，他将其扩散、将其拓展，但无
> 法"感受到"他者。体制不满足于制造鼓励，它还孕育着鼓励的欲望，
> 一种不可能的欲望，因为它一旦成形便又显得让人无法容忍，人们希望
> 孤独，希望一直越发地孤独下去，同时人们却又不能容忍自己形单影只。
> 这便是虚无，它无始也无终。②

用自我的孤独来离间他者，用更多的虚无来对抗虚无本身，其结局
只会是"无始也无终"的虚无深渊，这无疑是生活在灵性匮乏状态之下
的当代人的悲哀和无奈。莱尔以"玩家"的身份参与恐怖主义的游戏也
注定无助于他摆脱自我孤独和精神虚无的困境。

讽刺的是，莱尔和恐怖组织成员密谋炸毁的正是象征"理智""规则"
与"秩序"的纽约证券交易所。代表资本主义体系"最秘密的力量"③的
纽约证券交易所表面上运转正常、充满秩序，实质上却是以货币、财富
对人性的物化和奴役为代价的。当代人的物质和精神生活正处于资本主
义金融体系的绝对支配之下。正如小说中恐怖组织的炸弹专家拉斐尔所

---

① Thomas DePietro, *Conversations with Don DeLillo*, Jackson: University Press of Mississippi, 2005, p.96.

② [法] 吉尔·利波维茨基：《空虚时代：论当代个人主义》，方仁杰、倪复生译，中国人民大学出版社，2007，第 42—43 页。

③ [美] 唐·德里罗：《玩家》，郭国良译，浙江文艺出版社，2012，第 106 页。

说："金融家的精神世界堪比孤岛上的僧侣。"① 换言之，以莱尔为代表的灵性匮乏的当代人，已经沦为资本主义制度的他者和被压制的客体。在资本主义金融体系的控制下，当代人贪婪地追逐着"变成电子序号"的金钱，逐渐沦为财富欲望的奴隶，自我与他者之间的伦理关系也被物化成纯粹的利益关系。"如今人们损人利己，巧取豪夺，要想独善其身简直是幻想。"② 可见，将他一步步推入虚无深渊的正是他整天拘囿其中却无法逃逸的资本主义体系，而这也意味着他密谋对纽约证券交易所发动的恐怖袭击将是一场涅槃式的自我毁灭。

小说结尾，莱尔与情妇罗兹玛丽在加拿大的一家汽车旅馆里等待恐怖组织头目金尼尔对他们的恐怖计划做指示。在无聊的等待过程中，他从桌上拿起一张多伦多市地图，又放在椅子上。

他是想使这一空虚富有生机。在索引中他看到荆棘场、山景、林港、老磨坊、河头、幽谷峰、海崖和翠谷。他发现这些名字无比美妙，十分幽谧。它们是礼拜式的祈祷，是一系列道德慰藉。建构在如此坐标上的宇宙优点多多，既名副其实，又亲密熟稔。③

德里罗在接受采访时说："名字是人类世界的亚原子胶水。对于某种心态类型来说，像莱尔和奥斯瓦尔德这样的秘密心态，命名变成了一件秘密的事情，秘密而令人痴迷。我觉得人们做这件事是为了抓住这个世界。"④ 与反复确认随身物品和确定物品存放位置的强迫行为一样，莱尔对

---

① [美] 唐·德里罗：《玩家》，郭国良译，浙江文艺出版社，2012，第107页。

② 同上。

③ 同上，第215页。

④ Thomas DePietro, *Conversations with Don DeLillo*, Jackson: University Press of Mississippi, 2005, p.37.

物品名字的执着反映出他试图抵御虚无的强烈意愿。另外，地图上整齐的街道象征着"强加的秩序"①，被莱尔视为宗教式的"道德慰藉"，反映出他内心对伦理秩序的渴求。然而，这种渴求很快就被空虚抚平，因为"他有些头晕眼花，快速地眨眼，任凭地图滑落到地上"②。小说最后，莱尔经历了一次颇具宗教色彩的灵性体验。

　　窗户一边有一抹光亮。几分钟之后，阳光充溢整个房间。空气中弥漫着尘埃。粒子燃烧起来，掀起能量的风暴。光线的角度直接而剧烈，使得床上的人们仿佛置身于一副独特的框架中，除了物理属性与功能的蛮横胶合之外，他们的本质形态可感而知。这是我们求之不得的，它赦免了我们的秘密知识。整个房间，整个汽车旅馆，都沉溺于这一光明净化的时刻。空间及其所包含的一切都不再说明、意味、示范或代表……③

　　这段文字描述了一幅颇具基督教超越色彩的画面——窗户边的这一抹光亮犹如基督上帝的神圣之光，净化了尘世中的一切存在物。人在神圣的上帝前褪去了世俗的外壳而现出其物理的本质形态。人的道德本质形态也变得一览无遗，因为其秘密和罪行都得到了上帝的赦免。就连汽车旅馆及其房间所代表的世俗空间也得到了神圣之光的净化，成为一个如同教堂一样具有超越性的存在。然而，莱尔并没有在这神圣之光中获得灵性意识的觉醒和自我的超越与救赎，而是彻底滑入了黑暗的虚无深渊。"这位上身撑起的人几乎不被认作是男性。除却才能和个性，他仍可

---

①　Joseph Dewey, *Beyond Grief and Nothing: A Reading of Don DeLillo*, Columbia: University of South Carolina Press, 2006, p.54.

②　[美]唐·德里罗：《玩家》，郭国良译，浙江文艺出版社，2012，第215页。

③　同上，第215—216页。

形容（虽然匆匆地）为身材标致、眉清目秀、感觉敏锐。此外，我们对他一无所知。"① 换言之，莱尔的身份变得无法辨认。"他的秘密和背叛游戏甚至连他基本的社会能指也偷走了。"② 莱尔如同变成了一个性别不明的婴儿。正如有的学者所说，作为玩家的莱尔"就像学习语言的婴儿进入象征界③一样进入游戏规则之中"④。莱尔无法认识到其自我孤独和他者伦理危机的真正根源，只能在游戏人间的姿态中陷入更黑暗的虚无深渊。"莱尔成了他最初想成为的'玩家'—— 一个能够带着恐惧，同样也能没有信仰、没有承诺、没有实质地生活的人。"⑤

从灵性角度来看，莱尔未能获得灵性觉醒的原因在于他无法超越"小我心智"的困扰。艾克哈特·托尔认为，小我是人对自我的"虚幻的认同感"⑥。它通过对外在形相的认同与对他人的排斥而起作用，从而掩盖了人的"本体存在感"即"本我感"⑦。由此，人必须破除小我的幻象，认真

---

① ［美］唐·德里罗：《玩家》，郭国良译，浙江文艺出版社，2012，第216页。

② Mark Osteen, *American Magic and Dread: Don DeLillo's Dialogue With Culture*, Philadelphia: University of Pennsylvania Press, 2000, p.151.

③ 拉康著名的镜像理论认为，婴儿在生命之初与母体连结紧密、类似某种黏糊糊的团儿的婴儿时期，它只为需要（need）驱动，不存在什么缺乏、丧失，脱离了一切语言符号的秩序，这个自然阶段被称为实在界（The Real）。随着婴儿的成长，它逐渐产生了不同于需要的要求（demand），并开始将自己与环境做出区分，婴儿通过将"我"投射到镜像中，获得了对"我"的认知，而这种认知或者说主体的建构阶段，被称作想象界（The Imaginary）。随后，在婴儿咿呀学语的过程中，婴儿逐渐学会通过语言重现客体，建立与客体的联系，这种象征性的替代过程带领婴儿走向语言的世界，而语言的秩序正是第三个阶段——象征界（The Symbolic）的秩序。参见［日］福原泰平：《拉康——镜像阶段》，河北教育出版社，2002。

④ David Cowart, *Don DeLillo: The Physics of Language*, Athens: University of Georgia Press, 2002, p.49.

⑤ Ibid, p.54.

⑥ ［德］艾克哈特·托尔：《新世界：灵性的觉醒》，南方出版社，2012，第23页。

⑦ 同上，第46页。

体悟那个真实的、与他人平等的本我，才能从真正意义上实现灵性意识的觉醒，获得内在自我的超越。而这正是莱尔未能成功做到的。正如麦克鲁尔的评论：

> 《玩家》的结尾与《走狗》一样，强烈讽刺而复杂不安地指向一种传统的、苦修式的努力与救赎的灵性旅程。通过戏剧化塞尔维失败地追寻藏传佛教的道路，以及莱尔盲目而曲折地往返于彻底放弃的道路，德里罗坚持认为产生这些古代灵性旅程的冲动仍然存在。德里罗暗示，如果原始的旅程在道德上是不确定的话，那么这些旅程的世俗替代形式就完全是令人恐怖的。[①]

在麦克鲁尔看来，以塞尔维和莱尔为代表的现代世俗人类仍然怀有古老的宗教朝圣式的对灵性的向往与冲动，只不过作为无信仰者的他们取而代之以世俗形式的灵性追求。然而，由于这些世俗无信仰者在伦理道德上处于不确定状态，他们经常在世俗灵性的探索之路上受到世俗文明负面作用的影响。虽然莱尔渴望通过灵性觉醒摆脱自我孤独与他者伦理困境，但是他在大众媒介和资本主义的形相中迂回玩耍的心态无疑无助于他找到那个本真的自我，而只会使他陷入更加黑暗的形相深渊，越来越偏离灵性觉醒之路。

二、婚姻、情感与灵性伦理觉醒

与莱尔逐渐滑入虚无深渊的悲剧结局相对的是帕米的灵性觉醒过程。

---

① John A. McClure, *Partial Faiths: Postsecular Fiction in the Age of Pynchon and Morrison*, Athens: University of Georgia Press, 2007, p.76.

帕米在世贸中心大楼中的一家情感咨询公司工作。小说中，帕米的形象首先是婚姻中的他者。与《美国志》中贝尔与妻子梅瑞迪斯一样，莱尔与帕米之间的关系也经历了从熟悉到陌生。以前，他们会一起下馆子，一起去俱乐部看表演，一起买植物，一起帮朋友干活。但是，"渐渐地，他们的活动范围小了。甚至电影，那种在百老汇有水晶吊灯装饰的、极其古老的电影院里双片连映的电影，都吸引不了他们。他们仿佛失去了汇聚的欲望"①。激情和欲望的流逝让他们失去了对彼此的关爱。他们不再像以前一样刻意制造浪漫以增进夫妻感情，而是互不关心、缺乏激情。"他们晚饭吃三明治，速溶汤，或者去街角的咖啡店快速解决。"②表面上看，与《美国志》中的贝尔与梅瑞迪斯夫妇一样，莱尔与帕米夫妻关系变化的原因也是琐碎的日常生活减退了男方对女方的激情。实际上，两段婚姻失败的真正原因是男方对女方伦理责任的无视。事实上，莱尔工作之余回到家后也几乎与帕米没有什么交集，因为他根本没有将帕米当成自己可以依靠和倾诉的家人，而是完全把她当成一个陌生人。正如有的学者所说："莱尔与帕米的关系没有为他提供他所需要的与他人在身体和情感上的联系，用来抵制他的工作和休闲环境的非人化效应。"③作为婚姻中的他者，帕米遭到莱尔的忽视与遗弃。

丈夫的疏离与冷落，令帕米感到孤独和痛苦，从而引发了她对情感关怀的强烈需求。与莱尔通过检查物品证明生命存在意义一样，帕米的情感需求也体现在她的一些日常行为表现上。例如，当她晚上回家发现莱尔不在时，她会通过做家务来自我调节。

---

① ［美］唐·德里罗：《玩家》，郭国良译，浙江文艺出版社，2012，第15页。

② 同上。

③ Douglas Keesey, *Don DeLillo*, New York: Twayne, 1993, p.88.

　　她开始打扫公寓。先是在厨房拖地，然后浴室。她清扫客厅，等到厨房地面一干，立刻洗盘子。赎罪和道德的观念纠结着循环交替，退回到自我约束。无论什么时候他们之间发生不愉快，她都认定为一种预示，好像自己一个人处在整洁明亮的房子里，所有物品都井井有条，所有东西都洁净泛白，所有摆放都清楚呈现出绝对的独立感。半夜吸尘明显太晚，她洗了个澡，穿上睡衣，坐在床上看书，感觉很好。①

　　作为替人"理解忧伤、消化忧伤"②的情感咨询顾问，帕米有一套专业的方法来排解自己在婚姻中被忽视的忧伤。将屋子打扫干净，把物品收拾整齐，这些反映了帕米希望自己的婚姻回归秩序的强烈愿望。除此之外，帕米还喜欢购买新鲜水果。"买新鲜水果让她感觉很爽。在她看来，这是一种道德卓越之举。她盼着把葡萄带回家，放入碗里，用冰凉的水冲洗它们。她举起手中的一串葡萄，想象着水淌下时带来的沁凉，感到无比愉悦。还有桃子呢。桃子是尘世之宝。"③新鲜水果的旺盛生命力及其香甜口感给人带来的愉悦之情反衬的是帕米与莱尔的婚姻因缺乏关爱而陷入枯萎的现状。做家务和买水果这两项日常活动凸显出帕米作为婚姻的他者对情感关怀与伦理秩序的渴求。

　　然而，与莱尔相似，帕米也是个极度自我中心的人。她同样害怕承担对他人的责任。"帕米在她自己与周边更有激情的他人之间保持着（就像她在世贸中心大楼所做的一样）稳定的距离感。"④接受完莱尔的性爱"服务"之后，帕米最想吃的是比萨，而不是她刚买回来的新鲜水果。

---

　　① [美]唐·德里罗：《玩家》，郭国良译，浙江文艺出版社，2012，第71—72页。
　　② 同上，第18页。
　　③ 同上，第31页。
　　④ Joseph Dewey, *Beyond Grief and Nothing: A Reading of Don DeLillo*, Columbia: University of South Carolina Press, 2006, p.55.

"水果是会腐烂的，她不能应付这一后果，也无法承担吃水果这一义务。她想要独自坐在角落里，用垃圾食物将自己填得饱饱的。"① 与"道德卓越"的新鲜水果相对，垃圾食物象征的是"道德堕落"。虽然这些食物缺乏营养，但是它们方便快捷，无须食客对食材进行任何加工，也无须他们在大快朵颐之后清洗餐具，因此给他们提供了一种没有负担、肆意放纵的道德轻松感。可见，帕米内心充满着自我放纵、道德堕落的欲望。帕米自我中心、逃避责任的性格还体现为她对父亲的冷漠态度。"她的父亲也曾让她哈欠连连。不管什么时候打电话给他，她自然而然冒出'累''无聊'这些话，以示对这种压抑情绪的对抗。"② 帕米"哈欠连连"是她对父女亲情漠视的自动反应，是她逃避对他者责任的体现。不仅如此，她在许多场合下都会下意识地打哈欠。"飞机上她总想打哈欠。乘世贸中心的电梯时也是这样。银行排队等候时她也打哈欠。"③ 事实上，帕米打哈欠的习惯在小说开头、被德里罗称为"小说缩影"的简介中就有暗示。小说简介讲述了没有名字的四男三女在一架飞机前舱的钢琴酒吧内观看电影的情节。其中一位代表帕米原型的女人"近乎不由自主"地打了一个哈欠。"她这个飞机上的哈欠，和她曾经（青春期）在上过山车前或拨打爸爸手机号（年轻女人时）时的哈欠毫无二致。"④ 正是这种对亲情伦理的漠视态度，使她在观看屏幕上播放的高尔夫球员被恐怖分子屠杀的场景时竟然"觉得愉悦又颇具讥讽意味"⑤。也正是这种对他者责任的漠视使她毫无人性地拒斥父亲的死亡消息。"于她而言，这就意味着她的失败，意味某种爱或介入的缺陷。拨他电话时，她会本能地打哈欠。无论这种机械

① [美]唐·德里罗：《玩家》，郭国良译，浙江文艺出版社，2012，第34页。
② 同上，第55页。
③ 同上，第52页。
④ 同上，第4—5页。
⑤ 同上，第8页。

式的小动作为何发生，她都已学会接受了它，并将它视为别人无限痛苦中随之起伏的一部分。"①由此可见，他人的痛苦已经无法激起帕米的同情与责任感，她与莱尔一样陷入了自我孤独与他者伦理危机之中。

对情感关怀的渴求以及对他人责任的漠视，使帕米与男同事伊桑的同性恋伴侣杰克发生了一段不伦之恋。帕米与伊桑和杰克相约去美国缅因州旅行。旅途中，帕米对杰克渐生情愫，并且不顾自己有夫之妇的身份与杰克发生了关系。帕米对自己的越轨行为寻找的道德托词是：

这些年来，无论在哪儿，她老是听到人们说这说那："只要不伤害别人，你就可以为所欲为。"他们说："只要双方同意，那就干吧，管它是什么。"他们说："只要你们觉得是对的，只要你们想去干，只要不伤害他人，有什么理由不干呢？"他们说："只要有共识和同感，别管是谁，别管是什么。""只要觉得对就行。"他们说，他们还说："听从你的本能，做你自己的主人，让幻想成真。"②

显然，帕米的托词是对康德"人是目的"的道德公式的引用。康德说："每个有理性的东西都须服从这样的规律，不论是谁在任何时候都不应把自己和他人仅仅当作工具，而应该永远看作自身就是目的。"③康德的道德公式指的是，作为具有理性的主体，人必须被作为目的来对待，而不能被当作手段使用，否则就是不道德之举。同时，人与其他作为理性主体的人是平等的，所以人还要尊重同样作为目的的其他人，将他人充当手段并加以利用也是不道德的。作为康德道德哲学的核心，该公式成

---

① [美]唐·德里罗:《玩家》,郭国良译,浙江文艺出版社,2012,第34页。

② 同上,第145页。

③ [德]康德:《道德形而上原理》,苗力田译,上海人民出版社,1986,第86页。

为世俗社会中理性个体追求自由与平等的本体论根据。反观帕米的道德托词，其潜在意思是：只要不伤害别人，任何行为都是正当的；只要是自己觉得对的，没有什么是不道德的。两者看似相同，实际上有着本质的区别。帕米的托词是对康德道德公式的一种功利主义阐释，也是对康德原意的偏离。对康德而言，人永远不能作为手段被利用来获得利益。这就意味着，有些违反他人利益的行为是道德所不允许的。而在帕米看来，自我的利益凌驾于他人的利益之上，自我就是目的，只要不伤害到别人的利益，他人也是可以当作手段来利用的。显然，康德的道德哲学是以自我利益和他人利益的统一为基础的，而帕米的道德标准则是以自我利益为中心、他人利益服务于自我利益为条件的。在此意义上，帕米信奉的道德原则与克里夫·汉密尔顿所说的后现代社会的"许可伦理"相契合：

后现代社会道德行为的主导原则是许可伦理……根据许可伦理原则，只要第三方没有受到影响，知情同意是判断某人行为道德价值的唯一基准。由此便产生了给出许可的程序式伦理，在这道程序中唯一的道德权威就是我们的主体意识。（后现代社会）根本没有"道德"可言，只有一道由个人决定"什么是正确的"既定程序。这种激进的个人主义是自由意志论的伦理表达，也是 20 世纪 60 年代和 70 年代解放运动政治与社会要求的基础，尤其是那些与性表达、药物使用相关的要求。它允许甚至庆祝道德多样性，视其为多元化社会的必要方面。这种定位在许多后现代理论中得到表达，道德判断与绝对准则被分开，在文化上变成相对的。[1]

---

[1] Clive Hamilton, *The Freedom Paradox: Towards a Post-Secular Ethics*, Crows Nest NSW: Allen & Unwin, 2008, p.41.

由此可见，当代社会道德原则的多元化已经彻底瓦解了传统道德律令的普遍法则，个人的道德偏好成为衡量一切行为的伦理准则。当代人已经陷入了鲍曼所说的"后现代道德危机"之中。"在后现代世界中，事情之发生可能并没有使它们具有必要理由，人们行事几乎不需要通过可以说明的目的检验，更不用说通过'合理性'目的检验。"① 显然，帕米已经深陷"后现代道德危机"之中。如果说此前她还对婚姻的道德感有所顾忌并且期待自己的婚姻能回归正常的话，那么此刻帕米已经完全忽视了她对莱尔的责任，成了一名情感游戏的"玩家"。正如科沃特对《玩家》的评论："莱尔与帕米是当代城市混乱、漫无目的状态的牺牲品——每个人都令人讽刺地试图通过逃进玩耍的形式中打败虚无，最终却证明这种游戏人间的方式比他们当下的生活更缺乏中心与目的。"② 在第一次的非分要求得到满足之后，帕米再次引诱杰克与自己发生关系。然而，这次帕米遭到了拒绝。背叛伊桑的强烈罪恶感使杰克极度自责，最后选择以自焚的方式结束了自己的生命。杰克的死让帕米感到内疚。然而，此时帕米的第一反应却是逃避。"她渴望回到公寓，再次与世隔绝，免得温柔面对世事。"③ 她躲进公寓，用电视机中播放的"愚拙而又无聊"的电影节目麻痹自己。"廉价拥有磁石般的吸引力。她几乎湮没了自我意识。"④ 电影中虚构的情感诱发了帕米内心积累已久的愧疚感。在意识到"自己的情感是被电影的人为虚构感染的"，她终于按捺不住自己的悲伤之情，"哭

---

① ［英］齐格蒙特·鲍曼：《后现代伦理学》，张成岗译，江苏人民出版社，2002，第 38 页。

② David Cowart, *Don DeLillo: The Physics of Language*, Athens: University of Georgia Press, 2002, p.45.

③ ［美］唐·德里罗：《玩家》，郭国良译，浙江文艺出版社，2012，第 206 页。

④ 同上，第 207 页。

了整整十五分钟"①。由此可见，帕米比莱尔更"人性化"②。她展现出莱尔所不具备的情感能力，并且似乎意识到自己的他者伦理缺陷，而这也昭示着帕米与莱尔不一样的结局。正如科沃特所说："在经历了由她不经意引起的杰克自焚事件之后，她确实经历了一次情感余波，且她与莱尔的不同之处在于她似乎确实具有情感的能力。"③

小说结尾，帕米走出公寓寻找食物，而街上的场景让她经历了一次道德上的灵性觉醒。

已经是午夜过后，但街角仍然有一家通宵熟食店在营业。她穿好衣服，走下楼，惊奇地发现街上一点没有空荡荡的迹象。报刊亭、熟食店、百吉饼小吃店、比萨连锁店、酒吧、冰激凌店、汉堡店仍然做着生意。天气还很暖和，人们穿着短袖衬衫、短裤、工装裤、紧身短背心，趿着拖鞋就出来了。一些老头老太太坐在公寓外面的沙滩椅上，打着手势，嚼着橄榄和坚果；大家都在吃东西；不管她看向哪里，都有嘴在动；人们在传递食物；一盒盒炸薯条，双勺甜蛋筒冰激凌；聊天，叫喊；餐巾纸在空中飘荡。一条普普通通的街道。没什么特别之处。举目四望，不见一座剧院，怎么会有这么多人呢？全都在吃啊。整个纽约宛如一张大嘴巴。嘴里塞满食物，口中慷慨陈词。又舔又嚼。又叫又嚷。都市中的咿呀王。帕米得排队。店员舔了舔胡子，骨碌碌地转动眼睛。④

---

① ［美］唐·德里罗:《玩家》，郭国良译，浙江文艺出版社，2012，第208页。

② Thomas DePietro, *Conversations with Don DeLillo*, Jackson: University Press of Mississippi, 2005, p.6.

③ David Cowart, *Don DeLillo: The Physics of Language*, Athens: University of Georgia Press, 2002, p.52.

④ ［美］唐·德里罗:《玩家》，郭国良译，浙江文艺出版社，2012，第208—209页。

　　这段话对我们理解帕米的意识或灵性觉醒和转变起着重要作用。从表面上看，这段话描写的场景与灵性觉醒没有任何联系，完全是世俗生活百态的场景。这些午夜过后仍在街上觅食的食客与帕米一样，都是充满欲望的凡人：他们吃的食物是比萨、薯条、冰激凌之类的"堕落"食物，毫无"道德卓越"感；他们的吃相十分庸俗，"嘴里塞满食物，口中慷慨陈词"，同样毫无"道德卓越"感。而且，帕米为了获得这些食物主动加入了购买队伍，这说明她意识到自己是这个庸俗的世俗人群中的一员，帕米终于在这群凡俗的人类同伴中找到了一种归属感和慰藉。正如麦克鲁尔所说："至少对帕米来说，这是一个人与其人类同伴一道学会接受自己作为一个凡人的事实与责任的地方，但他们的凡人身份在灵性上依然是种共鸣的存在。"[①] 这种作为凡俗人类集体中一员的身份意识，让帕米认识到物质世界包含着两种矛盾的特质——卓越与庸俗。在当下的世俗社会中，这两种特质是可以并存的，并且正是两者的共存才使得这个世界更加丰富多彩。"这座城市毫无理由地坚守它那强韧的美丽，那天才和腐朽的糅合，正是这一组合才挑战了扩展它自身的情感。"[②] 换言之，帕米从主观上意识到自己的世俗性及其伦理缺陷。用艾克哈特·托尔的话来说，帕米觉察到自己的问题根源在于其"小我"对形相欲望的认同。小说中，帕米正是在小我心智的控制之下，不顾他人的感受、追逐自己的欲望，以致杰克自杀。然而，"小我并不是错的，它只是无意识而已。当你观察到你内在的小我时，你已经开始要超越它了"[③]。换句话说，当你

---

　　① John A. McClure, *Partial Faiths: Postsecular Fiction in the Age of Pynchon and Morrison*, Athens: University of Georgia Press, 2007, p.82.

　　② [美]唐·德里罗:《玩家》，郭国良译，浙江文艺出版社，2012，第209页。

　　③ [德]艾克哈特·托尔:《新世界：灵性的觉醒》，南方出版社，2012，第36页。

超越形相，觉知到你的本真自我时，你就接近灵性的觉醒了。小说结尾，帕米在经过一家廉价旅馆时似乎经历了这样一次灵性的觉醒。

　　她从一家廉价旅馆的遮篷下走过。那上面写着：过往旅客。这词可把她搞糊涂了。它的语气颇为抽象，很像她以前遇到过的一些词（虽然很少），以语言单元的形式存在于她的脑海中，神秘地规避内容的种种责任。过—过往—过客。它所传递的意思无法诉于言词。由于某种原因，功能性的价值已脱离了其外皮而消失殆尽。帕米停了脚步，完全转过身子，再次看了看标牌。几秒钟之后她终于明白了这其中的含义。①

　　从这段话中我们可以得知，帕米在"过往旅客"这个词中顿悟到了小我的本质，即小我总是在追逐它认同的外在形相，在对他者责任的逃避中获得满足，然而这种满足是如此的短暂，以至于小我最后迷失在不停地追寻更多欲望的道路上。"我试着在事物中寻找自己，可是却从来没有真的成功，最后还让自己迷失在这些事物中。这就是小我的命运。"②帕米无疑通过"过往旅客"一词的内涵实现了这一灵性的领悟。"灵性的领悟就是清楚地看见：我所感知的、经验的、想到的、感觉到的，最终都不过是我，我无法在这些稍纵即逝的东西当中寻找到我自己。"③虽然德里罗并没有明确地指出帕米体验灵性顿悟后的反应，但是灵性的觉醒无疑将为她打开一个新的世界。只要世俗人类不再认同外在的形相，摆脱小我的心智，就可以通达内在本真的自我，进而通达那个对他者承担责任的自我。正如马克·奥斯廷所说："帕米的最终情境显示出一种重现

---

① ［美］唐·德里罗：《玩家》，郭国良译，浙江文艺出版社，2012，第 209 页。
② ［德］艾克哈特·托尔：《新世界：灵性的觉醒》，南方出版社，2012，第 30 页。
③ 同上，第 68 页。

的迹象。"①

　　德里罗在小说《玩家》中塑造了两位深陷由媒介拟像、资本主义物化和情感交流匮乏引起的自我孤独和他者伦理危机的主人公。两人都以自我为中心，将自己的利益凌驾于他人利益之上，造成了自我与他者的伦理疏离，引发了严重的存在虚无感。针对这种灵性匮乏的状态，两人采取的不同策略给他们带来了迥异的结局。虽然莱尔渴望通过灵性意识的觉醒摆脱自我孤独与他者伦理困境，但是他在大众媒介和资本主义的形相中迂回玩耍的心态无助于他找到那个沉沦的本真自我，反而使他陷入更加黑暗的形相深渊，越来越偏离灵性觉醒的方向。与莱尔不同，帕米更为敏感，拥有强大的情感能力，这使她认识到自己的伦理缺陷，从而得以破除小我心智束缚、感悟本真自我与通达灵性意识觉醒。通过两位主人公的不同结局，德里罗似乎在告诫他的读者：只有打破世俗世界中自我的幻象，觉知那个本真的自我以及那个与自我平等的他者，勇于承担对他者的责任，当代世俗无信仰者才能实现灵性觉醒，进而获得自我的救赎与超越。

---

① Mark Osteen, *American Magic and Dread: Don DeLillo's Dialogue With Culture*, Philadelphia: University of Pennsylvania Press, 2000, p.151.

第二节 "发现日常性的光辉"：《白噪音》中的家庭之殇 与灵性复原力

　　《白噪音》是德里罗的第七部长篇小说，也是德里罗自希腊回国后的第一部小说，标志着德里罗创作的一个重要转折点。1985年，《白噪音》一出版就获得了在美国文学界具有重大影响力的美国国家图书奖，并迅速享誉全球，受到了众多读者的喜爱。《时代周刊》将其评为20世纪百佳英文小说之一。受此影响，自《白噪音》1985年问世至今，评论界对这部小说的研究从未间断。风格上，《白噪音》体现了"他近期对小说形式刳新的持续关注，以及对他70年代作品传统风格的背离"①。主题上，《白噪音》糅合了"学院小说、家庭小说、灾难小说、犯罪小说以及社会讽剌小说"②的特征，对当代美国后现代社会的现实特征进行了多方位、多维度的呈现，揭示出美国后现代社会生活的深刻内涵。

　　目前，批评界已经从后现代主义、生态主义、消费主义、超真实等理论视角对《白噪音》中的技术、灾难、死亡、媒介等主题进行了广泛探讨和深入研究。然而，研究者们对该小说中人物的伦理困境与灵性意识关注较少。事实上，德里罗小说关注的是，身处商品拜物教和精神文化废墟之中的当代人类，对一种类宗教世俗灵性的渴求。正如奥斯廷所说："《白噪音》是德里罗对'美国式的魔力和恐怖'这一主题最紧密的关注。"③在一次访谈中，安东尼·迪科蒂斯询问德里罗，为什么《白噪音》中的一个人物将超市描述为神圣的地方。德里罗回答道：

---

① Douglas Keesey, *Don DeLillo*, New York: Twayne, 1993, p.133.

② Ibid.

③ Mark Osteen, *American Magic and Dread: Don DeLillo's Dialogue With Culture*, Philadelphia: University of Pennsylvania Press, 2000, pp.165.

　　在《白噪音》中，尤其是在这部小说中，我试图发现日常性的光辉。
有时候这种光辉可能是令人恐惧的。有时候它又可能是神圣或圣洁的。
它真的存在吗？是的。我不同意默里·杰伊·西斯金德在《白噪音》中将
超市视为一座西藏喇嘛庙的观点。但是超市里确实有些我们常常忽略的
东西。试想一下，当第三世界的某个从来没来过这样一个地方的人突然
被送到俄亥俄州查格林福尔斯镇的 A&P 超市时，难道他不会感到兴奋或
害怕吗？难道他不会感觉到在这一片光亮中将有一种超越性发生在他身
上吗？因此我认为我的作品背景中有这样一种东西：一种正好超出我们
触碰和视力范围的非同寻常的东西在那儿盘旋着的感觉。①

　　可见，寻找世俗日常中的超越性"光辉"正是德里罗创作《白噪音》
的动机之一。笔者认为，德里罗所说的"日常性的光辉"其实是一种类
宗教的世俗灵性的代名词。有鉴于此，本节将着重探讨《白噪音》中的
世俗人物如何在后现代社会的他者伦理危机和精神虚无困境中，通过世
俗日常积极向一种类宗教的世俗灵性力量靠近，以及通过灵性力量，顿
悟内在自我和反思他者伦理观。

媒介消费文化与当代家庭之殇

　　小说《白噪音》以美国中部的一个小镇——铁匠镇为背景。主人公
杰克·格拉迪尼是山上学院希特勒研究系的一位教授。格拉迪尼与妻子
芭比特各自都曾经历多次婚姻。他们的家庭一共有四个孩子，都是他们

---

① Thomas DePietro, *Conversations with Don DeLillo*, Jackson: University Press of
Mississippi, 2005, pp.70-71.

各自在之前的婚姻中生育的，分别是格拉迪尼14岁的儿子海因里希和9岁的女儿斯泰菲，以及芭比特11岁的女儿丹尼斯和3岁的儿子怀尔德。不难看出，格拉迪尼的家庭是一个典型的现代重组家庭。自20世纪60、70年代以来，美国政治、经济、社会、文化领域发生了激烈的震荡与变革。美国人的传统生活方式与价值观受到后现代社会生活方式与价值观的颠覆。这导致美国的离婚率不断上升，美国的家庭模式也发生了巨大变化：传统工业社会的由成人父母及其未成年子女组成的核心家庭模式逐渐被双亲家庭、单亲家庭、再婚重组家庭、同性恋家庭等后现代多元家庭模式取代。多元化的家庭模式带来的是传统家庭血缘关系的瓦解。"这个时代频繁离婚和频繁结婚的后果破坏了家庭的自然基础，使家庭内部的关系变成可选择的，家庭正变成不同关系的组合。"[1] 小说中，芭比特是格拉迪尼第五次婚姻的第四任妻子[2]，而他们各自的孩子也处于频繁更换父母和家庭环境的不稳定状态中。"如此容易失败的婚姻，使得家庭成员们都来不及搞清楚家中事情的来龙去脉。"[3]

除了作为非原生家庭导致的问题之外，格拉迪尼家还面临着由美国后现代社会的媒介消费文化引发的家庭危机。20世纪50、60年代以来，随着美国信息技术的不断发展与人们物质生活水平的提高，广播、电视、电影等电子媒介在信息传播与社会关系领域发挥着巨大作用，对人们的日常生活和家庭关系造成了极其重要的影响。英国学者罗杰·西尔弗斯通认为：

---

[1] 陈璇：《走向后现代的美国家庭：理论分歧与经验研究》，《社会》2008年第4期，第180页。

[2] 第四次婚姻为格拉迪尼与第一任妻子的复婚。

[3] 朱叶：《美国后现代社会的"死亡之书"——评唐·德里罗的小说〈白噪音〉》，《当代外国文学》2002年第4期，第161页。

电视，不论从隐喻意义还是实际意义来讲，都已成为家庭的一员，因为它已融入家庭关系的日常规律中，成为家庭情感或认知能量的中心。例如，电视可以释放或控制压力，提供安慰或安全感。电视成为家庭的一员，还表现在它反映出家庭互动情况的动态，以及性别、年龄、身份与关系的动态，或家庭变化情况的动态，比如小孩长大、离家，或家长失业、死亡。①

由此可见，西尔弗斯通所说的"电视成为家庭的一员"，是指电视在当代社会和家庭中承担着越来越丰富的功能。电视不仅是传统意义上家庭获取信息和知识的媒介，而且成为家庭成员满足心理和情感需求的工具。除此之外，电视作为家庭娱乐的中心，还能反映出家庭成员之间的关系变化。正是在此意义上，电视在当代家庭生活中发挥着极其重要的作用。事实上，电视对家庭生活的重要性如此之大，以至于电视被当代人视为一种带有神秘性的存在物。正如格拉迪尼的同事默里所说，电视媒体已经成为"美国家庭中一股首要力量"②。"它是封闭、永恒、独立、自指的。它就好像是我们的起居室中降生的一个神话，就好像是我们在梦境和潜意识里所感知的某样东西。"③然而，西尔弗斯通也说到，电视对当代家庭生活产生的作用具有两面性——既可以是积极的也可以是消极的。认知上，电视既是"通报者"，也是"误报者"；情感上，电视既是"安慰者"，也是"打扰者"④。换言之，电视传播的信息既可能是对客观事实的真实呈现，也可能是歪曲真相的虚假报道；电视既可以促进受众之

---

① Roger Silverstone, *Television and Everyday Life*, New York: Routledge, 1994, p.40.

② [美]唐·德里罗：《白噪音》，朱叶译，译林出版社，2002，第55页。

③ 同上。

④ Roger Silverstone, *Television and Everyday Life*, New York: Routledge, 1994, p.3.

间的情感维系和沟通，也可以造成人际关系的疏远与淡漠。

小说中，为了减弱电视对孩子们的不良影响以及增进家庭成员之间的情感交流，芭比特决定将星期五晚上全家一起看电视定为一项家庭集体活动。

那个星期五的晚上，我们预订了中国菜，全家六口人坐在一起看电视。这是芭比特定下的规矩。她似乎认为，如果孩子们每周一个晚上与父母或继父母一起看电视，其效果就是让电视在他们眼中失去魅力，并使它成为健康的家庭活动，电视中的麻醉作用和毒害脑筋的可怕力量就会减弱。这种推理让我模糊地感到自己被藐视了。事实上，这样度过的晚上对于我们所有的人，都是一种微妙的惩罚。海因里希一声不响地坐着吃他的蛋卷。每次电视屏幕上有什么可耻或侮辱性的事情似乎要发生在某人身上时，斯泰菲都变得焦躁不安。她有一种为别人着急的博大胸怀。她常常会离开房间，直到丹尼斯向她发出场面结束的信号才回来。丹尼斯利用这种时候劝导妹妹要坚强，说人活在世上需要卑鄙无耻的厚脸皮。①

从这段文字我们可以发现，芭比特试图通过看电视来提升家庭凝聚力的愿望并未达成。由于每个家庭成员对电视节目的需求与偏好不同，强制他们聚集在一起观看同一档电视节目只能变成对他们情感的束缚和"惩罚"。对"不相信共同的乐趣会有什么益处"②的海因里希来说，这场家庭活动无疑是枯燥无趣的，所以他选择"一声不响地坐着吃他的蛋

---

① [美]唐·德里罗：《白噪音》，朱叶译，译林出版社，2002，第6页。
② 同上，第67页。

卷"①。对年幼天真的斯泰菲来说,电视节目中的不良内容让她感到"焦躁不安"。而格拉迪尼显然也并未从中获得期许的精神愉悦与满足,他对芭比特的安排感到"乏味"②,并且每次看完电视后"就埋首于有关希特勒的研究直至深夜"③。可见,由于每位成员的情感需求不同,电视不但没有起到增强格拉迪尼家庭凝聚力的目的,反而让他们对这项集体仪式感到厌烦,使得这个组合家庭的"组合关系"变得更加疏远和不稳定。

然而,当看见电视上播放的自然灾难镜头时,全家人却表现出异于寻常的专注度和凝聚力:

那是一个星期五的晚上,按照习惯和常规,我们聚集在电视机前,吃外卖的中国饭菜。电视上播放水灾、地震、泥石流、火山爆发。我们以前从未对于自己的职责——星期五聚会如此专心致志。海因里希没有拉长脸,我不感到乏味。斯泰菲差一点被肥皂剧里一对夫妻的吵架弄得掉眼泪,她看起来完全沉浸在这些关于灾祸和死难的纪录短片中了。芭比特想把电视频道转到一个喜剧性连续剧,那是在讲一群不同种族的孩子如何建造他们自己的通信卫星。她没有料到我们会如此激烈地反对,因而大吃一惊。我们寂静无声地看着房屋在大团流动的火山熔岩中被冲进海洋,一座座村庄整个儿倒塌、起火。每一场灾难都让我们希望看到更多的灾难,看到更大、更宏伟、更迅猛移动的东西。④

不难看出,格拉迪尼一家人对电视的认知和情感需求在电视中播放

---

① ［美］唐·德里罗:《白噪音》,朱叶译,译林出版社,2002,第16页。
② 同上,第70页。
③ 同上,第16页。
④ 同上,第70—71页。

的灾难镜头中达成了一致。然而，他们对这些代表死亡与毁灭的震撼性镜头表现出来的不是不安或同情，而是期待看到更多灾祸和死难的欲望。格拉迪尼一家对灾难节目的强烈兴趣折射出当代电视观众精神的贫乏与麻木，以致他们在各种感官刺激镜头中寻找精神满足。正如格拉迪尼的另一位同事所说："因为我们精神苦闷，我们偶尔需要一个灾难来打破持续不断的信息轰炸。"①苏珊·桑塔格对当代电视观众从这类感官图像中寻求刺激的麻木心理进行了阐释：

　　这种麻木感，是有其根源的，这就是电视想方设法要以过量的影像来吸引和满足人们，因而扰乱注意力。过量的影像使注意力变得分散、流动、对内容相对漠视。影像流动使影像失去稳定性。电视最大的特点在于你可以转台，在于转台、不耐烦和沉闷变成一种正常状态。消费者垂头丧气。他们需要被刺激起来，被启动起来，一次又一次。内容不外乎这类刺激物。如果要更有反省力地观看内容，就需要有一定程度的意识集中——而媒体播送的影像寄予的各种期待，正好削弱了意识的集中；媒体把内容过滤掉，是使感觉麻木的主犯。②

　　从这段话中我们可以发现，由于当代电视媒介传播的图像过于泛滥，这些图像已经脱离了其原型，成为纯粹靠画面刺激观众感官的符号工具。当代人正受到电视媒介强大力量的控制，他们通过媒介对世界的感知不再基于客观事实，而是取决于媒介镜头对事实真相的主观呈现。而当代电视媒介正是抓住了观众的这种心理，不断使用夸张、震撼、暴力、血腥或恐

---

① [美]唐·德里罗：《白噪音》，朱叶译，译林出版社，2002，第72页。

② [美]苏珊·桑塔格：《关于他人的痛苦》，黄灿然译，上海译文出版社，2018，第96—97页。

怖的图像来满足观众的感官刺激，导致他们变成了一个旁观"他者之痛"的冷漠群体。小说中，电视通过"特别关注那些壮观和异常"的灾难和死亡镜头"歪曲了那些合理描述社会真实状态的图像"①。格拉迪尼一家变成了对"他人的痛苦"感到麻木的观众。正如杰西·卡瓦德罗所说："灾难不能，也不应该是娱乐性的。这个场景，与《白噪音》中的许多场景一样，讽刺了人们同情心的缺乏。"②

对格拉迪尼家人的精神状态和家庭凝聚力造成威胁还有与媒介紧密关联的消费文化。"二战"之后，美国的经济进入飞速发展期，人们的物质生活水平和购买能力得到巨幅提升。国内婴儿潮的出现使美国人口迅速增长，各种消费商品的需求量不断上升，直接刺激了美国市场经济的空前繁荣，美国逐渐步入一个以为消费主义为主要特征的社会。在当代社会之中，消费行为逐渐替代生产行为成为支配市场经济运转的主要环节，商品的使用价值也由此逐步让位于商品的符号价值。正如波德里亚所说：

这并不是说需求、自然用途等等都不存在——这只是要人们看到作为当代社会一个特有概念的消费并不取决于这些。因为这些在任何社会中都是存在的。对我们来说具有社会学意义并为我们时代贴上消费符号标签的，恰恰是这种原始层面被普遍重组为一种符号系统，而看起来这一系统是我们时代的一个特有模式，也许就是从自然天性过渡到我们时代文化的那种特有模式。③

---

① Adina Baya, "'Relax and Enjoy These Disasters': News Media Consumption and Family Life in Don DeLillo's *White Noise*.," *Neohelicon*, Vol. 41, 2014, p.167.

② Jesse Kavadlo, *Don DeLillo: Balance at the Edge of Belief*, Frankfurt: Peter Lang, 2004, p.22.

③ [法]让·波德里亚：《消费社会》，刘成富、全志钢译，南京大学出版社，2000，第71页。

可见，当代社会消费者的消费行为指向的并不是商品的使用意义，而是该商品赋予消费者的社会身份、地位等符号意义。当代消费行为变成对空虚的符号化欲望的追逐，消费主体也在该过程中逐渐丧失主体性而沦为物品的奴隶。

小说中，格拉迪尼一家最喜欢做的事情就是逛超市。将超市里琳琅满目的商品买回家让他们体会到了一种自我满足与优越感：

我似乎觉得，芭比特和我所买的一大堆品种繁多的东西、装得满满的袋子，表明了我们的富足；看看这重量、体积和数量，这些熟悉的包装设计和生动的说明文字，巨大的体积，带有荧光闪彩售货标签的特价家庭用大包装货物，我们感到昌盛繁荣；这些产品给我们灵魂深处的安乐窝带来安全感和满足——好像我们已经成就了一种生存的充实，那是缺衣少食、不敢奢望的人们无法体会的，他们黄昏时分还在孤零零的人行道上算计着自己的生活。①

从这段文字中我们可以发现，真正给格拉迪尼与家人带来安全感和满足感的并不是丰盛的消费品的使用功能，而是这些消费品及其包装赋予消费者优越的社会身份和地位。然而，消费者并没有在追逐消费品的这种符号价值中感到真正的满足，而是陷入了一种巨大的欲望深渊中，似乎永远也无法得到满足。正如波德里亚所说："消费是一个系统，它维护着符号秩序和组织完整：因此它既是一种道德（一种理想价值体系）也是一种沟通体系、一种交换结构。只有看到这一社会功能和这一结构组织远远地超越了个体，并根据一种无意识的社会制约凌驾于个体之上，

---

① ［美］唐·德里罗：《白噪音》，朱叶译，译林出版社，2002，第21页。

只有以这一事实为基础，才能提出一种既非数字铺陈亦非空洞论述的假设。"① 小说中，当格拉迪尼被一位同事评价为"一个与人无害、正在衰老、不大显眼的大个子家伙"② 时，他心中充满不悦，但他却本能地想到用购物来排遣自己的情绪。他带全家人一起到商场购物，"他们对我的购物欲感到迷惑不解，但很兴奋"③。其他人帮助他挑选商品，给他提供参考意见，"我们全家为此番大购物而喜气洋洋"④。格拉迪尼的自我价值和形象似乎在全家人的购物欲中得到了提升：

> 我为购买而购买；看看摸摸，仔细一瞧我本来无意购买的商品，然后就把它买下来……我开始在价值和自尊上扩张。我使自己充实丰满了，发现了自己新的方面，找到了自己已经忘却的存在过的一个人。光辉降临在我的四周。我们从家具部出来，经过化妆品部，来到男子服装部。我们的形象出现在柱子的镜面上、玻璃器皿和镀铬物品的表面上、保安装置的电视监视器上。⑤

从这段描述，我们可以发现，格拉迪尼在其购物行为中感受到了一种类宗教的神圣光晕。"《白噪音》中的包装商品散发出一种光晕。"⑥ 在

---

① [法] 让·波德里亚：《消费社会》，刘成富、全志钢译，南京大学出版社，2000，第68—69页。

② [美] 唐·德里罗：《白噪音》，朱叶译，译出版社，2002，第93页。

③ 同上。

④ 同上。

⑤ 同上，第94页。

⑥ Mark Osteen, *American Magic and Dread: Don DeLillo's Dialogue With Culture*, Philadelphia: University of Pennsylvania Press, 2000, p.167.

这种"给物质现象增添真实性或神秘性色彩的类似上帝的光辉或光环"[1]中，格拉迪尼似乎获得了一种自我实现与超越的灵性体验。那个他人眼中"与人无害、正在衰老、不大显眼的大个子家伙"[2]的庸俗形象发生了蜕变，格拉迪尼似乎瞬间成为一个受人尊敬的成功人士，其形象在商场四周和电视监视器上闪耀，犹如商业广告中的明星一样。正是这种"神圣"的消费行为带来的自我满足感，使得格拉迪尼"意欲彻底地慷慨大方一回"[3]。他让孩子们自由挑选圣诞礼物，而孩子们的反应则是倍受感动。"他们就此四散开去，每个人突然都想隐蔽起来，躲进暗处，甚至神秘莫测。他们中的每一个人，隔一段时期就会回来告诉芭比特某样东西的名称，小心翼翼地不让别人知道那是什么。"[4]可见，就像他们观看电视上的灾难镜头一样，格拉迪尼一家人在物质消费和欲望满足中得以达成一致，其家庭凝聚力似乎在此刻得到空前强化。正如学者所说："不仅家庭作为一个单位的完整性在这里得到了庆贺，而且家庭的结构得以重新建立于实际的消费行为之上。"[5]

然而，与集体观看电视灾难镜头时的兴致一样，格拉迪尼一家从无意识的消费欲望中获得的满足感与集体感也是短暂的。"我们静悄悄地驾车回家。我们期望独处，于是走进各自的房间。"[6]可见，当代消费者的疯狂消费行为无助于解决其自我孤独和灵性匮乏的困境，因为一件商品总是指向另一件商品，一个符号总是指向另一个符号，对物的渴望最终将

---

① Mark Osteen, *American Magic and Dread: Don DeLillo's Dialogue With Culture*, Philadelphia: University of Pennsylvania Press, 2000, p.169.

② [美]唐·德里罗：《白噪音》，朱叶译，译林出版社，2002，第 93 页。

③ 同上，第 94 页。

④ 同上。

⑤ Thomas J. Ferraro, "Whole Families Shopping at night!" *New Essays on White Noise*, Frank Lentricchia (ed.), New York: Cambridge University Press, 1991, p.22.

⑥ [美]唐·德里罗：《白噪音》，朱叶译，译林出版社，2002，第 94 页。

把消费者引向无止境的欲望深渊。正如波德里亚所说："作为消费者的人重归孤独或隔离，至多也只是聚生的（如一起看电视的家庭成员、体育场或电影院中的观众等等）……这是因为消费被编排成一种自我指向的话语，并在这种最小化的交换中带着满足和失望趋向枯竭。"①

由此可见，电视媒介和物品消费对格拉迪尼家庭的影响具有双重性。一方面，他们将看电视和购物视为散发着神圣光辉的神秘活动，期待从两者的神秘性中寻获精神安慰和提升家庭凝聚力，以抵御当代世俗社会中个体精神匮乏和家庭关系淡漠的趋势。另一方面，过度暴露于刺激感官的电视图像，以及沉溺于对商品符号价值的消费中，使得他们变得更加麻木和空虚，家庭关系也由此变得更加松散。正如奥斯廷所说："在《白噪音》中，小说人物通过消费寻求发光时刻。电视不仅是获取信息的主要媒介——渗透他们大脑和充满使现实失真的'波与辐射'的媒介，还是资本主义意识形态的主要传播者。电视和其他消费空间既压低又放大了消费者和观众对灵性渴求的声音"②。

死亡恐惧与灵性复原力

如果说媒介和消费文化不但没能为美国当代社会个体及其家庭成员提供集体温暖与伦理关怀，反而加重了他们对彼此的孤立、漠视，加速了他们凝聚力的丧失，那么对死亡的恐惧无疑是他们彻底陷入伦理空虚和精神孤绝的罪魁祸首，但也正是在这种灵性匮乏的绝境之中，后现代

---

① ［法］让·波德里亚：《消费社会》，刘成富、全志钢译，南京大学出版社，2000，第 79 页。

② Mark Osteen, *American Magic and Dread: Don DeLillo's Dialogue With Culture*, Philadelphia: University of Pennsylvania Press, 2000, p.166.

个体和家庭通过世俗灵性的感悟看到了一丝救赎的曙光。

作为一部"美国死亡之书"，小说《白噪音》展现了生活在后现代社会中的美国人对死亡的极度恐惧。美国著名人类学家厄内斯特·贝克尔指出，与地球上其他动物不同，对死亡的恐惧和对永生的渴望是人类的独有特征。"人类通过自己感知世界的方式创造出自己的恐惧。"①小说中，死亡的恐惧一直萦绕在主人公格拉迪尼和妻子芭比特的脑海中。格拉迪尼经常经历有关死亡的梦魇，睡觉时的一阵"肌痉挛"也会使格拉迪尼立刻担心自己是否会猝死。芭比特向格拉迪尼坦白她是一个"摆脱不了满脑袋死亡的人"②。他与妻子讨论谁会先死的问题。虽然两人都对对方说自己想先死，但是他们其实在隐瞒自己对死亡的极度恐惧，两人都不想先死。格拉迪尼对死亡的恐惧在"空中毒雾事件"中达到了顶点。由于带有"尼奥丁衍生物"的毒雾泄漏事故，全城的居民都赶往聚集点避难。格拉迪尼在人们逃难的过程中看到了一派世界末日的景象：

人们不断地从一条高堤后冒出来，双肩积雪，步履艰难地通过立交桥，数百人怀着悲怆坚定的神色行进着。又一轮警报声响起。前行者并未加快沉重的步伐。他们既没有低头俯瞰我们，也没有抬头仰望天空去寻找随风飘荡的烟雾的踪影。他们只是在狂舞的大雪和斑斑的光亮之中，不停歇地过桥前行。他们身处旷野，紧挨他们的孩子，携带一切可能携带的物品，好像是某种古老的命运的一部分，在厄运和毁灭中，与人类在荒原上苦苦跋涉的整部历史相联系。他们身上有一种史诗的品质，使得我第一次对于我们困境的规模感到迷惑。③

① Ernest Becker, *The Denial of Death*, New York: The Free Press, 1973, p.18.
② [美]唐·德里罗：《白噪音》，朱叶译，译林出版社，2002，第214页。
③ 同上，第134—135页。

　　不难看出，对格拉迪尼来说，真正使他们陷入末日困境的正是人类赖以克服死亡恐惧的科学技术。"人对于历史和自己的血统犯下的罪孽，已经被技术和每天都在悄然而至的怀着鬼胎的死亡搞得愈加复杂了。"①贝克尔指出，人类行为的基本动机是，通过某种象征性的"英雄体系"塑造一个"人生有意义的神话"，来控制其对死亡的恐惧与拒绝死亡。②然而，进入现代以来，人类将生命而不是上帝视为唯一具有普遍价值的代表，现代人类转而依赖科学技术来控制死亡恐惧，甚至企图逃避死亡结局。然而，在控制死亡恐惧方面科技不但不如信仰行之有效，反而导致了暴力战争、环境灾难等一系列威胁人类生命的负面后果，现代人类对死亡的恐惧进一步加重。正如格拉迪尼自己所说："科学的进步越巨大，恐惧越原始。"③

　　对死亡强烈的恐惧感使他们对这幅末日景象产生了"一种近似宗教的敬畏感"④。"对于威胁你生命的东西，你肯定会产生敬畏之感，并且把它看作比你自身庞大得多、更加有力、由本质的和执拗的节律所创造的一种宇宙力量。"⑤在这种对死亡的恐惧感和敬畏感中，人们迫切渴望一种宗教式的精神慰藉和集体归属感。格拉迪尼在临时避难点看见有人向难民们散发宗教宣传手册，"而且好像轻而易举就找到了愿意接受小册子的人和心甘情愿的听众"⑥。然而，作为一名世俗无信仰者，格拉迪尼显然并不能对"上帝的王国正在到来"以及"进入下一个世界"⑦的基督教说教

<hr />

①　[美]唐·德里罗：《白噪音》，朱叶译，译林出版社，2002，第22页。
②　Ernest Becker, *The Denial of Death*, New York: The Free Press, 1973, p.24.
③　[美]唐·德里罗：《白噪音》，朱叶译，译林出版社，2002，第176页。
④　同上，第140页。
⑤　同上。
⑥　同上，第144页。
⑦　同上，第149页。

感到信服，但是对死亡的恐惧又让他渴望从一种类宗教的灵性力量中寻找抗拒死亡的动力。

　　格拉迪尼的选择是在"电视、购物和希特勒学术"三项世俗日常活动中寻找这一抵制死亡的灵性力量①。在当代世俗人类的精神生活中，电视扮演着类似中世纪时期牧师的角色，通过电子信号形式的"祷告"，为"世俗信徒们"提供着灵性抚慰和庇护。正如默里所说："看看包含丰富数据的网络、光彩夺目的电视节目、广告歌词、作为生活片段写照的商业广告、黑暗中猛地推出的产品、代码化的信息和无休止的重复，听起来像颂词和祷文。'可口可乐，可口可乐，可口可乐。'如果我们能够牢记如何心无邪念地去响应，忘却懊恼、厌倦和反感情绪，媒体中实际上充盈着庄重的程式。"②换句话说，只要世俗人类向宗教信徒一样虔诚地响应电视上播放的各种节目、广告等信息，他们就可以从中获得宗教式的灵性归属和慰藉，从而超越死亡恐惧。可见，当代人通过电视媒介抵制死亡恐惧其实是一种自我麻痹。正是在一种无意识状态下，人们受到了麻醉和洗脑。通过反复出现的灾难和死亡等感官刺激镜头，电视使观众对死亡变得麻木和冷漠。他们对死亡的恐惧感受也在一定程度上得到了抑制，因为经过信息化处理的灾难和死亡已经成为娱乐大众的媒介符号，失去了其现场的真实性与震撼感。"灾难和死亡的恐怖荡然无存。"③例如默里带格拉迪尼去参观的旅游胜地"美洲照相之最的农舍"④，当它被络绎

---

①　John N. Duvall, "The (Super)Marketplace of Images: Television as Unmediated Mediation in DeLillo's *White Noise*," *Arizona Quarterly: A Journal of American Literature, Culture and Theory*, Vol. 50, 1994, p.143.

②　[美]唐·德里罗：《白噪音》，朱叶译，译林出版社，2002，第56页。

③　朱叶：《美国后现代社会的"死亡之书"——评唐·德里罗的小说〈白噪音〉》，《当代外国文学》2002年第4期，第163页。

④　[美]唐·德里罗：《白噪音》，朱叶译，译林出版社，2002，第12页。

不绝的旅客拍成照片或者被制作成"明信片和幻灯片"出售时,"没有人看见农舍"①。与电视媒介一样,通过精神麻痹效应使当代人抵御死亡恐惧的还有消费行为。丰富的商品不断刺激着消费者的消费欲望,为其在追逐代表其身份和地位的商品符号价值过程中制造了一个贝克尔所说的"人生有意义的神话"②。正如默里所说:"超级市场这么大、这么干净、这么现代化,这对我就是一种启示。"③凭借为消费者提供的巨大选择自由以及自我实现,超市俨然成为一座"后现代寺庙"④,成为世俗"朝圣者"抵制死亡恐惧和寻求精神慰藉的场所。

　　不难看出,默里将当代人的购物消费行为视作他们抵御死亡的仪式。当代消费者似乎在对丰盛物品的崇拜中寻觅到一种宗教式的灵性超越力量。正如德里罗在接受采访中所说,他相信超市中存在一种"我们常常未注意到的""超越性的东西",他称之为"日常性的光辉"。作为山上学院希特勒研究系的主任以及北美希特勒研究的创始人,格拉迪尼不仅将研究希特勒视为"增强自己的重要性和力量"⑤的手段,更将其视为能够提供灵性慰藉的力量源泉。他将德语视为一门极具神秘力量的语言,并致力于把德语学好,以利用它的神秘力量来提升自我"魅力"和进行自我"保护":"我做出了多种尝试来学好德语,认真地研究其词源、结构、词根。我感觉到了这门语言了不起的威力。我想说好它,把它作为一种魅力、一种保护手法来使用。"⑥格拉迪尼还给自己的儿子起了一个德文名

---

① ［美］唐·德里罗:《白噪音》,朱叶译,译林出版社,2002,第 12 页。

② Ernest Becker, *The Denial of Death*, New York: The Free Press, 1973, p.24.

③ ［美］唐·德里罗:《白噪音》,朱叶译,译林出版社,2002,第 41 页。

④ Mark Osteen, *American Magic and Dread: Don DeLillo's Dialogue With Culture*, Philadelphia: University of Pennsylvania Press, 2000, p.166.

⑤ ［美］唐·德里罗:《白噪音》,朱叶译,译林出版社,2002,第 316 页。

⑥ 同上, 第 33 页。

字叫"海因里希"，因为他认为"这个名字中有一股力量，是个叫得响的名字，其中有某种权威性"①。可见，他希望借助德语名字的神秘力量保护自己的儿子，让他"无所畏惧"②。正如他自己所说："德国名字、德国语言、德国东西中，都有某种名堂，我说不准究竟是什么，但它就在那儿。"③ 除此之外，格拉迪尼研究希特勒的另一个原因是认为他具有抵御死亡恐惧的神秘能力。正如有的学者所说："他在希特勒研究中所寻求的是掌控死亡。"④ 正是基于这个原因，格拉迪尼在面对出现在他家后院的神秘访客时竟然"将《我的奋斗》抱紧在肚子前"⑤。

然而，格拉迪尼的死亡恐惧并未在这三项世俗活动中得到治愈。虽然看电视、购物和研究希特勒确实为他提供了抵御死亡恐惧的精神慰藉，但是这种慰藉只是一种自我麻痹式的精神效应，其心理机制是将人对死亡的注意力暂时转移。正如格拉迪尼所说，他这么多年一直都在努力"将自己置于着魔状态"⑥。然而，这种把死亡恐惧暂时转移的"着魔状态"无法从根本上解决当代人类对于死亡的幽深恐惧，因为当代人无法像宗教信徒一样"专注于来世的生活而解决死亡的困扰"⑦。换句话说，认识到死亡无法抗拒才是当代人恐惧死亡的真正原因。另外，消费主义对当代社会造成的环境污染、暴力战争、人性异化等负面影响使当代人仿佛生活在"世纪末"阴影的笼罩之下。从这个意义上讲，当代人信仰的"新

---

① [美]唐·德里罗：《白噪音》，朱叶译，译林出版社，2002，第69页。

② 同上。

③ 同上，第70页。

④ John N. Duvall, "The (Super)Marketplace of Images: Television as Unmediated Mediation in DeLillo's *White Noise*," *Arizona Quarterly: A Journal of American Literature, Culture and Theory*, Vol. 50, 1994, p.136.

⑤ [美]唐·德里罗：《白噪音》，朱叶译，译林出版社，2002，第266页。

⑥ 同上，第315页。

⑦ 同上，第313页。

型消费罗马教会"不但未能像传统宗教一样为当代人提供精神慰藉，反而将他们推入了更黑暗的死亡恐惧深渊，因为"假借消费之名使人麻醉，对人体乃至地球造成潜在伤害"[①]。尽管如此，当代人仍然选择在这种"新型宗教"中沉醉，因为"人们需要归属感，哪怕它是虚幻的"[②]。

正是在这种驱之不散的死亡恐惧之下，当代人陷入了更深的伦理虚无和精神孤绝困境。小说中，尽管芭比特跑步健身，热爱公益，是一个"充实生活的热爱者"[③]，但是她始终无法抑制萦绕在其心头的死亡恐惧。"我害怕死"，"我老是想着它，它不肯消失"[④]。在对死亡的极度恐惧之下，芭比特背着丈夫与一名叫威利·明克的男人发生了性关系，目的是换取一种据称可以抵抗死亡的药物"戴乐儿"。当格拉迪尼得知芭比特上当的真相后，他感到愤怒并开始计划枪杀明克。然而，与其说格拉迪尼的枪杀计划是为了替妻子讨回公道和报仇，不如说是为了实践默里的"通过杀死他人来解除自己的死亡"[⑤]。小说中，默里不断向格拉迪尼宣传自己对于抵御死亡的见解，比如通过信仰科学技术和死后重生来抗拒死亡，但是格拉迪尼都表示不敢苟同，唯独"通过杀死他人来解除自己的死亡"的理论正中他下怀[⑥]，因为他正遭受空气中毒和妻子受骗的双重打击。

---

① John A. McClure, *Partial Faiths: Postsecular Fiction in the Age of Pynchon and Morrison*, Athens: University of Georgia Press, 2007, p.89.

② 周敏：《作为"白色噪音"的日常生活——德里罗〈白噪音〉的文化解读》，《外国文学评论》2015 年第 4 期，第 206 页。

③ [美] 唐·德里罗：《白噪音》，朱叶译，译林出版社，2002，第 6 页。

④ 同上，第 212 页。

⑤ 同上，第 319 页。

⑥ 有学者认为，这其实是默里的阴谋。默里是在唆使格拉迪尼谋杀明克，从而摧毁格拉迪尼，以实现与他的妻子芭比特在一起的目的。在此之前，默里不时地表现出他对芭比特的极大兴趣，并且可能已经成功引诱芭比特。参见 John N. Duvall, "The (Super) Marketplace of Images: Television as Unmediated Mediation in DeLillo's *White Noise*," *Arizona Quarterly: A Journal of American Literature, Culture and Theory*, Vol. 50, 1994. p144.

　　它是控制死亡的一种方式，获得最终优势的一种方式。改变一下，当杀人者吧。让别的什么人去当死亡者。让他替代你，这在理论上名为交换角色。如果他死了，你就不会死了。他死，你活。瞧瞧多么奇妙地简单！①

　　默里的理论让格拉迪尼感受到一种转换角色的主动权。他不需要一直做一个等待死亡的被动者，而是可以选择做一个拒绝死亡的主动者。诚然，他希望通过杀死明克替妻子复仇，但是他更希望通过杀死明克让自己活下去。为了抵御死亡的恐惧，他可以不顾伦理禁忌与他人进行性交易，可以堂而皇之地剥夺他人性命以换取自己的存活机会。正如有的学者所说："道德因此变成了纯粹外在的东西，唯有自我的生存是最高价值，为了逃避我的死亡什么都可以做。"②

　　然而，德里罗并非只是对当代美国人的死亡恐惧及其导致的道德堕落和精神孤绝困境进行悲观地呈现。通过自我与死亡、与他者的直接遭遇，德里罗似乎在暗示当代人可以在一种灵性意识的觉醒中恢复自我对他者的责任并由此克服死亡恐惧。当格拉迪尼实施计划，向明克开了两枪并准备把手枪放在明克手中以制造他自杀的假象时，明克扣动扳机击中了他的手腕。剧烈的疼痛使格拉迪尼感受到死亡的迫近与真切。

　　世界从内部坍塌了，所有生动的结构和联系都埋葬于一堆堆平常事物之中。我失望了。心灵受伤、惊讶、失望、我借以实施计划的高层次能量中，发生了什么事？疼痛在加剧，小臂、手腕和手上都淌满鲜血。

　　①　[美]唐·德里罗：《白噪音》，朱叶译，译林出版社，2002，第320页。
　　②　程国斌：《对死亡的生存论观照及其对"他者伦理"的敞开》，《社会科学战线》2014年第10期，第26页。

我往后趔趄，眼睁睁看着鲜血从指尖往下滴。我苦恼和困惑不解。我的视野边缘出现彩色的星点，熟悉的飞舞的微粒。多维度、超感觉，统统成了眼前的混乱、一堆令人眩晕的杂物，毫无意义。①

　　不同于"天鹅投水"②式的优雅死亡，也不同于电视镜头中令人麻木的拟像死亡，格拉迪尼被枪击后感受到的是痛苦与鲜血相连的真实死亡。"死亡变得有形起来：死亡不再是电视上、历史书中或者电脑屏幕上看到的东西。死亡进入他体内或者在他身上，已经穿透了他。"③正是这种对死亡的真切感受使格拉迪尼对明克产生了同情并决定对他实施救助。"我看了他一下。还活着。他怀里是一摊血。按照重新恢复的物质和感觉的正常秩序而言，我感到自己正在看着他，第一次把他当作一个人来看。人类古老的糊涂和古怪的癖性又一次在我身上流动起来：同情、悔恨、慈悲。"④列维纳斯指出，他者的面貌呈现之际，我必须做出回应，这就意味着我马上对他负有责任，我与他人的主体间的关系就是责任关系⑤。这种将自我与他者命运连在一起的行为，使格拉迪尼认识到他者并非主体自我可以同化和打压的客体，而是与自我平等的独立个体。格拉迪尼在与他者和死亡的直接遭遇中实现了一种灵性上的顿悟，认识到自我对他者的责任，并最终在这种责任感的催促下将明克送去了医院。

---

① ［美］唐·德里罗：《白噪音》，朱叶译，译林出版社，2002，第 344 页。

② 同上，第 18 页。

③ Michael Hardin, "Postmodernism's Desire for Simulated Death: Andy Warhol's Car Crashes, J. G. Ballard's *Crash*, and Don DeLillo's *White Noise*," *Lit: Literature Interpretation Theory*, Vol. 13, 2002, p.47.

④ ［美］唐·德里罗：《白噪音》，朱叶译，译林出版社，2002，第 344 页。

⑤ 转引自付天睿：《西方近代哲学"他者"地位的主体间性转变》，《人文天下》2015 年第 13 期，第 75 页。

　　除此之外，格拉迪尼还在家庭中感受到了一种真正的灵性慰藉，这对其精神孤绝与空虚的病症起到了复原和治愈作用。尽管他的家庭结构和关系受到了媒介与消费文化的巨大冲击，格拉迪尼内心仍对家庭的温情与关怀充满着渴求。他与妻子芭比特感情融洽。他们互相倾诉，并将这种彼此信任视为夫妻感情的坚实基础。"这是自我新生的一种形式，信托监护的一个姿态。爱情有助于我们开发出一种个性，它安全稳固得足以将自己置于另一个人的照料和保护之中。"① 可见，格拉迪尼在精神上渴望得到他人的信任，而爱情使他感受到这一信任。除此之外，全家人集体就餐的场景也让他感受到一种庄重而温暖的灵性力量。

　　很快到了午饭时间。这是一个混乱和吵闹的时刻。我们到处乱转，争吵了一阵子，把各种器皿弄得乒乓响。最后，待我们从碗橱和冰箱里抓到或者从相互的盘子里扒到什么时，个个心满意足，随即开始安静地在色彩鲜艳的食品上抹芥末面和蛋黄酱。整个儿是一派绝对庄严的期待气氛，好不容易赢来的报答！②

　　不难发现，与全家人一起看电视、逛商场一样，格拉迪尼在全家人集体就餐的场景中也体验到一种超越性的"日常性的光辉"。然而，与前两种集体活动给家人带来的精神麻木和空虚体验不同，格拉迪尼在家人集体就餐的画面中感受的是一种原始而简单的田园式的家庭温情。除此之外，他还在孩子们睡眠的场景中感受到这一带有浪漫主义色彩的家庭温情。

---

① ［美］唐·德里罗：《白噪音》，朱叶译，译林出版社，2002，第 31 页。
② 同上，第 7 页。

我想靠孩子们近一些，看他们睡觉。看孩子们睡觉使我感到虔诚，这是精神生活的一个部分。世俗生活中，如果有什么能产生站在一座高大的尖顶教堂里——那里有大理石的柱子，神秘的光束从两排哥特式窗户斜射进来——相同的感觉，那就只有在孩子们的小卧室里看他们睡得香甜了，尤其是女孩儿们。①

换句话说，格拉迪尼将小孩的睡眠视为宗教灵性超越的对等物。孩子们天真无邪的本性使他们与成年人相比总是显得更加纯洁而神秘。正如德里罗在与德柯蒂斯的访谈中说到的，"我认为我们都感觉到，可能是迷信，孩子们可以直接通往、直接接触那种成人无法获得的自然真理……他们知道一些不能告诉我们的事情，或者说他们记得一些我们已经忘记的事情"②。有的学者据此认为，德里罗的写作属于现代主义和后现代主义之外的浪漫主义流派，因为"浪漫主义流派的定义性特征（当然不仅限于此），就是相信儿童的洞察力"③。这种对"自然真理"的神秘感知能力使儿童的行动成为一种具有浪漫主义超越作用的世俗灵性形为。在空气中毒事件的避难营房，格拉迪尼从孩子们的睡眠中感受到这一超越性的世俗灵性力量。

他们东歪西倒地躺着，四肢垂在床外。在这几张稚嫩温煦的脸上，

---

① [美]唐·德里罗：《白噪音》，朱叶译，译林出版社，2002，第161页。

② Thomas DePietro, *Conversations with Don DeLillo*, Jackson: University Press of Mississippi, 2005, p.72.

③ Paul Maltby, "The Romantic Metaphysics of Don DeLillo," *Contemporary Literature*, Vol. 37, 1996, p.267. 莫尔特比将德里罗的写作与浪漫主义作家卢梭和华兹华斯的创作进行对比，认为虽然德里罗并不一定认可卢梭和华兹华斯的创作理念，但是他们三人都展现出对"原始、前抽象语言的浪漫主义神话"的偏爱。

有一种如此绝对和纯洁的信任，所以我连想也不愿意想它可能用错了地方。冥冥之中似乎有种东西，宏大、庄严、令人敬畏至极，足以证明此种光辉灿烂的信赖和内心的信念。狂热的虔诚感在我的心田掠过。它在自然中是无限的，它满怀向往，延伸四方。它现实令人生畏然而微妙的力量，并且遍及遥远。这几个入睡的孩子，就像一则广告中玫瑰十字会会员的人物，从广告版面之外某个地方吸来一束强烈的光线。①

因毒气泄漏中毒而处于"尼奥丁雾团的死亡阴影"下的格拉迪尼在孩子们的睡眠画面中寻获了抵御死亡恐惧的"奇特的慰藉征兆"②。与电视媒介和购物消费的后现代主义拟像式超越不同，孩子的睡眠代表着一种追求纯洁和真理的浪漫主义田园式超越。正是在这种浪漫主义的灵性超越中，德里罗暗示格拉迪尼获得了对人的有限性以及他者的非同一性的顿悟，从而克服了死亡恐惧。

小说结尾，格拉迪尼带着家人来到立交桥上观看由毒气泄漏事件导致的"日落"景象。

我们经常到立交桥上去……人们从桥的斜坡往上走，来到立交桥上，手里拿着水果、坚果和清凉饮料——大多是中年人和上了年纪的人，有些人还带着网编的沙滩椅，将它们支起来放在人行道上；但是也有年轻的夫妇挽着手臂站在栏杆上向西凝视……实在难以明白我们对此应该作何感受。有些人见到这样的日落而吓呆了，有些人则决计要兴奋一下，但是我们大多数人不知道怎么去感受，准备取两种态度中的任何一种……人们不断地上桥来，有些人因为病残只得坐在轮椅里，照料他们的人低

---

① [美]唐·德里罗:《白噪音》，朱叶译，译林出版社，2002，第169页。
② 同上。

弓着身子，推着轮椅上坡。我以前不知道城里有多少病残之人，直到那些暖意融融的夜晚吸引那么多人群来到立交桥时才恍然大悟。①

　　从这段文字描述中我们可以发现，虽然格拉迪尼和"大多数人"一样仍然不知道如何对"日落"象征的死亡恐惧作何感受，但是他们面对死亡已经明显多出了一份淡定和从容。同时，与受媒介文化和消费主义控制而旁观"他者之痛"的身份相比，格拉迪尼显示出更多的对他者的关注，而对他者的责任担当反过来又进一步帮助他学会接受世俗人类的有限性与脆弱性，从真正意义上克服其自我意识中对死亡的幽深恐惧。

　　在小说《白噪音》中，德里罗呈现了深陷死亡恐惧之中的后现代个体及其家庭成员所遭遇的他者伦理危机和精神孤绝困境。一方面，他们沉浸在当代媒介和消费文化中寻觅自我价值实现和精神归属感，以对抗死亡恐惧。另一方面，大众媒介营造的拟像现实以及消费主义宣扬的符号欲望麻痹着他们的精神，使他们进一步陷入道德沦丧和灵性匮乏状态，加深了他们的死亡恐惧。尽管如此，德里罗并非只是对当代人的死亡恐惧及其导致的道德堕落和精神孤绝困境进行悲观地呈现。通过自我与他者和死亡的直接遭遇以及对一种原始而简单的田园式家庭温情的追寻，德里罗似乎在暗示当代人可以获得灵性意识觉醒，恢复自我对他者的责任、接受生命的脆弱性和有限性，并由此克服死亡恐惧。

---

① ［美］唐·德里罗:《白噪音》，朱叶译，译林出版社，2002，第356—357页。

第三节 "他者使我们更密切"：《坠落的人》中的精神创伤与责任伦理

作为德里罗进入新世纪后的第三部小说，2007 年出版的《坠落的人》延续了前两部新世纪小说短小精悍的特点，全书只有 246 页。尽管篇幅短小，《坠落的人》却展现出作家德里罗独特的创作视角和深邃的人文思想。小说主要围绕美国 "9·11" 恐怖袭击的幸存者基思及其妻子丽昂和儿子贾斯汀一家人的创伤经历展开，其间还穿插了男孩哈马德转变为圣战分子，并参与 "9·11" 空袭的过程。因其对 "9·11" 事件逼真与细腻的艺术再现，《坠落的人》受到媒体和评论界的诸多好评。小说一经问世即被《新闻周刊》（*News Weekly*）等十余家美国主流媒体评为 "年度最佳图书"。《哈佛书评》（*Harvard Book Review*）更是将其称为 "'9·11'小说定义之作"。

批评界对该小说的评论自小说诞生以来也从未间断，目前已有众多国内外学者从男性气质、反叙事、创伤、记忆、身体、空间等多种理论角度对小说中的恐怖主义、家庭伦理、死亡与救赎等主题进行了广泛探讨与深入研究。有鉴于此，本节选取小说中研究者关注较少的他者伦理与灵性超越为视角，着重探讨小说人物基思漠视他者的伦理选择对他们各自的悲剧影响，以及丽昂如何从一种趋近他者的类宗教灵性觉醒中实现内在超越的。

一、创伤记忆与自我中心伦理

美国学者凯西·卡鲁斯将创伤定义为 "难以忘却的、对突发或灾难事件的经历，创伤患者对事件的反应通常是，产生受到延滞、无法控制、反复出现的幻觉和其他病症"①。作为美国本土有史以来发生的最严重的恐怖袭击，"9·11"事件共造成了 3000 多人遇难，导致无数美国家庭分崩离析，对美国民众的身体与心灵造成了极大的创伤。小说中，恐怖分子劫持的飞机撞向双子大厦时，主人公基思正好在南楼办公。虽然他得以侥幸逃生，但是亲身经历两幢大楼相继倒塌的灾难性场面仍对他造成了严重的心理创伤。凯·埃里克森认为，创伤最突出的症状表现为"白日梦和梦魇、闪回和幻觉，以及强迫寻找类似场景"②。在亲眼见到同事鲁姆齐在恐怖袭击中不幸身亡后，基思开始经常看到鲁姆齐死亡时的幻象：

那位医生——那位麻醉师——给他打了一针很厉害的镇静剂，或者别的什么针剂，一种含有记忆抑制成分的东西；也许，一共打了两针，但是，他看见鲁姆齐坐在窗户旁边的椅子上。这意味着，他的记忆没有被抑制，或者说，那药品这时尚未产生效果，一个梦境，一个清醒的形象；无论是什么原因，鲁姆齐在浓烟之中，周围的一切正在坠落。③

正如有的学者所说："创伤经历如梦魇般不断侵扰脑海，创伤者无法将现世和创伤发生的时空区分开来，生活中的很多正常场景和事物往往突然唤起创伤者的创伤记忆，激发创伤者的创伤体验。"④ 这种巨大的心理创伤直接影响到基思的家庭伦理观及其与家人的关系。从灾难现场幸运

---

① Cathy Caruth, *Unclaimed Experience: Trauma, Narrative, and History*, Baltimore: The Johns Hopkins University Press, 1996, p.11.

② Kai Erikson, "Notes on Trauma and Community," in *Trauma: Explorations in Memory*, Cathy Caruth (ed.), Baltimore: The Johns Hopkins University Press, 1995, p.184.

③ ［美］唐·德里罗：《坠落的人》，严忠志译，译林出版社，2010，第 23 页。

④ 朴玉：《从德里罗〈坠落的人〉看美国后"9·11"文学中的创伤书写》，《当代外国文学》2011 年第 2 期，第 61 页。

逃生后，基思因为自己的公寓遭到破坏只好回到妻子丽昂的公寓，然而他并没有像丽昂期待的那样承担起一个尽职的丈夫和父亲的责任。基思回家之后，丽昂感觉自己的丈夫与一个陌生人无异：

> 这几个字眼以前从来没有让她觉得轻松。我的丈夫。他不是什么丈夫。配偶这个词用在他身上一直显得滑稽，而丈夫完全不合适。他是某种别的什么人，在别的什么地方。然而，她现在使用这几个字眼。她觉得，他正逐渐变为一个像丈夫的男人，尽管她知道，把丈夫和男人放在一起完全是另外一个词。①

可见，受到恐怖袭击创伤记忆困扰的基思整日沉浸在自我世界之中，拒绝向妻子履行作为丈夫的一切责任与义务，将她视为与自己完全不相干的他人：

> 就是这个男人，他不愿意屈服于她的种种要求：尝试亲昵、尝试过度亲昵的需要，还有询问、检查、探究和揭示事情——包括行业秘密——的强烈欲望，要他讲出一切的要求。那种需要包含肉体的东西：两手、双脚、下体、龌龊气味、成团的污垢，有时它只是谈话或睡意蒙眬的呓语。他希望吸收一切，就像儿童一般，吸收迷失感觉的尘土，吸收她可以从别人毛孔里闻到的任何东西，她曾经觉得，她就是别人。别人拥有更真实的生活。②

基思对妻子丽昂亲昵需求的麻木体现出他作为一个创伤患者的典型

---

① [美] 唐·德里罗：《坠落的人》，严忠志译，译林出版社，2010，第75页。
② 同上，第113页。

症状。正如埃里克森所说:"创伤的典型症状包括从情感天平一端的不安和焦虑到另一端的麻木和阴郁。"①

虽然基思对妻子丽昂漠不关心，他却与同为恐怖袭击幸存者的弗洛伦斯发生了一段婚外情。基思在塔楼废墟中找到一个遗失的公文包，并依靠包里的物品信息找到了失主弗洛伦斯的住处。两人彼此分享了袭击发生当天的经历并发生了性关系。自此以后，基思频繁来到弗洛伦斯住处与她幽会。"他们互相获得性爱的愉悦，然而这并不是让他回到那里去的原因。吸引他的是在盘旋而下、没有时间限制的持久飘荡过程中共同了解的东西。"②可见，这段婚外情吸引基思的地方并不是男女激情，而是在与同为幸存者的弗洛伦斯分享创伤经历时获得的一种集体归属感。正如埃里克森所说:"可以用共同语言和共同背景分享创伤，作为一种集体性的来源。有一种灵性的亲密关系在那儿，一种身份感，哪怕情感的觉知能力已经减弱，关爱的能力已经变得麻木。"③正是这种拥有共同创伤经历的集体身份加剧了基思与家人之间的"离心倾向"④。基思的伦理观由此发生严重扭曲，导致他无法担当自我对他者的责任感。虽然基思感觉到应该严肃对待生活，并且认识到自己与他人的婚外情"与此相互矛盾"⑤，但是他仍然无法控制自己前往弗洛伦斯住处的欲望。

事实上，基思与丽昂的婚姻关系在恐怖袭击之前已经出现了危机，

----

① Kai Erikson, "Notes on Trauma and Community," in *Trauma: Explorations in Memory*, Cathy Caruth (ed.), Baltimore: The Johns Hopkins University Press, 1995, pp.183-184.

② [美]唐·德里罗:《坠落的人》，严忠志译，译林出版社，2010，第 147 页。

③ Kai Erikson, "Notes on Trauma and Community," in *Trauma: Explorations in Memory*, Cathy Caruth (ed.), Baltimore: The Johns Hopkins University Press, 1995, p.186.

④ Ibid.

⑤ [美]唐·德里罗:《坠落的人》，严忠志译，译林出版社，2010，第 147 页。

两人正处于分居状态。据丽昂母亲描述，基思是一个极其自我中心和忽视妻子感受的丈夫。"基思希望遇到一个将会后悔和他在一起的女人。这就是他的风格，让一个女人干她将会后悔的事情。你呢？你需要的不仅仅是一个晚上、一个周末。他天生就是度周末的。你随了他。"① 他对自己的男性好友们非常义气，"是一个好帮手，一个可交心的密友"，对自己的妻子却并不重视，"女人和他的关系越密切，他越会觉得，她不如他的男性朋友"②。不仅如此，在分居之前，基思对妻子甚至达到了厌恶的地步。"他一度很晚才回家，衣着光鲜，举止有点疯狂。那段时间就在分开之前，他把最简单的问题视为一种充满敌意的盘问。他似乎进门时就在等着她提问，准备用目光直视她的问题，然而，她却根本没有兴趣说任何事情。"③ 可见，丽昂对基思而言就是一个陌生的他者，陷入自我中心主义的他没有意识到自己对丽昂的责任。这种无力对他者承担责任的伦理立场使基思逐渐在孤独自我的漩涡中沦陷。

由于无法从亲情中真正缓解自己的创伤，基思只能来到赌场寻找精神寄托。

在扑克室里，他掏出钱来。随机出牌，没有可以确定的原因，然而他一直是自由选择的行为主体。运气，机遇，没有谁知道这些东西靠的是什么。这些动作仅仅为了形成活动。他有记忆力和判断力，有能力决定什么是真实的、什么是假装的，有能力决定何时出手、何时跑掉。他拥有镇定的心态，拥有深思熟虑的判断能力，而且还存在他可能利用的某种逻辑。特里·成说，牌局中的唯一真实逻辑是性格逻辑。但是，当玩家

① ［美］唐·德里罗：《坠落的人》，严忠志译，译林出版社，2010，第13页。
② 同上，第62页。
③ 同上，第111页。

知道自己需要的牌肯定会出现时，这种牌局便有了结构，有了指导原则，有了奇妙而轻松的梦幻逻辑插曲。在这种情况下，在一手接着一手重复出现的关键瞬间里，存在着肯定或否定的选择。叫牌或加码，叫牌或跟注，小小的二元脉动隐藏在目光后面，这样的选择唤起玩家的自我意识。这种肯定或否定属于他，不属于在新泽西某个地方的泥地里奔跑的马匹。①

　　这段话对于我们理解基思的伦理观有着重要意义。基思之所以一直沉迷于牌类活动，是因为打牌能唤醒他的自我意识，并给他带来选择的自由。只有在打牌活动中，他才能够自由支配自己的决策和行动并且只对自己而无须对他人负责。这是一种典型的现代人类自我中心主义伦理观。沉迷于牌类游戏的基思所追逐的正是这种以人类理性和主体自我为中心的世俗伦理观。基思对世俗伦理的认同体现在他否定超越的上帝与神存在这一世俗主义观点中。在他与弗洛伦斯对上帝的讨论中，基思对弗洛伦斯认为人类应该信仰上帝和神的观点表示反对。"谁的神？哪一位神？我甚至不懂相信神是什么意思。我从来没有考虑过。"② 鲍曼说："'没有上帝'意味着，没有比人类意志和抵抗力更加强大的力量迫使人类成为有道德的，没有比人类自己的渴望和预感更加崇高和值得信任的权威来使人类相信：他们觉得是体面、公正和正确的——道德的——行为的确是道德的，并且，他们能够将人类带离错误以防他们陷入非正义。"③ 鲍曼认为这种自我中心主义的伦理观并没有为现代人带来真正的快乐：

---

① ［美］唐·德里罗：《坠落的人》，严忠志译，译林出版社，2010，第230页。

② 同上，第96页。

③ ［英］齐格蒙特·鲍曼：《后现代伦理学》，张成岗译，江苏人民出版社，2002，第11页。

在从别人已经为我们的所有工作承担了责任（或者已经保证要承担责任）的'外在于此'的世界中返回时，因为缺乏习惯，我们已经很难忍受生疏的责任。这种情况下经常留下一种事后苦涩的味道，仅仅增加了我们的不确定性。当我们拒绝责任时，我们就会错误地躲开责任，而一旦我们要重新承担责任，责任就会像一副担子一样，太沉重以至于我们不能独自承担。①

可见，现代世俗伦理使得世俗社会的主体陷入"道德选择摇摆不定"的虚无主义困境，无法对他者承担其应该承担的责任。小说结尾，基思对牌类游戏的沉迷象征着他彻底陷入自我中心主义而无力对他者承担责任的虚无漩涡。当丽昂质疑基思整日沉浸在赌场的生活会意志消沉和精神受到损害时，基思的反应是"点了点头，似乎表示赞同，后来不停地点头，将这种动作带到另外一个层面上，一种深睡状态，一种嗜睡病，眼睛睁开，心灵关闭。"② 正如有的学者对基思的评论："他在身体和精神上离开丽昂以及他们的儿子。最终，他在扑克中寻找自律的结果是人际关系的缺失，是他与任何自己和游戏之外的世界的关系的缺失……"③

灵性觉醒与他者伦理转变

与基思自我中心伦理漠视他者的立场不同，丽昂在逐渐向他者积极靠近的过程中寻获了一种世俗灵性觉醒，从而实现了自我的内在超越，

---

① ［英］齐格蒙特·鲍曼：《后现代伦理学》，张成岗译，江苏人民出版社，2002，第 23 页。

② ［美］唐·德里罗：《坠落的人》，严忠志译，译林出版社，2010，第 236 页。

③ Brian Conniff, "DeLillo's Ignatian Moment: Religious Longing and Theological Encounter in *Falling Man*," *Christianity and Literature*, Vol. 63, 2013, p.55.

并重拾生活的信心。小说开始，丽昂难以接受上帝代表的宗教式的外在超越观，显示出她坚定的世俗主义立场。

丽昂难以接受存在上帝这个观念。她接受的教育让她相信，宗教使人顺从。这就是宗教的目的，让人回到幼稚状态。她母亲说，敬畏和屈服。宗教在法律、仪式和惩罚中得以强有力表达，其原因就在于此。而且，它的表达方式也非常漂亮，给人音乐和艺术灵感，提高一些人的意识，降低另外一些人的意识。有的人进入恍惚状态，有的人真的匍匐在地，有的人爬行遥远的距离，或者成群结队游行，穿刺身体，鞭打自己。其他人——其余的人——可能受到的影响少一些，与灵魂中某种深层次的东西联系起来。她母亲说，强大而美丽。我们希望超越，我们希望超越安全理解的限度，希望以更好的方式来实现这一点，而不是通过假装的行为。①

从这段话中我们可以发现，受到母亲世俗教育的影响，丽昂认同传统宗教是利用神的外在超越权威对信徒的自我意识进行压制，使他们绝对服从神并受神支配的观点。在世俗主义者看来，宗教对人的自我意识与主体理性的泯灭使人容易受到非理性力量的蛊惑和驱使。其运作机制是通过对一个现实中不存在的神明的迷信、崇拜来控制和操纵人的精神思想。这种对宗教及其代表的外在超越性的否定态度，与近现代西方社会自然科学与人文主义的发展有着密切联系。"存在宗教，存在上帝。丽昂希望采取不相信的态度。不相信是理清思维、明确目的的过程。或者说，这是否只是另外一种形式的迷信？她希望信任自然界的力量和过程，

---

① ［美］唐·德里罗：《坠落的人》，严忠志译，译林出版社，2010，第66—67页。

这种唯一可以感知的实在和科学尝试，只有地球上的男人和女人可以做到这一点。"① 可见，丽昂正是依靠现代自然科学知识宗教进行质疑和否定。正如查尔斯·泰勒所说："新的世界构想将我们置于一个深不可测的宇宙，以至我们对上帝存在于世界与自然之中，存在于我们周边的物理现实之中，感到疑问与不确定。这种上帝离我们远去的印象是伴随着内在——人文主义这个强大和在某些方面似乎有理的选择的发展完成的。"②

然而，尽管现代自然科学技术的发展使世俗主义者们认识到宗教信仰的虚妄性，以科技理性和自我意识为根基的世俗伦理并没有为非信仰者带来伦理道德上的稳固和安全感，反而因其多元化的道德标准将他们抛入了道德相对主义与虚无主义的困境之中。由此，正如丽昂的母亲妮娜所说，生活在世俗时代的现代人仍然对超越性充满渴望。然而，与传统宗教的外在超越性不同的是，现代世俗人类渴求的更多的是一种个性化的、自我提升的内在超越性。正如泰勒所说："个性化灵感的重要性正变得越来越明显。我们生活在一个分裂的灵性时代。"在当代世俗社会中，宗教及其代表的超越性不但没有像许多世俗主义者预料的那样销声匿迹，反而是以传统宗教复兴和多元化灵性探索的形式重新回到公共和私人生活领域，对当代世界政治形势和人类的生活方式发挥了极大的影响。

小说中，虽然丽昂不相信上帝的存在，但她并不是一个彻底的世俗主义者。丽昂并不支持世俗理性与宗教信仰之间的绝对对立。"她知道，在科学与上帝之间并不存在什么矛盾。相信这两者。"③ 换言之，丽昂认为自然科学与宗教信仰确实是可以共存的。"她可以同时自由地思考、怀疑

---

① ［美］唐·德里罗：《坠落的人》，严忠志译，译林出版社，2010，第 69 页。

② Charles Taylor, "A Place for Transcendence?" in *Transcendence: Philosophy, Literature, and Theology Approach the Beyond*, Regina Schwartz (ed.), New York: Routledge, 2004, p.8.

③ ［美］唐·德里罗：《坠落的人》，严忠志译，译林出版社，2010，第 69 页。

和相信。"① 然而, 丽昂并不愿意选择相信上帝, 因为 "上帝会催促她, 让她变得更软弱。上帝就会是始终处于难以理解状态的存在。"② 换言之, 丽昂担心信仰上帝会削弱她对自我意识的掌控。然而, 另一方面, 自我中心倾向的世俗伦理观又使丽昂陷入与他者关系疏远的孤独境遇, 使她对一种具有群众效应与安慰力量的集体伦理充满了渴望。丽昂一直对人群聚集的场面充满兴趣。在她与同学德波拉毕业旅行时, 她们偶遇一个巨大的欢度节日的人群。面对一个陌生的文化氛围, 丽昂首先感受到的是自己与周围这些人的不同之处以及自己作为白人身份的优越感。"人群非常巨大, 其中的任何部分都给人身处中心的感觉。"③ 当人群逐渐向她靠近的时候, 她开始感觉到一种 "无助感" 和 "强烈的身份感":

　　她附近的人看着她, 有的面带笑容, 有一两个和她讲话, 她只得在人群的反应表面上去审视自己。她变为他们向她反馈的东西。她变为她的面部, 她的五官特征, 她的皮肤颜色, 一个白人——白色是她的基本意义、她的存在状态。这就是她的身份, 并非真实但同时又没有错, 严格说来如此, 为什么不是呢? 她享有特权, 超脱, 自我专注, 白色皮肤。④

　　由此可见, 他者成为反射主体自我身份的一面镜子。丽昂在与他者的面庞初遇时认识到的是自己对他者身份的优越性, 而没有意识到自己对他者的责任。然而, 这种对他者责任的忽视并没有让丽昂感到快乐。

---

① ［美］唐·德里罗:《坠落的人》, 严忠志译, 译林出版社, 2010, 第 69 页。
② 同上。
③ 同上, 第 200 页。
④ 同上, 第 201 页。

相反，她认识到作为主体的自我与作为客体的他者的"固定模式包含的所有痛苦的真实"①。她开始对自己的优越身份进行反思："这一切都写在她的脸上：受过教育，无知，吓坏了。"②她开始在与他者的面庞相遇过程中感受到他者与自我平等的身份。"那个人群具有聚集成群的才能。这就是他们的真实。她觉得，在一浪接着一浪涌起的身体潮流中，在压缩起来的大量人群中，他们怡然自得。"③对丽昂来说，尽管这并没有帮助她摆脱自我中心主义的世俗伦理观，因为她仍觉得她"是自己的中心"④，但是这种类宗教的集体伦理观对丽昂的自我中心伦理观形成了挑战。"除了他们在那里进行赞美的那个场合之外，人们聚集成群，就其本身而言，这就是宗教。她想到处于恐慌之中的人群，黑压压地漫过河岸。这就是一个白人脑袋里出现的念头，对白人惊惶数据的处理。其他人没有这样的念头。"⑤可见，深受世俗自我中心伦理观困扰的丽昂对一种类宗教的集体伦理观充满渴望。

这种渴望在"9·11"恐怖袭击后变得更加强烈。丽昂每周参加并主持一次为改善老年痴呆初期患者心理状态而举行的故事交流会。她会要求患者们共同讨论日常生活中发生的事情并让他们通过回忆的形式写作文。丽昂最初从这些患者的作文中阅读到的是"从心灵深处间或释放出来的令人恐怖的预兆显示"⑥。然而，随着时间的推移，她从故事小组成员们的写作中逐渐感受到了一种宗教式的团契感。"这种写作行为使见解和记忆有机会得以交汇，小组成员度过了许多快乐时光。他们常常开怀大

---

① [美]唐·德里罗：《坠落的人》，严忠志译，译林出版社，2010，第201页。
② 同上。
③ 同上。
④ 同上。
⑤ 同上。
⑥ 同上，第31页。

笑。他们探索自己的内心，发现混乱的叙事；讲述他们自己的故事，这样做显得十分自然。"①故事会小组的成员们通过讨论和写作的方式分享自己的人生经历，因此也形成了一个互相支持与安慰、共同对抗病魔与死亡的利益共同体。通过这个利益共同体，丽昂逐渐寻获了一种向他者靠近的伦理责任感。在恐怖分子驾驶飞机，撞毁双子大楼，引发重大伤亡后，巨大的创伤使故事会小组的成员们质疑这是否与上帝的安排有关。虽然丽昂并不认同成员们的上帝观，但是她却对她自身欠缺而故事小组包含的类宗教集体感表现出极大的兴趣。

丽昂鼓励他们发表意见，互相争论。她希望知道一切，每个人说的内容，日常的事情，不加修饰的信仰表达，深层次的情感，渗透这个房间的激情。她需要这些男人和女人。阿普特医生的说法使她感到不安，因为它具有真实性。她需要这些人。也许，这个小组对她的重要性超过了对其成员的意义。这里有某种宝贵的东西，某种渗透出来、进而释放的东西。这些人是杀死她父亲的疾病的活生生的例证。②

可见，丽昂真正感兴趣的是故事小组所展现出来的宗教式的集体超越性。这种集体超越性对于她摆脱自我中心伦理观以及父亲自杀所带给她的创伤有着重要意义。丽昂的父亲杰克·格伦是一位"传统的、堕落的天主教教徒"，认为"规矩的天主教徒与堕落的天主教徒之间没有什么区别"③。他虽然"虔诚地参加拉丁语弥撒"，却没有耐心"坐着等待弥撒

---

① ［美］唐·德里罗：《坠落的人》，严忠志译，译林出版社，2010，第31页。
② 同上，第65页。
③ 同上，第72页。

结束"①。虽然他意识到天主教传统的重要性,但是他并没有将其融入自己的工作与生活之中。"唯一重要的是传统，而它不在他的工作中，从来不在——他搞建筑和其他结构方面的设计，那些东西大都修建在遥远的地方。"② 可见，格伦对自己的信仰并不虔诚。一方面，他渴望像天主教教徒一样有坚定的信仰；另一方面，他又无法摆脱世俗伦理的束缚。这种表面宗教而内心世俗的矛盾促使杰克最后选择通过天主教禁止的自杀方式逃避老年痴呆症的折磨。父亲自杀的创伤之痛使得丽昂在故事小组这个类宗教的集体中找到了治疗创伤与孤独的药剂。"她聆听这些男人和女人讲述他们的生活，他们讲述的方式有的滑稽，有的尖酸，有的直接，有的动人，这使他们相互之间建立了信任。"③

　　除了父亲自杀的创伤之外，"9·11"恐怖袭击对丽昂的家庭及其心理的重大创伤也是她转向故事小组寻求安慰的原因。虽然丈夫基思在恐怖袭击中幸存下来，但是灾难对他造成的巨大心理创伤严重影响到了他们的夫妻关系与家庭关系。丽昂期待通过家庭的温暖治愈丈夫基思的心理创伤，却遭到丈夫进一步的冷落与背叛。基思最后沉迷于赌场和纸牌游戏中无法自拔，象征着他对他者责任的忽视以及丽昂替基思疗伤希望的破灭。与基思的自我沉沦不同，丽昂经历了一次由自我中心主义的世俗伦理向勇于承担他者责任的灵性觉醒过程。对充满爱与责任的集体的渴望使丽昂发现自己逐渐向象征传统宗教信仰的教堂靠近。"她要在这里寻找某种东西，一座教堂，就在社区中心附近，她觉得它是天主教堂，可能是罗斯琳·S. 做礼拜的教堂。"④ 有学者将丽昂这一举动视为"回到她父

---

① ［美］唐·德里罗:《坠落的人》，严忠志译，译林出版社，2010，第72—73页。
② 同上。
③ 同上，第136页。
④ 同上，第253页。

亲的罗马天主教信仰的谨慎尝试"[1]。然而,笔者认为这一观点明显与小说中丽昂坐在教堂中的实际感受不符:

> 她被困在自己心里的重重疑问之中,但是仍然喜欢坐在教堂里。她去得很早,赶在弥撒开始之前,独自待上片刻,感受清醒心灵不停翻动之外的平静。她感受到的并不是某种神灵的东西,仅仅是一种对他人的感觉。他人使我们更密切。教会使我们更密切。她在这里感受到什么?她感受到死亡,她的死亡、素不相识的他人的死亡。这就是她在教堂中总是感受到东西,无论是在欧洲辉煌、雄伟的大教堂里,还是在现在这种贫穷教区的小教堂里,都是如此。她感受到墙壁上的死者,数十年、数百年以来死去的人。在这种感觉中,没有令人沮丧的战栗。这是一种安慰,感受到他们的存在——她所爱的死者,以及所有已经填满了成千上万座教堂的素不相识的他人。那些遗骸安放在地下室和墓穴之中,安睡在教堂院子的土地里,让人产生亲近感和自在感。她坐在那里等待。很快,就会有人从她身旁走过,进入教堂的中殿。她总是最先到达这里的人,总是坐在靠后的座位上,呼吸飘荡在香烛之中的亡灵的气息。[2]

从这段话中我们可以看出,对丽昂而言,真正吸引她来到教堂参加弥撒的并不是对上帝的虔诚信仰,而是对他者——无论生与死——无私的爱与责任。对他者的爱与责任感使她摆脱了自我中心主义世俗伦理的束缚,从而达到了一种心理与灵性的慰藉作用。从此意义上来讲,丽昂可以被称作"灵性的而非宗教的"。灵性而非宗教者认为:"真正的灵性

---

① Brian Conniff, "DeLillo's Ignatian Moment: Religious Longing and Theological Encounter in *Falling Man*," *Christianity and Literature*, Vol. 63, 2013, p.51.

② [美]唐·德里罗:《坠落的人》,严忠志译,译林出版社,2010,第255页。

关乎通过个人努力与神圣达成更佳的和谐状态。对他们而言，灵性与个人反思和个人体验相关，而不是公共仪式。"① 丽昂靠近象征集体超越的教堂并不意味着她打算回归传统宗教，而是反映出她对在传统宗教形式之外建构个人精神生活的灵性追求，其目标在于通过自我的内在超越抵制自我中心的世俗伦理，从而恢复与承担自我对他者的责任。小说结尾，正是这种积极的灵性伦理观使丽昂重拾了生活的信心。"她准备独自生活下去，以可靠的镇定态度独自生活下去；她和孩子将会以撞楼飞机——划过蓝天的银色——出现前一天的方式生活下去。"②

在以"9·11"恐怖袭击为背景的新世纪小说《坠落的人》中，德里罗呈现了三位主人公不同的伦理立场和应对策略给他们带来的不同结局。恐怖分子哈马德受到极端宗教组织的蛊惑将美国人视为他者，从而一步步走向恐怖分子牺牲自我、消灭他者的伦理悲剧；作为恐怖袭击的受害者，基思受其创伤记忆的影响，变得无力承担自我对他者的责任，最终陷入自我中心的幻觉之中无法自拔；与哈马德极端宗教伦理和基思的自我中心伦理漠视他者的立场不同，丽昂在逐渐向他者积极靠近的过程中寻获了一种类宗教灵性觉醒，实现了自我的内在超越，并重拾生活的信心。通过三种结局的对比，德里罗似乎在向他的读者暗示：当代社会中的信仰者和无信仰者只有摆脱自我中心的束缚，建构自我与他者平等相处的和谐伦理观，才能从真正意义上解决精神孤绝的问题，实现灵性的个性化提升与成长。

---

① Robert C. Fuller, *Spiritual But Not Religious: Understanding Unchurched America*, New York: Oxford University Press, 2001, p.4.

② [美]唐·德里罗:《坠落的人》，严忠志译，译林出版社，2010，第258页。

第三章　德里罗小说中的社会生态危机与世俗灵性

　　具有社会属性的人除了与他者发生联系，还与他整日生活其中的环境发生着联系。正如马克思所说："人是最名副其实的社会动物，不仅是一种合群的动物，而且是只有在社会中才能独立的动物。"[①] 换言之，个人无法脱离社会而独立存活，其生存与发展都离不开社会这个由个人组成的整体。社会与个人的关系犹如生命有机体和细胞之间的关系。两者互相依赖，不可分割。社会不仅为个人的生存和发展提供了各种不可或缺的物质和生产资料，还创造了各种必要的文化与精神条件。较之物质条件落后、社会分工不够发达的传统社会，现代社会先进的科学技术和高度发达的分工协作使人与人之间、人与社会之间相互依赖的程度更高。然而，现代人与社会之间的关系并不和谐。尽管技术理性的确促进了人类社会物质与精神文明的飞跃发展，为全人类创造了巨大的福祉，但是科学技术的负面效应也带来了一系列社会问题，如粮食短缺、能源危机、暴力战争、环境污染、死亡恐惧等。当代西方社会正弥漫着一股悲观的末日情绪。

[①] 《马克思恩格斯选集》第 2 卷，人民出版社，1972，第 87 页。

从《美国志》中的电影媒介到《球门区》中的大众体育，从《琼斯大街》中的摇滚音乐到《走狗》中的色情产业，从《拉特纳之星》中的天体物理到《名字》中的神秘语言，从《白噪音》中的环境浩劫到《天秤星座》中的刺杀总统，从《坠落的人》中的恐怖主义到《地下世界》中的城市垃圾，从《大都会》中的金融资本到《绝对零度》中的人体冷冻，德里罗的小说涉及美国当代社会的方方面面，被称为"探索美国社会生活的指南"①。通过对美国当代社会黑暗现实的复刻和批判，德里罗揭露出美国当代社会面临的严重危机，以及萦绕在美国人心头的末日情绪和死亡恐惧。虽然他的小说没有提供任何令人欢欣鼓舞的精神慰藉，但是它们也并非只是悲观地呈现当代美国社会的危机，而是通过描写小说中人物的灵性觉醒为当代人摆脱社会危机暗示了方向。本章以德里罗不同创作时期的三部小说《球门区》《地下世界》和《欧米伽点》的文本为例，着重分析小说中受到核战争、城市垃圾与死亡恐惧威胁的人的生存与信仰困境，以及他们在这种困境之下如何向积极的世俗灵性和内在超越力量靠近。

第一节 "比赛中有种无法复制的满足感"：《球门区》中的社会疏离与体育灵性

《球门区》是德里罗创作的第二部长篇小说，也是其早期小说"四部曲"之一。与德里罗的首部长篇小说《美国志》出版后在评论界遇冷不同，《球门区》刚出版便受到了评论界的广泛关注。1975 年，威廉·伯克针对《球门区》发表的《足球、文学、文化》成为研究德里罗小说的

---

① 杨仁敬：《美国后现代派小说论》，青岛出版社，2004，第 165 页。

第一篇学术文章。然而，早期关于小说《球门区》的评论视野相对狭窄，多集中于小说中明显的足球体育话题，许多评论家甚至因此将德里罗视为一名"体育小说家"①。

随着德里罗小说创作的持续与丰富，评论界对《球门区》的反应也逐渐发生了改变。例如，安雅·泰勒撕去《球门区》作为一部足球小说的标签，开始关注其中的语言主题，称其"不仅仅是一部足球小说"，更是"一本关于语言受到热核战争术语轰炸而衰退的小说，一次通过严格的苦行僧式静坐禅修和自我牺牲仪式使语言复活的尝试"②。迈克尔·奥利亚德更是将《球门区》视为德里罗早期小说"四部曲"中"最成功的一部"③。他认为，"《球门区》首先是一部关于语言、人们努力奋斗的中心以及追寻秩序与意义的小说"④。

近年来，研究者已从后现代、存在主义、神秘主义、后世俗主义等角度对小说人物的生存和信仰困境进行了深入探讨。例如，约瑟夫·杜威指出，德里罗的天主教背景激励他在创作中"将物质世界处理为上帝创造之物所具有的持久神秘性"⑤。杜威认为，在《球门区》和《拉特纳之星》中，两位青少年主人公都遇上了含有末日启示意义的事件，但他们都选择毫无热情地以简化方式处理，没有超越自己对死亡的恐惧感。马克·奥斯廷认为，德里罗早期小说《球门区》与《琼斯大街》中的主

---

① Hugh Ruppersburg and Tim Engles eds., *Critical Essays on Don DeLillo*, New York: G. K. Hall, 2000, p.11.

② Qtd. in Hugh Ruppersburg and Tim Engles eds., *Critical Essays on Don DeLillo*, New York: G. K. Hall, 2000, p.11.

③ Michael Oriad, "In Extra Innings: History and Myth in American Sports Fiction," *Dreaming of Heroes: American Sports Fiction, 1868-1980*, Chicago: Nelson-Hall, 1982, p.16.

④ Ibid.

⑤ Joseph Dewey, "DeLillo's Apocalyptic Satires," in *The Cambridge Companion to Don DeLillo*, John N. Duvall (ed.), Cambridge: Cambridge University Press, 2008, p.53.

人公都"使用类禁欲主义策略，试图降低选择的复杂性，重新发现超越性"①。"《球门区》中的加里·哈克尼斯在行话与核威慑策略中寻找一种简单的语言与风景。"② 在奥斯廷的基础之上，麦克鲁尔进一步认为德里罗小说人物身上这种"宗教残余的禁欲冲动和实践"代表了世俗与宗教持续并存的后世俗主义叙事③。在麦克鲁尔看来，后世俗主义经历的并不是从世俗回归宗教的转变，而是从困惑通向一种安全的宗教境遇的过程，信仰后世俗主义的当代人类期望在信仰的复杂性中寻找精神安慰④。受麦克鲁尔的影响，中国学者沈谢天从后世俗主义视角着重对《球门区》中"作为传统宗教灵性的后现代变种"的"世俗灵性"进行了剖析，指出德里罗自《球门区》开始"一直以务实的后现代姿态让世俗灵性之光射入生存困局"⑤。

由此可见，上述研究一致肯定了德里罗早期的宗教背景及其神秘主义兴趣对《球门区》的语言风格和人物塑造的影响，关注了小说人物遭遇的存在与信仰危机。然而，德里罗的信仰立场与他对美国当代世俗社会的批判有何联系？"后世俗主义"视角的"世俗灵性"是否准确表达了小说人物的信仰选择？这种选择对他们有着怎样的伦理启示？有鉴于此，本节结合当代西方社会的灵性与超越理论，重点对《球门区》中深陷世俗社会困境的人物的存在危机与信仰困境进行剖析，意在揭示这些

① Mark Osteen, *American Magic and Dread: Don DeLillo's Dialogue With Culture*, Philadelphia: University of Pennsylvania Press, 2000, p.31.

② Ibid.

③ John A. McClure, *Partial Faiths: Postsecular Fiction in the Age of Pynchon and Morrison*, Athens: University of Georgia Press, 2007, p.71.

④ Ibid, p.4.

⑤ 沈谢天:《后世俗主义：后现代哲学中孕生的新式信仰——以唐·德里罗小说〈球门区〉为中心》,《解放军外国语学院学报》2016 年第 3 期，第 148 页。

人物的信仰选择和精神向往实质上是对一种与宗教无关的世俗灵性和内在超越的渴求。

一、功利主义哲学与社会疏离

小说《球门区》主人公加里·哈克尼斯是美国得克萨斯州逻各斯学院美式足球校队的一名队员。他在来到逻各斯学院之前辗转了四所不同的大学，原因是无法忍受足球队严格的纪律和枯燥的训练。事实上，哈克尼斯真正无法忍受的是他从小生活其中的以功利主义为信仰的社会环境。

当代资本主义社会的功利主义哲学主张通过个人的努力获取利益和幸福，并以此作为人生的目标。康德曾经对人的社会化和个体化这种双重属性做出如下论述：

人具有一种要使自己社会化的倾向：因为他要在这样的一种状态里才会感到自己不止于是人而已，也就是说才感到他的自然禀赋得到了发展。然而他也具有一种强大的、要求自己单独化（孤立化）的倾向；因为他同时也发觉自己有着非社会的本性，想要一味按照自己的意思来摆布一切，并且因此之故就会处处都遇到阻力，正如他凭他自己本身就可以了解的那样，在他那方面他自己也是倾向于成为别人的阻力的。①

在康德看来，除了作为社会这个集体的一员，人同时还具有在与他人竞争中追逐个体愿望的非社会本性。并且，这种个体化的本性不但是

---

① [德]康德:《历史理性批判文集》，何兆武译，商务印书馆，1996，第6—7页。

人类激发自身潜能的必要条件，也是他们实现快乐和幸福最大化即功利主义目标的基础。"很明显，康德这种思想表达了资产阶级的新兴要求和资本主义自由竞争的基本特征。他为这个社会制度将要普遍到来，预唱赞歌，对它的前景发展充满了乐观的历史估计。"① 如康德所料，个体之间的自由竞争成为近现代西方资本主义经济和社会发展的根基，极大地促进了西方国家物质经济的繁荣。由此，通过个人努力和竞争获取财富和名望的功利主义哲学成为现代人处世的普遍标准。"功利主义实际上表达的是一种个人主义的成功的哲学，它是近代资本主义商品经济的精神支柱，它是人们的流行心理，不仅远远超出了资本家的范围，也不只渗透到农民而且'渗透到工人阶级'。"②

小说中，哈克尼斯的父亲便是这样一个以功利主义哲学为人生信条的典范。作为一名医药销售代表，他信奉通过个人的努力获得成功的"美国梦"。

他有特定的目标，地理上和经济上的，两者互相联系。可能由于这一点，他讨厌任何一种浪费——皮鞋、天赋、无可挽回的时间。（开始，挺直，坚持）在他看来，跟上最简单、最具开创性的节奏——永恒的工作循环、猎杀熊和鹿、在夏天阴沉的黄昏琐碎时光中伴随着纱门开合时柔和的椅子摇晃声——是值得的。除此之外别无他物，只有混沌。③

不难看出，除了努力工作之外，哈克尼斯的父亲将节俭、自律、高

---

① 李泽厚：《批判哲学的批判——康德述评》，天津社会科学院出版社，2003，第323页。
② 赵修义、邵瑞欣：《教育与现代西方思潮》，中国科学技术出版社，1990，第152页。
③ Don DeLillo, *End Zone*, Boston: Houghton Mifflin, 1972, p.17.

效、坚持等几大当代成功哲学准则奉为圭臬。不仅如此，他还试图在自己的儿子身上锻造这些品质。他不断用"把肚子吸进去再加把劲儿"① 以及 "当前进变得艰难时，艰难也正在离去"② 的人生格言鞭策着童年的哈克尼斯积极向上。"决心、意志、坚韧不拔的精神、欲望——这些确保成功的品质就是他的主旋律。"③ 除了父亲之外，哈克尼斯的老师、教练甚至女朋友也用同样的成功哲学督促着他。"似乎无论我走到哪儿都有人追着我、催促我把肚子吸进去再加把劲儿。"④ 事实上，当代西方资本主义社会的个人主义和功利主义哲学影响着每个资本主义国家的公民。正如马克斯·韦伯所说："当今资本主义经济可谓是一个人生在其中的广漠的宇宙，他对这个人来说，至少对作为个人的他来说，是一种他必须生活于其中的不可更改的秩序。他只要涉足于那一系列的市场关系，资本主义经济就会迫使他服从于资本主义的活动准则。"⑤ 现代西方人对功利主义哲学的信奉体现在他们对竞技体育的热衷上。哈克尼斯的父亲喜欢美式足球，大学期间曾在密歇根州立大学校队效力，但个人表现一般，未获得过突出成绩。于是，他将自己对这项运动的兴趣转移到儿子身上。"这是那些没能成为英雄的男人们的一个惯例，他们的儿子们必须证明他们的后代质量没有下降。"⑥ 少年时期的哈克尼斯在父亲的引导下参加美式足球训练和比赛，出色的身体素质和运动天赋使得他在高中三年级时获得州代表中卫的荣誉，并因此收到 28 所大学提供的全额体育奖学金。

---

① Don DeLillo, *End Zone*, Boston: Houghton Mifflin, 1972, p.16.

② Ibid, p.17.

③ Ibid, p.16.

④ Ibid.

⑤ [德] 马克斯·韦伯:《新教伦理与资本主义精神》，于晓等译，生活·读书·新知三联书店，1987，第 38 页。

⑥ Don DeLillo, *End Zone*, Boston: Houghton Mifflin, 1972, p.17.

　　尽管如此，哈克尼斯对美式足球并不如父亲那么热情。他坦言自己并非真正喜欢而是受父亲安排练习美式足球的。"他的雄心壮志是以我的名义且或多或少以我为代价的。"[1]事实上，哈克尼斯真正无法适应的是美式足球运动代表的功利主义道德观对人性的打击甚至摧残。"西方文明在开始阶段就表现出了对现实功利的积极追求，讲究在平等的基础上开展竞争，努力获得个人的最大利益和幸福。在这样的基础上，早期西方社会逐渐形成了功利主义的道德原则、强烈的竞争意识和对力量的崇拜。"[2]在这一原则的指导下，西方竞技体育"提倡竞争，提倡超越对手、超越自然，胜者被视为偶像、英雄。而竞技场上的结果、成绩、名次直接影响到做人的价值以及人本身的尊严"[3]。为了提高成绩和争夺胜利，许多竞技运动项目不断加大训练强度，甚至不惜以运动员的身体和精神健康为代价。哈克尼斯拒绝参加宾夕法尼亚州立大学新生足球队的训练。"新生教练想知道为什么。我告诉他所有的训练项目我都会，没有理由一遍接着一遍地训练。永无止境的重复可能会对人的精神造成灾难的影响，我们正在变成一个致力于人类复制的国度。"[4]不难发现，在他看来，单调重复的体育训练容易磨灭运动员们的个性，使他们变成一群服从纪律而缺乏棱角的人。除此之外，在美式足球等一些身体对抗强度大的竞技体育项目中，运动员们为了争夺胜利经常不惜伤害甚至摧毁对手。正是在一场美式足球比赛中，哈克尼斯"开始在足球所代表的相互摧毁的伦理中体验到内在的麻木感觉"[5]。在与印第安纳大学新生足球队的一场比赛中，

---

① Don DeLillo, *End Zone*, Boston: Houghton Mifflin, 1972, p.17.

② 赵学森等主编《体育文化与健康教育》，北京理工大学出版社，2015，第 7 页。

③ 同上，第 8 页。

④ Don DeLillo, *End Zone*, Boston: Houghton Mifflin, 1972, p.19.

⑤ Paul Giaimo, *Appreciating Don DeLillo: The Moral Force of a Writer's Work*, Santa Barbara: Praeger Publishers Inc, 2011, p.58.

哈克尼斯与其他两名队友冲撞对方一名队员造成其意外死亡。然而，哈克尼斯对此反应却极为平静。"第二天他去世了，而我当天晚上回家去了。"① 回家之后的哈克尼斯仍没有任何愧疚，而是在无聊的纸牌游戏中打发时间，似乎这场意外没有发生过。"这次我在自己房间里待了七周，洗一副纸牌。我达到了五次中有三次能切到黑桃六的程度，只要我不过度尝试和滥用这个天赋，只要当我真的感到这张牌散发光辉时，当我意识到我的手指能切到那张牌时我才尝试。"② 哈克尼斯对生命的冷漠态度及其道德责任感的缺失可见一斑。

究其根源，随着功利主义哲学在现代西方社会的盛行，无论是个人自身的价值还是个人与他人、与社会的关系都受到负面影响。自我价值的实现逐渐让位于对现实利益的追逐，各种人际关系和人性情感逐渐被市场关系侵蚀。随着功利主义对传统信仰和道德秩序的破坏，整个西方社会沦落为精神贫瘠的荒原。置身于这样一个病态的功利主义社会之中，哈克尼斯不可避免地遭遇虚无主义的困扰。他直言自己与周围的功利主义社会环境格格不入。"我猜我是一个另类：一条不愿意被人打结的绳索。"③ 他尤其热衷于阅读技术灾难与世界末日主题的书籍。

有几章我读了两遍。想到好几百万人垂死和死去的场面让我有种愉悦感。我被热飓风、过度杀伤、圆误差概率、攻击后的环境、强烈威慑、等入射剂量线、杀伤率、骤发性战争之类的单词和短语深深地迷住了。这些单词中包含着愉悦感。它们极其有效地诉说着重大破坏的循环，以至于过去的世界战争的语言变得可笑，战争本身变得有些幼稚。阅读这

---

① Don DeLillo, *End Zone*, Boston: Houghton Mifflin, 1972, p.22.

② Ibid.

③ Ibid, p.16.

本书时有一种感官上的兴奋。[①]

可见，哈克尼斯通过想象核战争以及集体死亡等灾难场面来寻求刺激，以对抗其精神上的虚无主义。他幻想通过一场末日审判式的屠杀来肃清功利主义世界制造的混乱与虚无。然而，他的精神虚无感并未在这种"倡导简化的禁欲冲动"[②]中得到缓解，反而变得更加严重。核战争的巨大威力既让当代人类感到敬畏又让他们感到恐惧。"我越是着迷，就越感到沮丧。"[③]这种沮丧和虚无感在他造成对方队员意外死亡之后达到了顶峰。因此，他带着逃避的目的来到位置偏远的逻各斯学院继续自己的大学与足球运动生涯。"我喜欢在一个隐蔽的世界迷失自我的念头。并且我发现了一个非常简单的真相——我的生活没了足球毫无意义。"[④]这句话对于我们理解哈克尼斯的精神困境有着重要意义。一方面，他期待逃避美式足球代表的功利主义社会及其道德观。另一方面，他发现美式足球是他唯一的精神依靠。然而，尽管他尝试在新地方寻找生命的意义，但似乎总是无法摆脱精神上的虚无主义。他与队友们玩虚拟射击游戏打发无聊时光，参加游戏的人用手充当枪支互相射击，被击中的人必须躺在地上装死。哈克尼斯在这个游戏中感受到一种"支离破碎的美"，"因为它通过人们的反常与恐惧将他们团结起来，因为它使我们假装死亡是一种温柔的体验，因为它打破了这里长时间的安静"[⑤]。从沙漠散步回校园的途中，他看见一堆粪便，将它视为"唯一没有背叛自己定义的事物"，"一

[①] Don DeLillo, *End Zone*, Boston: Houghton Mifflin, 1972, p.21.

[②] Mark Osteen, *American Magic and Dread: Don DeLillo's Dialogue With Culture*, Philadelphia: University of Pennsylvania Press, 2000, p.37.

[③] Don DeLillo, *End Zone*, Boston: Houghton Mifflin, 1972, p.21.

[④] Ibid, p.22.

[⑤] Ibid, p.34.

种终极的行为"①。哈克尼斯精神上的虚无可见一斑。即使远离功利主义的世俗社会，他似乎也找不到生活的重心与意义。正如有的学者所说："他就像贝克特中篇小说中的主人公们一样，他们都是被现实致残、被顺从的压力逼疯的流浪者。"②

二、沙漠与现代灵性渴望

与功利主义社会及其伦理规范相对，哈克尼斯向往的是"与上帝或者宇宙或者某种同样令人敬畏的超自然现象的统一"③。这昭示出哈克尼斯对神秘与超越的现代灵性的渴望。20世纪60年代，西方国家政治文化变革、反主流文化运动以及新时代运动兴起，使许多欧美人开始求助于现代灵性的力量，以超越世俗社会及其伦理规范对自我与心灵的束缚。"与传统制度性宗教不同，现代灵性将神圣者看作内在于个体、宇宙之中的超越性，个人能力在自身之内与神圣对话，并成为神圣真理的最终裁决者。"④换言之，现代灵性是当代西方世俗社会中无信仰者寻求和实现自我和心灵内在超越的途径。

然而，哈克尼斯的现代灵性追寻之路并不是积极主动实践的，而是一个缓慢探索和开放的过程。哈克尼斯的精神危机在逻各斯学院这个新环境中得到了缓解。"我在得克萨斯州西部找到了安慰。甚至每天球场上受到的惩罚中也包含着快乐。这里让我感觉更好，没那么复杂，像个

---

① Don DeLillo, *End Zone*, Boston: Houghton Mifflin, 1972, p.88.

② Gary Adelman, *Sorrow's Rigging: The Novels of Cormac McCarthy, Don DeLillo, and Robert Stone*, Montreal & Kingston: McGill-Queens University Press, 2012, p.110.

③ Don DeLillo, *End Zone*, Boston: Houghton Mifflin, 1972, p.19.

④ 乌媛:《现代灵性和宗教的关系模式探讨》,《宗教社会学》2015年第0期，第211页。

勇士一样。"① 在他看来，这得益于新环境赋予他的禁欲主义的生活方式。"简单、重复、独居、朴实、纪律之上的纪律。这里对我有好处，那些可以让我变得更强大的东西。我内心的那个疯狂的小僧侣将在这些禁欲式的碎片中茁壮成长。"② 灵修是宗教术语，意思是不同宗教派别的信徒们通过身体和心灵的禁欲与苦行方式进行精神和灵性修炼的活动。随着西方现代化进程中反基督教传统和科技理性主义对西方文化与人类心灵消极影响的不断累积，20 世纪 50、60 年代以来各种反主流文化运动与灵修运动在西方国家开始盛行，人们期待从东方宗教或各种神秘主义的灵修传统中汲取智慧，以寻找缓解世俗社会文化危机的良方。

逻各斯学院本身远离都市文明，其地理位置是吸引哈克尼斯的重要原因。学院地处美国得克萨斯州西部的一片荒芜的沙漠之中，巨大而神秘的空间使哈克尼斯对世界和时间的感知力发生了改变。"我们在一块无名之地的中央，那块地平坦而贫瘠，让人联想到时间的尽头，一种绚烂的偏远感在我的心中燃起。"③ 贝尔登·莱恩指出："神圣的空间参与了这片空间里发生的所有感官交流，远远超出了人类对该空间的影响。"④ 这块土地上发生的一切事件都是"任何沙漠修道院或路边神坛与周边环境互动过程的一部分"⑤。在莱恩看来，神圣的沙漠与大自然是包含超越的灵性的地方。自 20 世纪中叶的新时代运动以来，灵修的内涵逐渐从依靠制度性宗教的心灵修炼，扩展到通过宗教外的，如瑜伽、冥想、旅行、音乐、电影等方式追求世俗灵性的活动。当代学者科尔内尔·杜图瓦认为世俗

---

① Don DeLillo, *End Zone*, Boston: Houghton Mifflin, 1972, p.31.

② Ibid, p.30.

③ Ibid.

④ Belden C. Lane, *Landscapes of the Sacred: Geography and Narrative in American Spirituality*, Baltimore: The Johns Hopkins University Press, 2002, p.4.

⑤ Ibid.

灵性"影响着每个人，让所有体验都具有灵性维度的潜力"①。换言之，任何人都可以通过信仰之外的客观世界获得世俗灵性。例如，人们可以从阅读小说或观看电影等日常活动中汲取灵性经验，因为它们"把人带入一个充满新意义与宽广新景象的、思维开阔的世界"②。这种依靠客观事物与日常活动的灵性体验替代传统宗教信仰成为当代人类的新型心理寄托。与当代许多灵修人士热爱在广袤而神秘的大自然中汲取灵性的滋养一样，哈克尼斯也在得克萨斯州西部的这片沙漠中感知和领悟到一种崇高而超越的神圣感。"我认为我应该绕着这个地方转圈。这是所有沙漠和荒地的神秘性所要求的。也是许多传统所坚持的。我离校园大概一英里远。周边的运动很奇特，特别是石头上阳光的运动。"③当室友问哈克尼斯一般在哪儿思考时，他回答："我最近一直在沙漠中消磨时光。你可以在那儿演化出理论来。太阳的热度使思考机器得到进化。"④

　　然而，沙漠代表的神圣和超越的灵性环境并没有从真正意义上改变哈克尼斯的精神困境。虽然哈克尼斯对超越世俗的现代灵性充满渴望，但是当他真正面对它时却无法积极地去迎接它。尽管哈克尼斯声称与世隔绝的环境与禁欲主义的生活方式使他获得了诸多好处，但是他又无法忍受这种生活方式带来的内心的安定。"在流放生活的所有方面中，安静最让我无法感到愉悦。"⑤可见，哈克尼斯真正的问题在于无法静心沉淀自我。当他在学校周边的旷野中绕圈行走时，他会"注意保持校园里最高

---

①　Cornel W. Du Toit, "Secular Spirituality versus Secular Dualism: towards Postsecular Holism as Model for a Natural Theology." *Hts Teologiese Studies-theological Studies*, Vol. 62, 2006, p.1253.

②　Ibid, p.1252.

③　Don DeLillo, *End Zone*, Boston: Houghton Mifflin, 1972, p.42.

④　Ibid, p.50.

⑤　Ibid, p.30.

的建筑在自己的视线范围之内"①。哈克尼斯的这一行为显示出他内心对世俗文明与精神的依赖。"我每天会花些时间进行冥想。但这从来没有成为一段美妙的插曲，因为根本没有任何东西可以冥想。"②虽然他意欲探寻世俗灵性，但总是易受干扰，无法专注。这种干扰主要来自世俗文明本身制造的死亡恐惧与人性异化危机。

事实上，来到逻各斯学院之后，哈克尼斯试图通过想象城市燃烧产生的自我厌恶感来克制自己之前的全球大屠杀臆想，却发现自己变本加厉地沉迷于新的灾难与末日幻想之中，其诱因正是那场加剧了他对生命脆弱和死亡恐惧的感受的意外事故。正如约瑟夫·杜威所说："哈克尼斯既丧失了对崇高的品位，也丧失了与存在困境斗争的兴趣，而是感受着身处一个脆弱和易受死亡重击的世界的沉重压力。"③然而，他又未能及时找到克服死亡恐惧的方法，所以他只能借助幻想游戏麻醉自己。"我的感受似乎正在经历一个无意的循环，在极端的厌恶和恐惧中培养愉悦之情。"④同时，这也反映出哈克尼斯在世俗灵性探索之路上遇到的自相矛盾之处。一方面，他迫切希望通过寻获世俗灵性来摆脱功利主义哲学引发的道德虚无主义困境，以及现代科学技术引发的死亡恐惧。另一方面，他用以探索灵性的世俗形式本身又是引发他困境的根源，且有进一步将他推入虚无和恐惧深渊的风险。在哈克尼斯与罗格斯学院负责空军预备役军官培训的斯特利少将讨论核武器的威力、想象核战争的破坏力的对话中，他们将战争视为"现代技术的最终实现"⑤。换言之，当代西方对技

---

① Don DeLillo, *End Zone*, Boston: Houghton Mifflin, 1972, p.42.

② Ibid.

③ Joseph Dewey, "DeLillo's Apocalyptic Satires," in *The Cambridge Companion to Don DeLillo*, John N. Duvall (ed.), Cambridge: Cambridge University Press, 2008, p.55.

④ Don DeLillo, *End Zone*, Boston: Houghton Mifflin, 1972, p.43.

⑤ Ibid, p.83.

术的崇拜在战争中得到了体现。事实上，战争及其代表的科学技术的威力如此之大，以至于一些人赋予科学技术"新型上帝"的角色。正因如此，哈克尼斯觉得在战争中"有种神学在运转"："以前，神通过对人施加自然力量或者使人类拿起武器互相残杀来惩罚他们。现在，神就是自然力量本身，氘和氚的融合。现在神就是武器。所以也许这次我们在制造一个无所不能的权威时有点过分了。大危险就是我们将屈服于一种不可抗拒感并开始搞乱整个星球。"① 虽然科学技术为现代人类创造了无限福祉，但是它制造的核战争、环境污染、全球变暖等负面效应也使人类社会遭遇史无前例的生存危机，当代世界弥漫着对末日和死亡的恐惧。"随着炸弹威力的增长，我们的恐惧也自然地增加。"② 除此之外，哈克尼斯也深刻认识到世俗文明对人性的束缚和异化。哈克尼斯的女友柯蓓特长相不漂亮，体重约 75 千克，脸上有斑，但是她并不愿意为了变漂亮而去减肥和看医生。"我喜欢自己的样子。我不想变得漂亮性感。我没有那样的能力。太多责任需要承担……当美女是件很艰难的事情。你对人有责任。你几乎变成公共财产。你会被长得漂亮这个公开性质搅乱心思和迷失自己……你会完全沦陷在整个麻木的人群中。"③ 正是这个特质引发了哈克尼斯对她的好感。"简单地说就是她使我感觉舒服。她创造了自然的私有平衡，一种做对了事情或几乎做对了的感觉，不管是针对事情本身还是更大的需求。"④ 不难看出，无论是对哈克尼斯还是柯蓓特而言，铁板一块的理性世俗社会及伦理规范是限制当代人类个性自由的最大障碍。这样一来，哈克尼斯便遇到了一个矛盾：他追求灵性的方式也是造成他精神危

---

① Don DeLillo, *End Zone*, Boston: Houghton Mifflin, 1972, p.80.

② Ibid.

③ Ibid, p.67.

④ Ibid, p.65.

机的源头。

三、美式足球与内在超越

由此可见，哈克尼斯受到功利主义道德观所造成的社会和精神危机困扰，并且似乎无力改变现状而只能选择逃避。有学者据此认为《球门区》尽管在形式上是一部"热情洋溢的喜剧小说"，但在主题上却是一部"没有拯救憧憬"的消极小说[1]。同样，杜威也认为哈克尼斯面对死亡恐惧只会选择逃避而"拒绝面对"[2]。然而，笔者认为哈克尼斯在其精神求索过程中并非只是消极避世，而是在世俗灵性中展现出一定的积极入世态度。

诚然，小说结尾哈克尼斯并未显示出任何积极面对生活的姿态。与女友柯蓓特与队友罗宾逊相比，哈克尼斯似乎"无法召集一丝热情"[3]。柯蓓特在圣诞节假期成功减掉了9千克的体重，并且一改之前逃避责任的态度，决心积极参与到世俗生活之中。"我现在想要其他东西。我已准备好去查明我是否真正存在，抑或我只是被放在一起充当垃圾邮件市场的某种东西。"[4] 柯蓓特的改变让哈克尼斯无所适从，他期待从队友罗宾逊那儿寻找安慰，却发现罗宾逊正尝试用宗教的方法来压制自己对屠杀暴行的想象。"他的眼睛闭着，开始对着位于他双膝之间的报纸静静地发笑，用自己的方式为即将按计划发生的任何宗教行为做准备。"[5] 最终，哈克尼

---

[1]　Gary Adelman, *Sorrow's Rigging: The Novels of Cormac McCarthy, Don DeLillo, and Robert Stone*, Montreal & Kingston: McGill-Queens University Press, 2012, p.75.

[2]　Joseph Dewey, "DeLillo's Apocalyptic Satires," in *The Cambridge Companion to Don DeLillo*, John N. Duvall (ed.), Cambridge: Cambridge University Press, 2008, p.55.

[3]　Don DeLillo, *End Zone*, Boston: Houghton Mifflin, 1972, p.58.

[4]　Ibid, p.228.

[5]　Ibid, p.241.

斯因绝食多天而被送进医务室输液抢救。哈克尼斯的选择并非"拒绝面对"，而是对柯蓓特的"肤浅面对"与罗宾逊的"肤浅撤退"表示抗议①。他深知世俗和宗教都不是将他从虚无困境之中拯救出来的正确选项，但他又纠结于世俗灵性的选项是否切实可行。

　　哈克尼斯的困扰反映出当代西方无信仰者集体遭遇的一个精神困局：一方面，他们用世俗替代宗教以满足他们对超越性的心理需求。另一方面，世俗不仅未能解决传统宗教处理得比较好的生死问题，反而将当代人类抛入了对死亡的恐惧深渊之中。面对这种精神困局，唯一的出路是在世俗与灵性之间找到一个交叉点，即在客观的世俗事物中寻找一种内在的灵性超越。事实上，随着当代西方世俗社会的发展，越来越多人认识到宗教对人类的影响虽有所减弱但并没有消亡，而是转移到其世俗的替代物中。当代英国文艺理论家特里·伊格尔顿认为："宗教在人类历史上承担了关键的意识形态责任，以至于一旦它开始陷入声名狼藉，这种功能还是不能简单地被抛弃。然而，它必须被各种各样的世俗思想模式接管，而这却不经意地帮助神性以一种更为隐秘的方式存活下去。"②在伊格尔顿看来，替代宗教的最常见形式就是世俗理性文化，尽管这种取代作用显得并不如传统宗教可靠。与伊格尔顿类似，主张世俗与宗教持续并存的后世俗立场的哈贝马斯提出了一种"内在超越"伦理转向的可能性与必要性。

　　对"道德视角"加以阐明的尝试使我们注意到，在对所有人都有约

---

①　Joseph Dewey, "DeLillo's Apocalyptic Satires," in *The Cambridge Companion to Don DeLillo*, John N. Duvall (ed.), Cambridge: Cambridge University Press, 2008, p.59.

②　[英]特里·伊格尔顿：《文化与上帝之死》，宋政超译，河南大学出版社，2016，第53—54页。

束力的"天主教"世界观崩溃之后，随着向世界观多元主义社会的转型，道德律令再也无法从上帝的超验角度出发公开做出论证。从这样一个超越世界的角度出发，世界完全被对象化了。"道德视角"应当从世界内部对这个视角加以重建，把它纳入我们主体间共有的世界范围当中，而又不失去与整个世界保持距离的可能性以及全方位观察世界的普遍性。但是，有了这样一种朝着"内在超越"的视角转换，就出现了如下问题：抛弃了上帝的人的主观自由和实践理性能否为规范和价值的约束力提供有力的证明；在一定情况下，应然的权威性又会发生怎样的变化。①

由此可见，实现内在超越意味着从此在的世俗世界中获得一种非传统宗教教条的超越性，其本质是拒绝传统宗教将形而上的超越世界与形而下的人的世界分离开来，而是认为内在的也可以是超越的。从道德伦理层面来看，内在超越将普遍的宗教伦理观与多元的世俗伦理观结合在一起，从而以主体之间的理性平等地位弥补世俗工具理性的缺陷。

小说中，哈克尼斯意识到世俗事物中蕴藏着灵性力量。在他与室友布隆伯格的对话中，哈克尼斯说道：

布隆伯格和我需要人类、大众意识、大批粗俗军队默默地、汹涌地穿过平原。布隆伯格体重达到 136 千克。这本身就具有历史性。我敬重他的体重。它是对人性鲁莽潜质的肯定。它超出传统，然后又穿过迷雾，回归历史那可爱的愚蠢。重达 136 千克，多么虔诚的粗俗性啊！这似乎是未来圣人和苦修者们值得追求的目标。新型禁欲主义。斋戒的所有幻想可能性。以地球上的植物和动物为食。扩张与沉溺。我珍视他那无形

---

① [德]尤尔根·哈贝马斯：《包容他者》，曹卫东译，上海人民出版社，2002，第7—8页。

式的身材，一种纯粹的粗俗愉悦，堆砌辞藻的散文感。不知怎的，它与
死亡相对而立。①

　　从这段话中可以看出哈克尼斯对世俗灵性的初步体悟。他将室友庞
大的身躯与体重视为一种可敬的"虔诚的粗俗性""新型禁欲主义"和
"未来圣人和苦修者们值得追求的目标"，一种与神圣相对但又具有超越
特质的"世俗灵性"，并将这种"世俗灵性"视为对抗由世俗文明引发的
死亡恐惧的策略。换言之，世俗替代传统宗教成为当代人类追求超越性
的来源。与传统宗教借助形而上的上帝或神明提供的外在超越性不同，
世俗灵性提供的是一种基于有限的世俗事物本身的内在超越性。哈克尼
斯在美式足球这项世俗运动中探寻着具有内在超越特质的世俗灵性。对
哈克尼斯来说，美式足球运动作为宗教替代物，其世俗灵性特质首先体
现在其充满神秘感的准备仪式中。"我在两只眼睛下方都涂上一道炭黑的
污迹以抵御太阳光。我不知道这道炭黑污迹是否有效，但是我喜欢这个
样子，我喜欢在上场比赛前以野蛮人的方式将自己画黑。"②哈克尼斯在美
式足球这项仪式中感受到了一种印第安原始部落的神秘的灵性力量。其
次，美式足球运动特有的秩序感与和谐感也是吸引球员及观众的重要原
因。尽管哈克尼斯为了逃避美式足球的功利色彩才来到逻各斯学院，但
他又认为美式足球不同于作为功利主义代表的战争和其他运动，因为美
式足球更能满足人对"细节"和"秩序"的需求，观众也可以通过幻想
参与其中，实现对"物质的多层次进行分类"的需求③。这种秩序感体现
在美式足球对语言的依赖上。美式足球是一项包含众多专业术语的运动，

---

①　Don DeLillo, *End Zone*, Boston: Houghton Mifflin, 1972, p.49.

②　Ibid, p.41.

③　Ibid, p.112.

"这项运动的多数魅力源自它对优雅的、令人费解的话语的依赖"①。系统的行话让球员和观众体验到了一种与功利主义的虚无世界相对的秩序感。正如学者评论道："小说暗示足球使得生活对哈克尼斯来说变成可以忍受，因为它是一个清晰明了的语言系统，在一个令人恐惧和难以理解的世界中提供了几分安定感。"② 球队教练克里德也认为足球中蕴藏着一种"冷静"与"宁静"："球员们接受疼痛。他们跑着比赛完，在这一幅到处都是人体的场景中，有种秩序感。当系统互相连接时，该游戏中有种无法复制的满足感，一种和谐感。"③ 正如有学者说："与和人世截然两分、高高在上的上帝不同，橄榄球比赛中的灵性通过化于成文规则和旋转球体的具象给予参与者明晰、踏实的精神体验，这种触手可及的'满足感'与'和谐感'确是'难以复制'的。"④ 除此之外，美式足球运动的集体感和激情也是吸引哈克尼斯的重要原因。他的老师扎帕拉克说道："我爱运动，我爱足球。我反对将足球视为战争的观点。战争是战争。我们不需要替代品，因为我们拥有真实的版本。足球是纪律，是团队之爱，是理性加上激情。人群很狂热，他们跳着喊着。"⑤

事实上，现代体育运动的团队精神和激情与传统宗教如此相似，以至于参与甚至观看运动的人都能享受到一种类宗教的灵性感受。"尽管两者之间存在各种差异，宗教和运动似乎是一对孪生兄弟。两者都充满神

① Don DeLillo, *End Zone*, Boston: Houghton Mifflin, 1972, p.113.

② William Burke, "Football, Literature and Culture," *Southwest Review*, Vol. 60, 1975, p.395.

③ Don DeLillo, *End Zone*, Boston: Houghton Mifflin, 1972, p.199.

④ 沈谢天：《后世俗主义：后现代哲学中孕生的新式信仰——以唐·德里罗小说〈球门区〉为中心》，《解放军外国语学院学报》2016 年第 3 期，第 147 页。

⑤ Don DeLillo, *End Zone*, Boston: Houghton Mifflin, 1972, p.164.

秘感和仪式感,都重视信仰和耐心,都依靠激情和纪律繁荣成长。"① 哈克尼斯在下雪天与队友们踢球玩耍的场景中充分感受到了美式足球带来的世俗灵性激情。队员们不顾游戏规则积极抢球取乐,犹如受到宗教精神鼓舞的教众。"我们漂浮在这个时空中。我所体验到的,就我自己而言,是某种环境的幸福。"② 换言之,去除了胜负规则和功利主义色彩的足球运动将这群因不满功利主义价值观而选择被流放的人凝聚在一起,让他们享受到一种类似传统基督教的团契感和信仰激情,帮助他们找到了生命的中心和意义,从而实现精神上的内在超越和摆脱存在虚无的困境。正如有学者评论道:"当神秘主义成为与沉默妥协的唯一希望,当语言无法描绘当代历史的景观时,足球成为散发意义光芒的宗教。那些对历史和玄学的破坏力敏感的人迷失了方向,而足球为他们提供了一个中心,或许是一个虚妄的中心。"③

---

① William J. Baker, *Playing with God: Religion and Modern Sport*, Cambridge: Harvard University Press, 2007, p.2.

② Don DeLillo, *End Zone*, Boston: Houghton Mifflin, 1972, p.194.

③ William Burke, "Football, Literature and Culture," *Southwest Review*, Vol. 60, 1975, p.397.

第二节 "万物都被连接起来"：《地下世界》中的消费主义、生态危机与艺术灵性

1997 年出版的《地下世界》是德里罗在 20 世纪的最后一部长篇小说。这部创作时间长达 6 年、篇幅 800 多页的皇皇巨著可以称得上是德里罗呕心沥血之作。由于《地下世界》对冷战后的美国后工业社会现实进行了准确捕捉与深刻剖析，因此它被誉为一面折射 20 世纪后半叶美国政治、社会、历史与文化的多棱镜。正是由于小说史诗般恢宏的篇幅与手术刀般精密的深度解析，《地下世界》以"代表美国文学最高水准"的赞誉赢得了美国国家图书奖、美国小说成就索尔·贝娄奖、耶路撒冷文学奖等十多个重量级文学奖项。同时，《地下世界》也受到了评论界的广泛好评。

自小说出版以来，《地下世界》几乎成为每一部德里罗研究专著都绕不开的重要作品。研究者已经对该小说中的冷战历史、偏执狂症、垃圾意象、技术伦理、生态主义、神秘主义、记忆危机等主题进行了广泛与深入的研究。同时，由于《地下世界》中明显的宗教色彩，小说的宗教主题以及德里罗的宗教背景对该小说创作的影响也受到了许多研究者的特别关注。例如，约瑟夫·杜威等主编的论文集《文字之下：唐·德里罗的〈地下世界〉研究》共收录了 13 篇关于《地下世界》的文章，其中有 9 篇谈及了宗教。艾米·亨格福德的文章《唐·德里罗的拉丁语祷告》重点关注了德里罗的天主教背景对《地下世界》等小说中语言的宗教逻辑的影响。随着后世俗理论的兴起，以约翰·麦克鲁尔为首的一批研究者开始将《地下世界》置于后世俗的批评视角下进行考察。麦克鲁尔首次将德里罗称为后世俗小说家，认为德里罗在《地下世界》中"标记了一次由某种晚期现代虚无主义的立场，到通过他自己的后现代主义实践表

达更有人性、更有希望的情感立场的历史性转变"，而这次转变"引起
了标志人类精神胜利的后世俗宗教转向"①。受麦克鲁尔启发，学者凯瑟
琳·路德维格和凯西·麦考密克等都对《地下世界》中的后世俗主义及技
术灵性等问题进行了具体研究。

　　虽然后世俗视角对于我们理解与阐释小说《地下世界》中的宗教主
题以及人物的灵性探索有着重要作用，但是小说人物的灵性立场及其与
冷战时期美国社会的物质与精神生态危机之间的复杂关系仍有待进一步
澄清。随着冷战时期美国和苏联两个超级强国之间的军备竞赛愈演愈烈，
国际政治不稳定因素持续增多，战争和恐怖主义威胁持续加剧。同时，
出于对政治局势的不安和对暴力战争的恐惧，美国国民将注意力转向购
物与消费，极大地促进了冷战时期美国市场经济的发展与繁荣。消费剧
增和经济繁荣带来的负面影响是，消费者过度崇拜商品和沉溺于物质享
乐，因而灵性枯竭、精神异化。另外，消费制造的垃圾不但使环境污染
问题进一步恶化，而且加剧了消费者的精神危机和对死亡的恐惧。有鉴
于此，本节结合消费主义与生态危机之间的关系，对小说人物的灵性探
索和精神救赎进行讨论，以期表明他们对当代资本主义消费社会既不满
又依赖的矛盾心态，以及在这种心态下从世俗日常中寻找宗教替代品即
世俗灵性与内在超越的渴望。

一、垃圾、病菌与神圣的世俗化

　　与《白噪音》中公然质疑和挑战上帝权威的赫尔曼·玛丽修女一样，
德里罗在《地下世界》中再次刻画了埃德加修女这一世俗化天主教教徒

---

　　① 　John A. McClure, *Partial Faiths: Postsecular Fiction in the Age of Pynchon and Morrison*, Athens: University of Georgia Press, 2007, p.99.

形象。并且，与《白噪音》中的语焉不详不同，德里罗在《地下世界》中对埃德加修女的世俗化转变过程和缘由进行了交代。

埃德加修女是一位虔诚的天主教信徒。年轻时的埃德加修女在生活中严格遵守天主教的教规，甚至因为在镜中看到自己世俗的肉身形象而将镜子取下。"浓密的头发、漂亮的脖子、丰腴的肩膀，这些东西在她当修女那天就已经留在了俗世之中。"① 她保持着每天起床后跪着祷告的习惯，一边用手划十字，一边低声说着阿门。她觉得"祈祷是一种具有实际意义的策略，可以让人在罪孽和赦罪构成的资本市场上获得世俗优势"②。不难看出，她将上帝的世界视为崇高神圣和不可亵渎的，而将世俗的世界视为罪恶和堕落的。由此，她急于划清自己与世俗世界之间的界线。她时常用肥皂和消毒剂反复清洗双手与日常用品。"病菌是有个性的，不同的物品包含形形色色的隐含威胁。"③ 在社区担任圣职志愿者时，她有意与生病的患者居民保持距离，带上乳胶手套以"防止有机物带来的威胁"④。埃德加修女的洁癖无疑是受到天主教教义的影响。对于天主教徒来说，圣洁的信仰世界与肮脏的世俗世界是截然对立的，而作为上帝子民的他们有责任和义务维护洁净的信仰世界不受俗世的污染。

除此之外，放纵和堕落的世俗生活方式导致的死亡恐惧也是埃德加修女意欲与俗世隔绝的重要原因。对基督徒来说，"他们相信唯一的上帝是健康的主宰，又是一切疾病的主宰，正因为疾病来自上帝，所以只能是人类罪恶所应受的惩罚"⑤。因此，让他们免受疾病和死亡困扰的唯一方法就是服从上帝的命令，只有虔诚信奉上帝才能使自己获得拯救。小说

① ［美］唐·德里罗：《地下世界》，严忠志译，译林出版社，2013，第822页。
② 同上，第240页。
③ 同上，第241页。
④ 同上，第245页。
⑤ ［意］卡斯蒂格略尼：《世界医学史》，商务印书馆，1986，第69页。

中，埃德加修女前往纽约市某贫民区做义工，却发现自己来到了一个垃圾和疾病丛生、死亡与恐惧并存的堕落的世俗世界。"一处处残垣断壁，堆放着多年积累起来的废弃物品——家庭垃圾、建筑废渣、遭到破坏的汽车车身、锈蚀的汽车部件。在倾倒的废弃物品中，长满了野草和小树。成群的野狗，偶尔可见老鹰和猫头鹰。"① 作为商品和消费社会的必然产物，垃圾带来的生态污染成为人类物质文明发展过程中亟待解决的问题。"以追求商品多样性和舒适性为中心的高消费，促进了高能耗与高污染的螺旋式上升，严重地侵蚀了自然生态。"② 这片文明都市里的废墟仿佛是受到上帝诅咒的地方，疾病与死亡随处可见。社区里有一道灵墙，记录着死去小孩的名字、年龄和死因。"小客车慢慢靠近，埃德加看到，死亡原因有肺结核、艾滋病、殴打、驾车枪击、麻疹、哮喘、新生儿遗弃，还有丢弃在大型垃圾装卸卡车中、遗忘在小汽车里、遗弃在格拉德贝格的暴雨之夜。"③ 面对充满堕落垃圾与致命病菌的世俗世界，埃德加修女选择戴手套与之隔绝。"干这样的事情必须戴上乳胶手套，以免接触隐藏在血液或者脓液里面的病毒……"④

尽管信仰为埃德加修女提供了一种与尘世隔绝的心理安全状态，她的精神信仰仍在尘世中经历了危机和转变。埃德加的信仰危机随着她的年龄和阅历的增长而出现和激化。年轻时，埃德加秉承了天主教教徒保守和苦修的特质。当她在天主教教会学校当老师时，她对待学生极其严苛，甚至对他们进行体罚，其目的正是宣扬她所代表的上帝的威严。"她将让自己变成诗歌，变成诗歌中的那只乌鸦，从永恒的天空中滑翔而出，

---

① ［美］唐·德里罗：《地下世界》，严忠志译，译林出版社，2013，第 241—242 页。
② 朱梅：《〈地下世界〉与后冷战时代美国的生态非正义性》，《外国文学评论》2010 年第 1 期，第 168 页。
③ ［美］唐·德里罗：《地下世界》，严忠志译，译林出版社，2013，第 242 页。
④ 同上，第 245 页。

向他们俯冲下去。"① 然而，随着年龄的增长，埃德加不再体罚学生，因为"学生的肤色变得更深一些"，而"她怎么可能动手去打一个与她肤色不同的小孩呢"②。可见，埃德加区别对待不同种族身份的学生，而这无疑是违反上帝告诫的。另外，枯燥乏味的修女生活让埃德加对电影娱乐新闻产生了浓厚兴趣。"她熟知那些明星的情况，知道他们喜欢什么味道，知道他们什么时候遭到了最严厉的蚊虫叮咬，知道他们上中学时在舞会上没有舞伴的境遇。而且，她还知道他们在整容手术和悲剧性婚姻之中的常人生活。"③ 她甚至假装严厉质问学生偷看作为"天主教道德联盟公布的禁书"的影坛杂志的事情，实际上却"问了一些带有引导性的问题"，借学生的回答满足自己对杂志内容的兴趣④。可见，埃德加的信仰危机与世俗文明对她的影响有直接关系，以至于她认为要完全摆脱世俗的影响是不可能的。尽管埃德加戴上手套是为了避免接触世俗垃圾与病菌，但是这样做又与"某种她一知半解的东西形成了共谋"，因为作为科技制品的合成纤维手套本身就来自世俗世界。"那些东西包括尘世中的力量，还有用偏执取代宗教的种种制度。"⑤ 不难看出，埃德加敏锐地感受到了传统宗教在当代世俗社会中面临的挑战与危机。20 世纪 50、60 年代以来，美国国内反主流文化运动兴起，社会政治剧烈变化，美国的宗教开始向多元化的方向发展。一方面，信仰传统制度性宗教的美国公民尤其是年轻人逐渐较少，无信仰者人数持续增加。另一方面，美国社会世俗化程度的持续增加，新兴宗教派别与组织不断涌现，这对传统宗教机构与组织形成了强烈的冲击与挑战，使得这些机构与组织的内部人员的信仰也发

---

① ［美］唐·德里罗：《地下世界》，严忠志译，译林出版社，2013，第 823 页。

② 同上，第 241 页。

③ 同上，第 765 页。

④ 同上，第 764—765 页。

⑤ 同上，第 245 页。

生了变化。"20 世纪 60 年代，美国文化进入一个世俗阶段。标志着天主教教会实现向现代性伟大跳跃的梵蒂冈第二届大公会，使得即使虔诚的天主教教徒也对自己的信仰充满疑问。这一时期充满了许多实验观念，而宗教知识分子们也不断接受大的文化范围中的世俗主题与倾向。"①

　　标志埃德加修女信仰发生世俗化转变的是社区流浪女孩埃斯梅拉尔达被残忍奸杀的新闻。女孩的悲惨遭遇使埃德加对仁慈上帝的信仰彻底动摇，她开始对上帝作为造物主及其绝对权威的正当性感到质疑：

　　埃德加修女不看电视。从那天开始，在其后两三天时间里，她什么也看不见。也许，这种情形持续三周时间。她觉得人的心脏暴露在光天化日之下，仿佛是摊放在木板上的一块肉。她看到的只有这个画面。她觉得自己正在滑入危机，心里开始冒出这个想法：也许，宇宙之中的一切都是虚无之物的一种迸发，它偶然在这里形成一种生机盎然的行星，在那里形成一个死气沉沉的恒星，两者之间是全然无序的废物。曾几何时，她笃信宇宙是上帝设计出来的东西，不乏道德形式；现在，那份从容和确定都荡然无存。当格蕾斯和小组成员把食品搬到国民住宅大楼里时，埃德加在厢式货车里等候，是待在车上的修女。当格雷斯用棍子敲打路缘石旁的一只老鼠时，埃德加连眼睛都没有眨一下。②

　　由此可见，埃德加精神上的依靠和屏障发生了崩塌。她一直信奉并依赖的上帝并不真实存在，她一直被灌输的天主教教义及其道德力量也未对这个世界显现任何的仁慈。"这并不是信仰缺失的问题，还有另外一

---

① Patrick Glynn, *God: The Evidence: The Reconciliation of Faith and Reason in a Postsecular World*, Rocklin: Prima Publishing, 1999, p.3.

② ［美］唐·德里罗：《地下世界》，严忠志译，译林出版社，2013，第 867 页。

种信仰，一种第二力量，令人疑惑不定，采取怀疑态度。这种信念从我
们在夜里感到恐惧的东西中获得力量。她感到她自己正渐渐屈服于这样
的信念。"① 虽然她一度与世俗世界格格不入，将其视为堕落的代表，但是
与虚无缥缈的上帝相比，她切身感受到了世俗信念的真实性。由此，埃
德加的信仰经历了一次世俗化的转变，她开始转向宗教信仰之外的世俗
信念，以寻获灵性力量和精神支撑。

　　因此，当听说埃斯梅拉尔达的灵魂在一块巨型橙汁饮料广告牌下显
现时，埃德加修女迫不及待地加入了观看人群以亲眼见证这一神迹。"刚
才，列车的前灯划过广告牌上最模糊的部分时，薄雾弥漫的湖面上冒出
一个面孔，那个被害姑娘的面孔。十来个女人抱头痛哭，抽泣不已，一
个精灵，一阵神灵之风穿过人群。"② 尽管这只是火车的前灯照射在广告牌
上制造的影像③，埃德加修女仍将这视为圣灵在世俗世界的显现，她的精
神状态和行为举止也随之发生了巨大变化：

　　埃德加觉得自己浑身一震，心里欣喜不已，默念奉告祈祷。她伸出
双臂，拥抱格雷斯修女，接着猛地脱去手套，与格雷斯握手，然后与那
些仰望天空、身体肥胖的女人握手。女人们伸出双手，紧紧握住，即兴
杜撰的词语从嘴里冒出来，全是精神恍惚的呓语。她们咿咿呀呀地唱着，
恰如精神错乱的人在胡言乱语。埃德加伸出双拳，照着一个男子的胸口

---

① ［美］唐·德里罗:《地下世界》，严忠志译，译林出版社，2013，第 867 页。

② 同上，第 872 页。

③ 有学者认为小说暗示埃斯梅拉尔达的影像是涂鸦艺术家伊斯梅尔的杰作，因
为被害女孩头像的出现必须借助火车灯光的照射，而小说之前就曾交代伊斯梅尔的第一
件艺术品就是给地铁车厢喷绘的图案。除此之外，当时伊斯梅尔就在人群之中，这也
符合他之前完成一件涂鸦作品之后喜欢混在人群中查看人们反应的习惯。参见 John N.
Duvall, *Don DeLillo's Underworld: A Reader's Guide*, New York: Continuum, 2002.

重击，发出砰砰的声音。她看见伊斯梅尔，上前和他拥抱。她两眼盯着他，靠近他的脸庞，把他搂进自己怀里，用洗过的披风罩住他。周围的一切让她兴奋，既有悲伤和迷失，也有无比的荣耀。一位年迈的母亲面带怜悯，神情凄凉。痛惜发自内心深处，形成了一种力量，将她和那些互相握手的人，与那些感到哀痛的人，与站在车流之中，深感敬畏的人融为一体。在那一瞬间，她处于不可名状的境地，迷失在个人历史的细节之中，宛如一个以液态形式出现的空洞事实，渐渐汇入人群之中。①

　　不难发现，埃德加一改以往谨小慎微、严苛刻板、难以合群的习惯，主动脱下代表其物质和精神防御的手套与人群握手、拥抱，其中不乏之前被她怀疑患有艾滋病的伊斯梅尔。埃德加的一系列举止象征着她终于放下了自己虔诚天主教教徒的身份，主动接触与融入被她视为肮脏垃圾与堕落病菌的世俗世界，从而完成了信仰的转变。针对这一转变，许多学者发表了自己的看法。例如，麦克鲁尔称之为"最接近重造天主教宇宙与肯定天主教神秘性"②的场景。他认为德里罗将该天主教超自然的显灵事件与世俗的广告牌和无统一权威信仰的人群结合在一起，其用意在于"肯定该传统反抗权威、肯定尘世、流行通俗与兼收并蓄的方面"③。与麦克鲁尔有所不同，麦考密克将其视为一种"新无神论"的"既不依靠某种独特神话，也不依赖某个神圣上帝的去机构化灵性"④。笔者赞同麦考

---

① ［美］唐·德里罗:《地下世界》，严忠志译，译林出版社，2013，第 873 页。

② John A. McClure, "DeLillo and Mystery," *The Cambridge Companion to Don DeLillo*, John N. Duvall (ed.), Cambridge: Cambridge University Press, 2008, p.175.

③ Ibid.

④ Casey J. McCormick, "Toward a Postsecular 'Fellowship of Deep Belief': Sister Edgar's Techno-spiritual Quest in Don DeLillo's *Underworld*," *Critique: Studies in Contemporary Fiction*, Vol. 54, 2013, p.98.

密克的观点，认为埃德加并非要在尘世中重新肯定天主教的神秘性，而是寻找替代天主教的世俗灵性力量。换言之，埃德加修女完成了从通过上帝实现外在超越的制度性宗教信仰到通过日常实现内在超越世俗灵性信仰的转变。传统的天主教教义要求信仰者绝对服从上帝的权威与律令，主张神与人、灵与肉、来世与现世、主体与客体的二元对立，将神圣世界与世俗世界截然分开。然而，从埃德加的狂喜反应来看，她已经彻底放下了自己的信仰者身份，不再将严苛的天主教教义奉为圭臬，而是主动接受和拥抱堕落的尘世。正如有学者评论道："灵魂幻影消除了垃圾与圣迹、永恒与短暂、失落与恢复的差异。"① 埃德加的这一世俗灵性转变有着重要的象征和伦理意义。一方面，世俗世界与神圣世界不再是分裂的，而是彼此内在、合而为一的。人类无须再借助外在的神获得超越和救赎，而是通过世俗世界的客观事物以及人自身的体悟和修行就可以寻获超越力量和自我提升。另一方面，埃德加与人群形成了一个温暖而治愈的集体，昭示着世俗灵性打破了当代社会主体与客体的二元对立，并改善了自我与他者之间的伦理关系。

埃德加的精神信仰转变和世俗灵性选择在小说结尾得到了进一步证实。德里罗暗示去世后的埃德加修女没有升上"天堂"，而是进入了互联网世界之中。"在那里，或说在这里，或在她所在的地方，既无空间，也无时间。只有连接。万物都被连接起来。人类的所有知识都汇集起来，被连接，被超链接，这个网站通向那个网站，这个事实关联那个事实，敲一下键盘，点一下鼠标，输一组密码——无边无际的世界，阿门！"② 虽然互联网并非天堂，但是它包含世间万物一切信息的特征使得它与天

---

① Sarah L. Wasserman, "Ephemeral Gods and Billboard Saints: Don DeLillo's *Underworld* and Urban Apparitions," *Journal of American Studies*, Vol. 48, 2014, p.1042.

② [美]唐·德里罗:《地下世界》，严忠志译，译林出版社，2013，第876页。

堂无异。"这里有一种在场,一种蕴含的东西,某种广大而明亮的东西。"①
埃德加修女最终在氢弹主页的核爆炸信息中"看到了上帝"②。她在世俗的
互联网世界寻获了一种不同于传统宗教的代表"技术与灵性的融合"的
"技术灵性"③。作为世俗灵性的一种形式,技术灵性为埃德加提供了一种
内在超越的体验。与传统宗教注重神性而贬低人性的外在超越不同,内
在超越更加重视人性和人的价值。麦考密克评论道:"随着网络空间一
切形式的扩充,人类成为创造者和作者,也成为当代生活的代理人和批
评家。"④

二、垃圾、商品拜物教与生态危机

与埃德加修女不同,小说主人公尼克·谢伊是一名无信仰者,但是
他和埃德加一样经历了一次趋向世俗灵性的转变。尼克是一位意大利裔
移民的后代,从小生活在纽约市布朗克斯区的意大利裔移民居住区。他
与弟弟马特由母亲罗斯玛丽独自抚养长大。父亲杰米在尼克十一岁时失
踪并从此杳无音信,但尼克相信父亲是被人谋杀而不是主动离家出走的。
父亲的失踪和生活的重担使尼克的成长轨迹发生了偏移。他很早就辍学,
开始从事繁重的体力劳动,闲暇时则混迹于街头,沾染上了不少恶习,
与有夫之妇克拉拉发生不正当关系,并在他十七岁那年因枪支走火误杀
朋友乔治而被送进教养所。少年时期的成长劣迹进一步加深了尼克的精

---

① [美] 唐·德里罗:《地下世界》,严忠志译,译林出版社,2013,第 876 页。

② 同上,第 877 页。

③ Casey J. McCormick, "Toward a Postsecular 'Fellowship of Deep Belief': Sister Edgar's Techno-spiritual Quest in Don DeLillo's Underworld," *Critique: Studies in Contemporary Fiction*, Vol. 54, 2013, p.104.

④ Ibid, p.106.

神危机，成年后的他虽然过着正常人的生活，却仍然深受精神虚无主义的困扰。他与妻子玛丽安看似平静的婚姻生活实则隐藏着巨大的危机，两人都曾背叛对方。

尽管尼克出生于天主教家庭，他自己也接受过天主教学校的教育，但是天主教及其教义对他的伦理观并没有构成实质性的影响，尼克总体上来说是一个世俗无信仰者。他的问题不应简单解释为儿时心理创伤[①]，而应被视作当代西方世俗社会普遍遭遇的精神危机。19世纪后半叶以来，随着西方科学技术与工业文明的发展繁荣，以基督教为代表的西方传统价值观逐渐被个人主义和功利主义的世俗伦理价值观替代。尽管现代西方人在世俗伦理价值观的指导下创造了巨大的财富并享受着舒适的物质生活，但他们同时也遭遇了自然环境恶化、人际关系疏离、精神迷茫和空虚等社会与精神危机。进入20世纪后，随着商品经济的繁荣和物质主义的盛行，购物、消费和享乐成为当代西方人的主要生活方式，但是他们并未因此感到幸福和满足，而是进一步陷入了灵魂空虚和人生无意义的精神困境。正如丹尼尔·贝尔所说："现代主义的真正问题是信仰问题。用不时兴的语言来说，它就是一种精神危机。"[②]

从教养所提前释放后，尼克被送往明尼苏达州某处耶稣会接受再教育，也正是在这里他开始积极寻求灵魂的救赎，以摆脱世俗伦理带给他的精神虚无困境。他期待能从耶稣会的传统宗教教育中"获得一种道德力量"[③]。然而，尼克在这个组织中体验的却完全是一种非传统的宗教道德

---

① 有学者将尼克误杀乔治以及和克拉拉发生关系的情节与古希腊神话人物俄狄浦斯杀父娶母的故事关联起来，从而将尼克视为一个具有强烈恋母情结的人。参见 John N. Duvall, *Don DeLillo's Underworld: A Reader's Guide*, New York: Continuum, 2002。

② [美] 丹尼尔·贝尔：《资本主义文化矛盾》，赵一凡等译，三联书店，1989，第74页。

③ [美] 唐·德里罗：《地下世界》，严忠志译，译林出版社，2013，第568页。

教育，这主要源自保罗斯神父对他的世俗灵性指引。与埃德加修女一样，保罗斯神父也是一个世俗化的信仰者。作为一名天主教教徒，他并不积极维护教皇和上帝的权威。当他听到教皇产生幻觉的坊间传言时，他竟然回应道："假如你彻夜狂饮劣质红酒，到了凌晨三点也会产生幻觉。"① 他将尼克而不是上帝视为"了解我的忏悔的最佳人选"②。除此之外，保罗斯神父还对整个耶稣会教养所的教育制度和成效表示质疑。"我有时候觉得，我们实施的教育适合五十岁的老人，那样的人感到自己当初错过了机会。我们所教的东西中有太多抽象理念，太多基本道德准则。如果你看着自己的鞋子，说出它是由哪些部分构成的，得到的东西比听这样的说教更多。"③ 可见，保罗斯神父不再将天主教教义及其道德律令视为绝对权威，而是认为它们可以被世俗日常行为替代。和埃德加修女一样，保罗斯神父也由一名宗教信仰者转变为一名世俗灵性信仰者。由此，他积极引导尼克·谢伊在日常物品中寻找神秘知识。

"日常物品代表了最易被人忽视的知识。这些名称在人类进步过程中起到非常重要的作用。quotidian（日常）的东西。假如它们不重要，我们就不会使用 quotidian 这个拗口的拉丁词来表达了。说一遍吧。"他说。

"quotidian。"

"quotidian 这个词语非同寻常，暗示了日常事物具有的深度和广度。"④

正如《白噪音》中的"日常性的光辉"一样，保罗斯神父认为世俗

① ［美］唐·德里罗：《地下世界》，严忠志译，译林出版社，2013，第566页。
② 同上，第568页。
③ 同上，第570页。
④ 同上，第573页。

的日常事物中包含着一种内在的超越性。这种超越性不同于传统宗教依靠外在的上帝或神，而是基于客观存在本身来实现超越。

在保罗斯神父的引导下，尼克渴望通过日常词汇寻获灵性启示，从而摆脱世俗伦理导致的精神虚无困境。"我希望查词典，希望查 velleity 和 quotidian 这两个词，永远记住这两个浑蛋的名字，拼写出来，了解意思，一个音节一个音节地朗读，大声说出来，发出声音，在背诵时记住它们的意义。在这个世界上，这是能够逃避给你带来影响的事物的唯一方式。"[1] 通过词汇的音节寻求灵性启示的方法来自一本叫作《不知之云》的书。该书由 14 世纪一位不知姓名的英国人写成，旨在帮助基督徒通过灵修达到上帝指引的更高灵性境界。该书认为世人无法通过自己的智性理解上帝，因为上帝将自己秘密隐藏在一片不知之云之下。如果有人"要穿透上帝与他之间的这片不知之云"，就得将一切世俗之物放置在一片"遗忘之云"之下[2]。要做到这一点，人可以使用一个类似"上帝"（God）或"爱"（Love）的单音节词概括他"指向上帝的纯粹意图"，并将该词牢记于心，那么该词将"击碎你头顶的乌云和黑暗"[3]。尼克从这本书中"学会了如何尊重秘密具有的力量"以及如何通过一个词语"形成一种纯粹的意图让自己依附在上帝这个理念之上"，因为"有了这个词语，我们就可以排除干扰，逐渐靠近上帝的无法认知的自我"[4]。尼克找到的这个词语是西班牙短语"Todo y nada"，即万事皆虚无的意思。对尼克来说，"这个短语让我带着赤诚的心灵，慢慢进入黑暗，进入上帝的秘密"[5]。然而，

---

① [美] 唐·德里罗：《地下世界》，严忠志译，译林出版社，2013，第 574 页。
② Wolters Clifton (trans.), *The Cloud of Unknowing and Other Works*, London: Penguin Books, 1978, p.69.
③ 同上。
④ [美] 唐·德里罗：《地下世界》，严忠志译，译林出版社，2013，第 306 页。
⑤ 同上，第 307 页。

无论是保罗斯神父还是尼克都对《不知之云》中的灵修方法有所违背，他们并未按照"越短越好"的原则选择单音节词汇。另外，他们也并未按照方法将一切世俗之物遗忘，而是认为上帝的隐秘力量存在于一切世俗日常之中，甚至是男女之间的性爱之中。"性爱是我们拥有的一个秘密，它接近一种升华状态。我们分享它，男女双方在一定程度上安静地分享它，在一定程度上平等地分享它，让它变得有力，神秘，值得庇护。"① 除此之外，性爱还与人的灵性与精神世界相通，"它既不是宗教，也不是科学，然而你可以探索它，更好地认识自己心灵深处的世界"②。换言之，任何具有神秘力量的世俗事物和行为，都可以为当代人类在精神层面提供一种作为宗教替代品的世俗灵性体验。正如伊格尔顿的评论："被恰当地抽去教条的宗教，很容易与世俗思想模式契合，并由此在填补意识形态空白和提供灵性解决方案时比正统宗教自身更有说服力"③。

　　由此可见，尼克在保罗斯神父的引导下也成了一名世俗灵性信仰者。成年后的尼克成为一家垃圾处理公司的员工，负责处理和买卖全球垃圾。他在堆积成山的垃圾中感受到了一种宗教式的神秘感和超越性。"在我们这个行业中，有一个观点近乎宗教信念，认为那样的岩石贮藏地是不会泄漏辐射的。人们怀着尊崇感和恐惧感，把受到污染的废物深埋起来。我们必须对自己抛弃的东西心存尊敬。"④ 正如有学者评论道："垃圾填埋场将垃圾隐藏在一片不知之云之下，从而提升了垃圾的维度和神秘感。"⑤

---

① ［美］唐·德里罗：《地下世界》，严忠志译，译林出版社，2013，第307页。

② 同上，第308页。

③ Terry Eagleton, *Culture and the Death of God*, New Haven and London: Yale University Press, 2014, p.44.

④ ［美］唐·德里罗：《地下世界》，严忠志译，译林出版社，2013，第84页。

⑤ Mark Osteen, *American Magic and Dread: Don DeLillo's Dialogue With Culture*, Philadelphia: University of Pennsylvania Press, 2000, p.227.

当代人对垃圾的"尊崇感和恐惧感"折射出他们对消费文化的认同与崇拜。波德里亚认为，当代社会是一个"不断增长的物、服务和物质财富所构成的惊人的消费和丰盛"的社会①。消费取代生产成为支配整个资本主义社会的基础环节。在消费社会中，商品的使用价值被其符号价值代替，消费者消费的不再是商品的有用性，而是其符号性，即商品代表的社会身份与地位等信息。物品丰盛的消费社会反映了世俗文明的繁荣与物质主义的盛行，象征着资本主义内在逻辑对人类生活方式的强大控制力。消费主义俨然成为类似中世纪罗马教会的一种新的宗教。在《白噪音》中，默里将大型超市视为一种"启示"，并将超市商品的白色包装看作"某种精神共识"和"新的苦行"②。德里罗本人也承认超市隐藏着某种类宗教的神秘性，"一种某样正好超出我们触碰和视力范围的非同寻常的东西在那盘旋着的感觉"③。麦克鲁尔这样评论《白噪音》中的消费文化："它让我们对该文化狂热的独创性，以及它从最低质量和最不显眼的物质中创造出神圣替代品感到惊叹"④。尽管如此，消费文化在让当代人顶礼膜拜和恣意狂欢时，也使他们陷入了严重的人性异化和精神虚无的危机之中。麦克鲁尔注意到这种"新型消费罗马教会"的负面效应。"它也邀请我们将这种新魔法视为社会与环境出现灾难的可能性的增加，认识到我们从宗教中'解放'出来并没有导致启蒙运动倡导者所承诺的高贵、自

---

① [法]让·波德里亚：《消费社会》，刘成富、全志钢译，南京大学出版社，2000，第1页。

② [美]唐·德里罗：《白噪音》，朱叶译，译林出版社，2002，第5—9页

③ Thomas DePietro, *Conversations with Don DeLillo*, Jackson: University Press of Mississippi, 2005, pp.70-71.

④ John A. McClure, *Partial Faiths: Postsecular Fiction in the Age of Pynchon and Morrison*, Athens: University of Georgia Press, 2007, p.89.

主与自由，反而是跌进了新型屈服与奴役的陷阱之中。"①

小说中，尼克在一排排垃圾堆中穿行时真切地感受到了这种消费文化对当代人的奴役："我觉得，每一种臭味都与我们自己有关。我们活在这个世界上，遭遇一个兼有中世纪社会和现代社会特征的场景：一座垃圾堆积如山的城市，一个散发出强烈气味的地狱，各种各样容易腐烂的东西堆在一起，仿佛我们一生携带的东西。"② 由此可见，当代消费社会导致的垃圾与污染问题已经严重威胁到人类的生存环境。虽然科学技术和消费文化在很大程度上替代中世纪的宗教成为当代人类寻找灵性和超越性的新源头，但是随着晚期资本主义发展，这种"新型宗教"越来越暴露出对人类生存与发展的消极甚至是毁灭性的影响。德里罗通过尼克对垃圾的灵性感受批判了消费主义的这一负面效应。正如有学者评论道："垃圾不复是生产过程的衍生物，废弃之物，相反，它已经进入了生产和消费的循环。垃圾必须被重新赋予价值，成为商品生产和消费链条的有机一环。这是资本主义内在逻辑的要求，而德里罗显然要让垃圾成为垃圾自身，从而实现对资本主义消费逻辑的反思和批判。"③ 同时，这也让尼克意识到世俗灵性信仰者面临的一个矛盾：一方面，他们依赖世俗日常需求灵性力量和精神救赎。另一方面，如果像中世纪的上帝一样遭到过度崇拜的话，世俗灵性同样具有否定人性和禁锢精神的风险。

与哥哥尼克相似，马特也经历了世俗灵性的转变，并见证了过度崇拜"技术灵性"对当代人类产生的反作用。作为一名主动选择脱离天主教的世俗无信仰者，马特一直在世俗世界中寻找上帝及其超越性的替代

---

① John A. McClure, *Partial Faiths: Postsecular Fiction in the Age of Pynchon and Morrison*, Athens: University of Georgia Press, 2007, p.89.

② [美]唐·德里罗:《地下世界》，严忠志译，译林出版社，2013，第 101 页。

③ 周敏:《〈地下世界〉的"垃圾"美学》，《国外文学》2012 年第 1 期，第 81 页。

品。他曾经在越南战争中替美军从事图像结果分析工作，将"响应国家召唤"视为一种责任感和"自我认识的形式"①。然而，残酷的战争并没有让马特找到合适的宗教伦理与责任感的替代品，反而使他陷入了一种"对任何事情持将信将疑"的态度、"对任何事情都没有信念"的精神危机之中②。于是，"为了解答信众的问题和质疑，为了在更艰苦的生活中，在确认意志限度的过程中，获得对自我的认识"③，马特来到了位于新墨西哥州沙漠深处的一个秘密基地，参加研究核武器的"衣囊计划"。马特一度在这个世俗的研究计划中找到了一种类似天主教教会的集体感。"从事衣囊计划的人构成一个群体，与外部世界完全隔离。这里看中个人从事的工作，人际关系不错，所以这个小世界很有人情味，而且让人保持兴趣。这个地方自成一体，自体参照，大家在一个地方共同工作，使用外人无法理解的语言。"④ 这个由无信仰者组成的世俗群体拥有许多类似天主教教会的特点：具有神秘感，使用特殊的语言以及成员之间保持着良好的"团契"关系。尽管如此，这个世俗灵性集体并没有帮助马特成功克服虚无主义的伦理困境，原因在于"衣囊计划"所从事的核武器试验对人性价值的取消与对人类生存环境的威胁。马特通过同事埃里克得知了许多有关用活人做实验以及放射性物质对人体的致命危害的传闻，这无疑使马特陷入了更加严重的道德虚无与存在幻觉之中。"这里的研究和武器全是真的，从长着紫花苜蓿的原野里冒出来的导弹也是真的。可是，我越来越觉得，这完全是扭曲的。它是某个人的梦境，我却出现在这种梦境之中。"⑤

---

① ［美］唐·德里罗：《地下世界》，严忠志译，译林出版社，2013，第 490 页。
② 同上，第 492 页。
③ 同上，第 433 页。
④ 同上。
⑤ 同上，第 484 页。

由此可见，虽然德里罗通过《地下世界》暗示了当代世俗个体通过世俗日常与群体可以实现一种非制度性宗教的灵性与内在超越体验，并且帮助他们摆脱世俗伦理导致的道德相对主义与精神虚无主义困境，但是他也表明过度依赖技术与消费的当代世俗文化正越来越呈现出一种取消人文主义价值、威胁人类生存环境的负面影响，而这反过来又可能影响当代人对世俗灵性的信心。虽然尼克在保罗斯神父的引导之下对世俗灵性有一定的领悟，但他并未利用它积极改变自己的生活，而是沉浸在过往的回忆中无法自拔。小说结尾，读者通过老年尼克的自述可以了解到，他的工作、婚姻和生活都回归了一种平静和谐的状态，但他的内心却仍感到"全然无助"[①]。他"渴望那些浑浑噩噩的日子"，认为那时的生活才是最真实的，但他也承认那时的他"对人是威胁，对自己是难解的奥秘"[②]。换言之，进入暮年的尼克尚未悟透自己内心的真正需求，他在精神上仍是那个十七岁的懵懂、空虚少年。虽然德里罗暗示了当代无信仰者从世俗日常中寻获灵性力量和内在超越的可能性，但他并未明确表示他们就一定能成功，关键在于他们能否积极和客观对待世俗灵性，而不是消极应对或者盲目崇拜。

三、垃圾、艺术灵性与精神救赎

与埃德加和尼克在与垃圾打交道过程中寻获和领悟世俗灵性和内在超越不同，小说中另一位人物克拉拉通过艺术创作把消费垃圾直接改造为具有灵性力量和超越属性的物品。克拉拉与第一任丈夫布龙齐尼曾居住在纽约市布朗克斯区的意大利移民聚集地，是尼克的邻居。布龙齐尼

---

① ［美］唐·德里罗:《地下世界》，严忠志译，译林出版社，2013，第859页。
② 同上。

曾担任尼克的科学课老师和马特的国际象棋老师。克拉拉与布龙齐尼育
有一女，两人的婚姻看似幸福美满，其实隐藏着巨大的危机。正如他们
各自的爱好——象棋和画画一样，布龙齐尼现实而理性，喜欢传统而平
淡的生活，而克拉拉浪漫而感性，偏爱激情和有艺术气息的生活。虽然
布龙齐尼大力支持妻子进行创作，因为他认为"绘画可以帮助她放松，
让她从其他事情中解脱出来"①，但他并不理解克拉拉的真正需求是什么。
当她向丈夫抱怨应该将画室利用起来时，布龙齐尼以为妻子觉得空间不
够大。"我们有前面的房间，把它利用起来吧。"②事实上，克拉拉只是想
"赋予这个地方某种具有生活气息的东西"③。可见，克拉拉追寻的是艺术
创作的灵感，而这是丈夫所不能理解的。"她需要的不是更多，而是更
少。"④两人在性格爱好、艺术品位和精神追求上的差异使克拉拉对平淡的
婚姻生活产生厌倦，并与小自己十五岁的尼克发生不正当关系，最终导
致自己的婚姻破裂。

克拉拉对艺术和艺术创作有着自己独特的观点。与她看来，艺术不
应该死气沉沉，而应该富有生活的朝气和活力。她对 16 世纪尼德兰画家
老彼得·勃鲁盖尔的名画《儿童游戏》有着独特的个人见解。她不认同
此画表现了儿童的童真童趣的主流评论，而是认为它与画家表现死亡主
题的名画《死亡的胜利》"差异不大"⑤。"画面上的儿童肥胖，落后，给人
不祥的感觉，表现了某种威胁，某种愚蠢行为。Kinderspielen（儿童游
戏）。那些孩子就像侏儒，正在干某种可怕事情。"⑥同样，她对 19 世纪美

---

① ［美］唐·德里罗：《地下世界》，严忠志译，译林出版社，2013，第 757 页。
② 同上，第 794 页。
③ 同上。
④ 同上，第 792 页。
⑤ 同上，第 724 页。
⑥ 同上。

国画家惠斯勒的名作《母亲》也有着负面评论。尽管她坦言自己喜欢"画面的平衡形式和柔和的真实色彩",喜欢透过画作去"审视这幅作品的深刻意蕴",但是她仍觉得"作者在画面上形象展现了一种强烈的挽歌韵味"①。

　　克拉拉之所以从这两幅看似与死亡无关的名作中察觉到死亡,是因为她将自己潜意识中的死亡恐惧投射到了其审美思维之中。冷战时期,一方面,美国政府与苏联开展军备竞赛,各种政治和军事宣传使得国内民众生活在战争威胁和死亡恐惧之中;另一方面,美国政府又大力促进市场经济和刺激商品消费,目的在于缓解民众的焦虑感和保障国内社会稳定。正如有的学者说:"就像冷战中的各种武器,后冷战时代的消费主义和一次性产品也是利用人们对安全的渴望和死亡的恐惧来控制消费者的武器。"②然而,消费主义盛行并没有给美国人带来心理上的安全保障,反而将他们推进了更黑暗的死亡恐惧深渊之中。资本主义社会再生产过程中的消费环节对生产具有反作用。随着当代消费者需求的不断增加,商品的生产制造和更新换代能力也不断提升,许多商品在被快速消费甚至来不及被消费的情况下就被当作无用的垃圾丢弃。当代人不断膨胀的欲望和毫无节制的消费使垃圾迅速堆积,对生态环境和人类生存构成了致命威胁。此外,当代消费社会呈现出对人的异化作用。在消费社会中,人们关注的不再是商品的有用性或使用价值,而是其象征性或符号价值。消费者竞相追逐商品背后的社会地位和身份,最终被异化为物和商品的奴隶。资本主义社会通过电视广告等媒介对大众的消费需求和偏好进行操纵,从而使他们变得麻木和顺从,失去了社会反抗意识。由此,垃圾

---

　　①　[美]唐·德里罗:《地下世界》,严忠志译,译林出版社,2013,第793页。
　　②　朱梅:《〈地下世界〉与后冷战时代美国的生态非正义性》,《外国文学评论》2010年第1期,第167页。

象征着消费社会中物质和精神的死亡。当代消费社会越来越呈现出《死亡的胜利》中描绘的灾难和死亡景象。事实上，勃鲁盖尔的这幅名画在小说序幕中成为美国图画杂志《生活》的页面。看见该页面的联邦调查局局长埃德加·胡佛不禁发问："为什么一本名叫《生活》的杂志竟然复制弥漫着可怕死亡气息的绘画？"① 显然，这是作者德里罗的一个反讽。借助勃鲁盖尔这幅充满死亡意象的名画，德里罗意在揭示冷战时期资本主义经济制度和消费主义文化给民众心理营造的恐怖和死亡氛围。"德里罗在《地下世界》中对勃鲁盖尔复制品的呈现，既表明他早期小说提及的末日启示无穷无尽，也表明 20 世纪晚期作为所有物品毁灭终点的垃圾无处不在。"② 作家直接用画名充当小说序幕标题的寓意也在于此。正因为如此，克拉拉才认为艺术创作的灵感应该来源于生活，而艺术的目的在于为艺术家和欣赏者提供超越现实的灵性体验，从而帮助他们摆脱物质消费社会引起的死亡恐惧与焦虑，实现精神的救赎。

离婚后的克拉拉一直探寻着创作灵感的源泉，其目的在于刷新自己对艺术和生活的感悟。她在洛杉矶的艺术景点瓦特塔③ 中找到了向往已久的艺术灵感。瓦特塔由"可以找到的任何材料"④ 建筑而成，却给克拉拉带来了独特而强烈的艺术审美体验。"她围着那些震撼人心的建筑转了一圈，不时伸手抚摸那些色彩鲜艳的表面。她喜欢用水泥镶嵌起来的突起门垫形成的图案，喜欢那些捣碎的绿色玻璃，喜欢嵌在拱门上的瓶底，

---

① [美] 唐·德里罗:《地下世界》，严忠志译，译林出版社，2013，第 35 页。

② Liliana M. Naydan, "Apocalyptic Cycles in Don DeLillo's *Underworld*," *LIT: Literature Interpretation Theory*, Vol. 23, 2012, p.187.

③ 瓦特塔位于美国加利福尼亚州洛杉矶南部，这是一个凭借一人的毅力，为了艺术信仰花费近 40 年时间手工搭建起来的建筑。现在它已经被捐给社区，作为艺术中心对公众开放。它的建筑材料取自随处可见的物品，如七喜瓶、贝壳和陶器等。

④ [美] 唐·德里罗:《地下世界》，严忠志译，译林出版社，2013，第 521 页。

喜欢较高的那座塔上的花饰窗格的旋转原子图案，喜欢用小卵石和贝壳粘接起来的南墙。"① 在这个用"破碎的玻璃、被人扔掉的镜子碎片、破碎的瓷砖"等生活垃圾创作的艺术品中，克拉拉体验到了一种令她精神愉悦的类宗教顿悟感：

　　她感觉到身体之中的静电，感觉到内心深处的精神。那种愉悦以近乎无助的方式表现出来，就像一个小姑娘，身体靠在最好朋友的肩膀上，全然无助地笑着。这样的感觉让她浑身无力，眼前的情景和感受让她浑身无力。她伸手抚摸，按压，抬起头来，目光穿过最高的那座塔下的支柱。这个人拥有如此美妙的独到的艺术见解，很可能为这样的独立性而孤军奋斗。这时，她希望离开这里，她不需要再待下去了。一个小时已经足够了，她站在入口处，脑袋里嗡嗡作响，等待迈尔斯的到来。②

　　可见，克拉拉在这件充满生活气息的艺术品中感受到的是一种超越的世俗灵性力量。正如有学者说："艺术为我们提供了生活洞见与通向我们生活中那些无法用其他认知方式获得的精神运动的入口。我们可以暂停自己的判断力，拥抱直觉和以图像为中心的认知方式。艺术不仅美化普通事物，并且具有黏合力，可以将我们的智力与身体、情感、欲望、意志整合起来。"③换言之，艺术创作作为一种充满想象力和创造力的世俗实践活动，能够通过其独特的对美的捕捉和感受方式，给创作者和欣赏者带来超越物质生活的灵性体验。瓦特塔令克拉拉感悟最深的是其打破

---

①　[美]唐·德里罗：《地下世界》，严忠志译，译林出版社，2013，第521页。

②　同上。

③　Christine V. Paintner, "The Relationship Between Spirituality and Artistic Expression: Cultivating the Capacity for Imagining," *Spirituality in Higher Education Newsletter*, Vol.3, 2007, p.4.

常规的创作方式，即将毫无价值的废物变成了具有艺术价值的景观，从而给予参观者精神上的超越体验。受到启发，当克拉从洛杉矶返回纽约的航班上俯瞰西部广袤的大地时，她萌发了将废弃物艺术和西部地貌结合起来的灵感。"她想到了她从事的工作，想到油灰和废品组成的歪斜画面，对韵游戏的押韵，想到了锈蚀的钢铁和填塞的棉絮。她产生重新工作的强烈欲望，希望灵感突然出现。那是一种值得信赖的感觉，全新的感觉，让她对眼睛观察不到的生活产生新的感悟。"①

克拉最终在加州南部的一片沙漠中实现了这一创作灵感。她和她的创作团队在沙漠中一架被美军遗弃的 B-52 型远程轰炸机上作画，将富有个性的废弃物艺术与空旷的沙漠地景结合起来，创作出军事工业垃圾与大自然融合的地景艺术。尼克从中领略到"令人非常震撼的东西"：

在太阳的照射下，经过绘制的飞机闪闪发光。大片的色彩，有带状的，有四下溅开的，有淡淡的水彩，这是饱和光线形成的力量。整体效果非常个性化，给人的感觉是，除了具有史诗规模的构思之外，绘画者信手涂鸦，然后根据自己的想法进行修改。我没有预料到，这些画作会让自己觉得如此愉悦，给自己带来如此巨大的震撼。空气中涂抹着色彩，飞机外壳上的黄铜和赭石发出耀眼的光亮，与作为背景的沙漠相映成趣。但是，这些色彩并非仅仅从空中获得感染力，并非仅仅从周围的地貌获得感染力。它们相互影响，形成冲突，需要从情感层面加以解读。外壳上的颜料、工业用灰色、耀眼的红色，它们在作品中反复出现。某种东西被释放出来，夹带着红色，从涨破的口袋中流出来，像脓血一样，黏糊糊的，淡黄色，呈鼻涕状。其余的飞机没有光泽，风挡玻璃和引擎上

---

① ［美］唐·德里罗：《地下世界》，严忠志译，译林出版社，2013，第523页。

仍然覆盖着织物，令人毛骨悚然，死气沉沉，等待人去涂抹底色。①

　　与克拉拉从瓦特塔中体验到艺术带来的精神愉悦和振奋感一样，尼克在克拉拉的创作中也感受到了艺术灵性的超越力量。"将艺术当作灵性实践来参与，意味着对意义生成和与神秘关系养成过程的尊重。"②绚烂的色彩结合充满"敬畏和恐惧"③的沙漠，使原本失去使用价值的飞机重新焕发生机和活力，成为具有神秘色彩和崇高审美价值的艺术品。由此，克拉拉将象征消费社会物质与精神死亡的垃圾变成了充满生活气息的艺术品，这一艺术品具有超越死亡恐惧的世俗灵性力量。正如有的学者说："通过把这种飞机变成艺术的媒介从而使其自身成为艺术品，柯拉腊（克拉拉）以艺术的方式消解了飞机原始的使用价值。新的展览价值替代了原有的使用价值。不仅如此，这种艺术的方式还具有了独立的生命，并成为抵抗死亡的救赎所在。"④

　　与尼克一样，克拉拉也为读者展示了当代美国的世俗个体在消费社会中所遭遇的物质和精神双重危机。一方面，当代资本主义生产和消费方式导致垃圾和污染问题越来越严重，引发了一场事关人类存亡的全球性生态危机。另一方面，消费至上的价值观和生活方式又使得当代美国人的精神变得麻木而空虚，失去人生方向和意义。然而，通过将垃圾改造成具有超越属性的艺术品，克拉拉又证实了世俗灵性成为消费社会救赎力量的可能性。正如学者杜图瓦所说："世俗灵性作为让所有体验都具

----

① ［美］唐·德里罗:《地下世界》，严忠志译，译林出版社，2013，第78页。

② Christine V. Paintner, "The Relationship Between Spirituality and Artistic Expression: Cultivating the Capacity for Imagining," *Spirituality in Higher Education Newsletter*, Vol.3, 2007, p.4.

③ ［美］唐·德里罗:《地下世界》，严忠志译，译林出版社，2013，第65页。

④ 周敏:《〈地下世界〉的"垃圾"美学》，《国外文学》2012年第1期，第82页。

有灵性维度的力量，影响着每个人。它不受限于宗教或超越领域，而是非宗教的世俗生活的世界所具有的特征。"① 与信仰者通过上帝或神被动接受超越不同，现代无信仰者是通过内在的"理性力量"主动达到"完满状态"②，其目的在于自我超越与提升。

消费主义虽然也给大众带来了神圣超越的完满感受，但其本质上仍是一种传统宗教式的外在超越，使得消费主体受到客体的控制和奴役，钝化其对世俗日常和生命意义的感知能力。与之相反，艺术灵性旨在通过艺术家的想象力和创造力刷新人们对日常事物的感知方式，让他们从消费文化的麻醉作用中清醒，帮助他们重新找到超越的乐趣和精神的依靠。克拉拉如此解释自己的创作目标："我要用这样的东西，讲出一个冗长的、盘根错节的故事。我实际上希望得到的是平常的东西，是这种东西背后的平常生活。这就是我们在此所做的事情的灵魂和核心。"③ 通过描写克拉拉的艺术灵性生成的过程，德里罗意在向读者传达这样一个启示：只有通过世俗日常的艺术灵性力量，当代人才能摆脱对消费主义这种"新型宗教"的顶礼膜拜，恢复对世俗日常和当下现实的理性认识，抵御对死亡的恐惧和精神的空虚，重新找回人生的方向与意义，实现世俗个体的自我超越与资本主义社会的救赎。

---

① Cornel W. Du Toit, "Secular Spirituality versus Secular Dualism: towards Postsecular Holism as Model for a Natural Theology," *Hts Teologiese Studies-theological Studies*, Vol. 62, 2006, p.1253.

② Charles Taylor, *A Secular Age*, Cambridge: The Belknap Press of Harvard University Press, 2007, p.8.

③ [美]唐·德里罗：《地下世界》，严忠志译，译林出版社，2013，第72页。

第三节　"基于信仰的技术"：《绝对零度》中的死亡恐惧、超人类主义与灵性超越

与前三十年的创作相比，德里罗进入新世纪的前四部小说篇幅都较短，最长的一部《坠落的人》也只有 246 页，再没出现像《地下世界》那样的皇皇巨著。对于自己晚期作品篇幅的转变，德里罗将其归结为小说自身的需要："小说的篇幅和形式是由小说自己决定的，我从来没有试图超越小说本身对框架与结构的要求。《地下世界》渴望庞大，于是我没有试图阻止它。"①2016 年 5 月，继《欧米伽点》问世长达六年之后，德里罗的第 16 部长篇小说《绝对零度》（Zero K）由纽约斯克里布纳之子公司出版，不久即当选亚马逊网站当月最佳图书之一。《纽约时报》更是高度评价其为德里罗"自 1997 年惊世著作《地下世界》之后最有说服力的小说"②。

《绝对零度》只有寥寥 275 页，却涵盖了德里罗创作的众多典型话题，如亲情与隔阂、生命与死亡、时间与终极、语言与神秘性、技术灾难与末日危机等，反映了作家晚期对这些话题的持续关注与深刻思考。正如《纽约时报》对该作品的评论："这部小说没有或者说不渴求《地下世界》那交响乐般的篇幅，它更像是一首室内音乐。但是一旦摆脱了小说费劲的开头之后，《绝对零度》便使我们意识到德里罗作为作家的炫目实力以及他对人类长久关注（死亡与时间）在新千年可能呈现出的奇怪和扭

---

① Qtd. in Matthew Shipe, "War as Haiku: The Politics of Don DeLillo's Late Style," *Orbit: A Journal of American Literature*, Vol. 4, 2016, pp.5-6.

② Michiko Kakutani, "Review: In Don DeLillo's *Zero K*, Daring to Outwit Death," http://www.nytimes.com/2016/04/26/books/review-in-don-delillos-zero-k-daring-to-outwit-death.html.

曲形状的理解。"① 同时，小说还延续了德里罗对灵性与超越主题的探讨，并且与他对科技与死亡伦理的思考联系起来，从而赋予该探讨一个新的维度。笔者认为，通过描写当代超人类主义者试图运用高科技手段抵御死亡、获得永生，小说反映了当代人对科技的盲目崇拜和对死亡的极度恐惧，揭露了西方资本主义社会严重的精神危机。通过主人公杰弗雷的选择，德里罗试图表明：当代人只有在日常生活中积极寻求世俗灵性力量，帮助自己承认与接受生命的有限性与脆弱性，才能真正实现自我超越和克服死亡恐惧。

一、拒斥死亡、技术超越与精神危机

《绝对零度》主要讲述，主人公杰弗雷·洛克哈特前往亚洲中部某沙漠深处的一个由其亿万富豪父亲罗斯资助的名为"聚合"的秘密实验基地，参加病重的继母阿提斯的"告别仪式"。阿提斯自愿接受该基地研究的人体冷冻术将自己的大脑和重要器官冷冻封存，以便在未来某个科技更为发达的时间复活。该情节设置很容易让人将它与现实中位于美国亚利桑那州斯科茨代尔的阿尔科生命延续基金会（Alcor Life Extension Foundation）联系起来。阿尔科生命延续基金会是一所世界领先的人体冷冻技术研究机构，其目的是利用液态氮将被宣布为死亡的人体在极低温（一般在 –196°C 以下）的情况下冷冻保存，以期通过未来的先进医疗技术使他们重获生命。

抗拒死亡与实现永生是人类长久以来的梦想。近代各种通过人体冷

---

① Michiko Kakutani, "Review: In Don DeLillo's *Zero K*, Daring to Outwit Death," http://www.nytimes.com/2016/04/26/books/review-in-don-delillos-zero-k-daring-to-outwit-death.html.

冻、生物纳米、人工智能等高新技术突破人类身体极限的"超人类主义"[1]组织和机构的建立，无不折射出人类对于生命终点的恐惧以及对战胜死亡的渴望。著名人类学家厄内斯特·贝克尔指出，与地球上其他动物不同，对死亡的恐惧和对永生的渴望是人类生存于世的独有特征。人类行为的基本动机是通过某种象征性的"英雄体系"塑造一个"人生有意义的神话"，来控制对死亡的恐惧，乃至拒绝死亡[2]。贝克尔认为，人类的存在悖论或困境在于人是一种具有半动物自我和半象征自我的生物。象征自我使人类意识到自己"超越自然的至高权威与独一无二性"，但动物自我又使其意识到自己迟早"要回到几英尺的地下，在黑暗中默默无声地腐烂，永远地消失"[3]。人类的这种"煎熬困境"迫使他们通过更多地关注象征自我来抑制死亡引起的焦虑感，具体策略是通过一种"英雄主义"的"信念体系"创造能够"活过或胜过死亡与腐朽"、拥有"持久价值与意义"的事物，从而感受到生命中超越死亡的永恒价值[4]。在人类历史上，宗教曾成功地扮演了这种"英雄体系"的角色。无数宗教信徒们通过对具有超越性的神灵和来世的信仰来寄托生命的意义。"历史上所有宗教都致力于解决如何承受生命终点这个问题。"[5]

　　然而，随着近代自然科学的发展与启蒙运动的兴盛，传统宗教的神权体系受到挑战，人类社会逐渐从一个"信仰作为默认选项"的神权时

---

　　[1] 《超人类主义者宣言》第 4 条称，超人类主义者主张人类有权利利用技术延伸自己的精神和身体（包括生殖）能力，增强人类对自己生命的控制。参见 Nick Bostrom, "A History of Transhumanist Thought," *Journal of Evolution and Technology*, Vol.14, 2005, pp.1-25。

　　[2] Ernest Becker, *The Denial of Death*, New York: The Free Press, 1973, p.24.

　　[3] Ibid, p.26.

　　[4] Ibid, p.5.

　　[5] Ibid, p.12.

代迈入一个"无信仰占支配地位"的世俗时代①。科技及其代表的理性伦理价值观取代传统宗教的超越性伦理价值观成为新的"英雄体系"，人类转而依靠科技与工具理性在这个只有现世的世俗化时代寻找人生意义与生命价值。换言之，科技成为宗教在世俗时代的主流替代形式，不管它怎么通过"无视宗教和灵性的概念来伪装自己"②。然而，科技作为新的"英雄体系"在帮助人类控制死亡恐惧方面并不比传统宗教更行之有效。诚然，利用科技为人类创造更美好的生存条件进而实现人类繁荣是世俗化事业的内在要求与必然结果，科技发展也的确极大地改变了人类的生活方式和促进了人类社会的进步。然而，科技的发展并不等于人的发展。随着科技的不断进步，人类在实践活动中对科技的期望也越来越高，从而使其发展方向发生了偏移。在很长一段时间内，科技的发展不是以应该做什么的人性，而是以能够做什么的技术为指导原则，造成了环境破坏、恐怖主义和暴力战争等一系列负面影响。

小说中，"聚合"的赞助者和工作人员清楚地意识到这一点，他们在"聚合"走廊里的一块升降屏幕播放着气候灾难、死伤难民、武装冲突等影像资料。在他们看来，以科技理性为支撑的世俗世界已经病入膏肓：

食不果腹的人、无家可归的人、身陷围困的人、冲突不断的派系、宗教、教派与民族、垮塌的经济、此起彼伏的恶劣天气。我们能不受恐怖主义的影响吗？我们能抵挡网络攻击的威胁吗？我们还能做到真正的自给自足吗？……灾难已成为我们的床头故事。③

① Charles Taylor, *A Secular Age*, Cambridge: The Belknap Press of Harvard University Press, 2007, pp.12-13。泰勒认为西方社会经历了一次由不容置疑地相信上帝到信仰只是"多种选项"之一的变化。

② Ernest Becker, *The Denial of Death*, New York: The Free Press, 1973, p.7.

③ Don DeLillo, *Zero K*, New York: Scribner, 2016, p.65.

　　事实上，超人类主义者对科学技术的狂热崇拜使其俨然一位现代神明。小说中便描写了这样一群狂热的超人类主义者。罗斯夫妇将"聚合"及其人体冷冻术视为一种"基于信仰的技术"，继基督教上帝之后的"另一位神明"，一位"真实存在且真正拯救人类"的神明[①]。换言之，与传统基督教通过超越性的上帝帮助基督徒实现灵魂的超越和进入天国类似，罗斯夫妇相信当代科技将帮助他们超越死亡并获得永生，且由于有物质和技术支撑，这个现代意义上的神明是"真实存在"的。超人类主义者相信他们追求的是一种世俗的"技术超越性"[②]。"不愿意接受组织化宗教关于来世的承诺，人体冷冻术的支持者们选择一种物质主义的方式主动掌握自己的命运。"[③]然而，由于目前人体冷冻技术还远未达到实现人类复活和永生的水平，超人类主义者希望通过技术手段超越人类极限的愿望仍只是一种未来主义的幻想，在某种程度上与宗教信徒对假想神明的崇拜并无二致。"人体冷冻运动代表了一种使人类存在永恒化的工具。这种愿望如此之强烈，以至于对许多人来说该运动是一种替代性的宗教。"[④]

　　究其实质，世俗的"技术超越性"与宗教的神圣超越性都是人类假想的"英雄体系"，其目的是通过一个形而上的希望来控制死亡恐惧和抗拒死亡。这也解释了小说中罗斯夫妇以及其他病人似乎完全感受不到死亡恐惧甚至渴望提早接受冷冻术的原因，他们对技术将使人永生的信仰如此狂热，以至于他们根本意识不到死亡：病入膏肓的阿提斯坦然宣

---

①　Don DeLillo, *Zero K*, New York: Scribner, 2016, p.9.

②　Wendell Wallach, *A Dangerous Master: How to Keep Technology from Slipping Beyond Our Control*, New York: Basic Books, 2015, p.136.

③　Paula Bryant, "Discussing the Untellable: Don DeLillo's *The Names*," *Critique: Studies in Contemporary Fiction*, Vol. 70, 1987, p.789.

④　Ibid.

称对即将来临的死亡与人体冷冻手术"已做好充分准备，没有丝毫犹豫或迟疑"①。她对杰弗雷说："我无法告诉你，我如此渴望做这件事。走进另一个维度，然后回归。"②更为戏剧化的是，"聚合"中还有许多被称为"先驱"的人，他们自愿提前结束自己的生命以接受人体冷冻术，其中就包括忍受不了孤独与对亡妻思念的罗斯，他坚信未来的某个时间科技将"有办法抵挡导致死亡的情形"，"大脑和身体将得到修复，生命将回归"③。这种狂热的信仰在杰弗雷看来是一种类似"古老宗教"的虚妄信念，一种"更纯粹的光晕"和"超出正常经验衡量范围"的"超越性"④。与虔诚的宗教信徒求助于神明、麻痹自我和寄希望于来世相同，生活在只有现世的世俗时代的罗斯夫妇利用对当代科技的狂热崇拜来掩盖和克服自己对死亡的恐惧。然而，对永生的渴望也从另一个角度折射出当代人类对死亡的恐惧。有研究表明，加入人体冷冻术项目的成员或其家人倾向于花费大量时间思考自己的死亡。当他们面临死亡时，他们会感觉"这个世界正在抛弃他们……除此之外还有一种更为深刻的恐惧，就是对于消失和不存在的恐惧"⑤。正如马克·伊顿指出的："德里罗对超越性的兴趣离不开他对当代文化中蔓延的死亡恐惧的诊断，而这种恐惧又因为对来世信仰的丧失而恶化。"⑥

　　出于对死亡的恐惧和对科技的依赖，"聚合"中的超人类主义者试图

---

① Don DeLillo, *Zero K*, New York: Scribner, 2016, p.8.

② Ibid, p.92.

③ Ibid, p.4.

④ Ibid, p.79.

⑤ Paula Bryant, "Discussing the Untellable: Don DeLillo's *The Names*," *Critique: Studies in Contemporary Fiction*, Vol. 70, 1987, p.789.

⑥ Mark Eaton, "Inventing Hope: The Question of Belief in Don DeLillo's Novels," in *The Gift of Story Narrating Hope in a Postmodern World*, Emily Griesinger and Mark Eaton (eds.), Waco: Baylor University Press, 2006, p.33.

运用科技创造一个挪亚方舟式的新世界来对抗死亡和实现永生。这种违背自然规律的行为实质上是一种对当代科技的盲目崇拜，是技术中心主义的极端体现。科技发展本来的宗旨在于为人类服务、替人类谋福祉，但是当科技偏离了理性与人性化的发展轨道的话，它就会产生损害人类利益、阻碍文明发展的负面作用。被当代人顶礼膜拜的科技"不仅掌握着对物质世界的任意操控与创造的权利和手段，而且有着强烈的将人性物化、外化、机械化并最终使之销匿的内在冲动"①。死亡作为生命的终点是不可抗拒的自然发展规律，以罗斯夫妇为代表的人体冷冻术支持者们却寄希望于科技违背和改变这一规律。正如埃德·里吉斯所说，这群超人类主义者处于一种"追求全知全能愿望"的"世纪末狂躁情绪"中：

　　他们要重新创造天地万物，使人类获得永生。如果不能实现，就把人类转变为实质上永远不会死去的抽象的灵魂。他们要完全地控制物质的结构，把人类的正当主权扩展到太阳系、银河系和宇宙的各个角落。这真是一项浩大的工程；而在这些充满了世纪末狂躁情绪的年代里，科学和技术实际上就是出于这样一种好大喜功的状态中。②

　　正是这种认为科技无所不能的非理性情绪，使得"聚合"被视为拯救人类于世界末日的挪亚方舟，因为在这个灾难"压垮了我们身体与心灵中脆弱和恐惧的部分"的时代，该基地"固定的选址"以及万无一失的"防地震措施"将能够抵御任何"系统故障"。③

---

　　①　吴文新：《科学技术应该成为上帝吗？——对一种纯粹科技理性的人学反思》，《自然辩证法研究》2000年第11期，第10页。
　　②　[美]埃德·里吉斯：《科学也疯狂》，张明德、刘青青译，中国对外翻译出版公司，1994，第7页。
　　③　Don DeLillo, *Zero K*, New York: Scribner, 2016, p.29.

另一方面，当代科技强烈的异化作用对人性价值与人际关系提出了极大的挑战。"聚合"中一具具封闭冷藏在小舱室中的似乎并不是人体，而是某种等待加工处理的实验物品：

> "我们将用纳米机器人殖民他们的身体。"
> "更新他们的器官，使他们的各个系统再生。"
> "胚胎干细胞。""酶，蛋白质，核苷酸。"
> "他们将成为我们的研究对象和玩耍的玩具。"①

他们丧失了最基本的人类特征和人性价值，变得像"聚合"中摆设的人体模型一样，"没有性别也没有身份"。出人意料的是，这竟是他们自己的愿望，他们来到"聚合"的目的就是摆脱一切世俗形式的束缚，"摆脱作为面具的人"，摆脱作为"朋友或陌生人或爱人或子女"的他者，成为一个真正意义上的"自我"，然后"以赛博人的形式出现在一个用完全不同的方式交流的宇宙中"②。然而，小说不禁发出质疑的声音："人没有了他者还能称为人吗？"科技对人的自我价值、人与他人社会关系的异化作用可见一斑。

由此可见，科学技术作为新的"英雄体系"在为人类塑造一个"人生有意义的神话"上并不如传统宗教行之有效。随着现代人对神和上帝信仰的破灭，以理性为根基的世俗社会由于缺少权威的立法者而陷入相对主义和虚无主义的困境。"人们的日常生活再也不需要宗教的解释，生命因之变得再无意义，每个人在现代社会仅仅熙来攘往于富贵与贫贱，在这样的癫狂中，不是宗教徒，而是所有生于斯世的人，迷失了自己生

---

① Don DeLillo, *Zero K*, New York: Scribner, 2016, p.71.

② Ibid, p.67.

命的终极意义。"①主人公杰弗雷便是这样一个在世俗世界中迷失了人生方向和失去生命意义的人。杰弗雷回忆自己童年时参加天主教圣灰星期三仪式的一次经历。他说："我不是天主教教徒,我的父母也不是天主教教徒。我不知道我们是什么。我们是'吃和睡',我们是'把老爸的西装拿去干洗'。"②但是当牧师将棕枝灰涂在他脸上后,他却感觉自己正"投身于一个有意义的场景中",他希望"这污渍维持上几天和几周"。③可见,以杰弗雷为代表的当代世俗个体感受到了物质主义生活方式的枯燥与无趣,他们生活在一个意义匮乏、灵性贫瘠的当代精神荒原之上。正如"聚合"中的一位人物所说："我用我的手指就能戳穿当代生活的稀薄。"④

二、语言困境、秩序渴求与灵性超越

德里罗的小说创作一贯表现出对语言的高度重视和敏感。他曾在一次访谈中说道："当我创作一个句子时,我能从每一个字眼中辨认出自己的影子。是我书中的语言把我作为一个人塑造了出来。"⑤《绝对零度》承袭了这一语言特点。主人公杰弗雷成长在一个并不幸福的中产阶级家庭,父亲罗斯忙于工作无暇照顾家庭,久而久之与母亲玛德琳疏于感情交流,致使二人的矛盾不断升级,最终罗斯弃家而去。父母感情不和直接对童年杰弗雷的心理造成了负面影响,首当其冲的就是杰弗雷对语言

①　郑莉、尹振宇:《巫术、理性化与世俗化——马克斯·韦伯宗教演化思想解析》,《学术交流》2016 年第 1 期, 第 144 页。

②　Don DeLillo, *Zero K*, New York: Scribner, 2016, p.15.

③　Ibid, p.16.

④　Ibid, p.89.

⑤　Thomas DePietro, *Conversations with Don DeLillo*, Jackson: University Press of Mississippi, 2005, p.82.

与意义的认知。据杰弗雷回忆，在父母尚未分开时，父亲曾用"fishwife"称呼母亲。杰弗雷对这个称呼感到十分费解，查阅字典发现有"coarse woman, a shrew"（粗俗的女人、悍妇）的意思，但他不明白"shrew"是什么意思，追查后发现它源自古英语"shrewmouse"（地鼠），而"shrewmouse"又继续指向更令人费解的"insectivorous"（以虫类为食的）和"vorous"（以……为食的），以至于杰弗雷不得不追查下去[①]。从后现代理论角度来看，语言对于杰弗雷来说陷入了能指与所指脱离的嬉戏状态，成为拉康意义上"漂浮的能指"，进入一种无休止的互相指涉的能指链状态，其所指意义也由此永远处于滑动状态，无法锚定下来。难怪三四年后杰弗雷在阅读一本 20 世纪 30 年代的欧洲小说再次遇到"fishwife"一词时，他试图回忆并理解父母当时的婚姻状态，但他什么也想象不出来，一无所知。对父母婚姻的困惑使杰弗雷感到生活中其他事物的意义也充满了不确定，对它们充满不信任感，他开始养成"为某个事物或概念的词下定义"的习惯，他给母亲做针线活时用的"滚轴"下定义，他给抽象的概念"忠诚""真理"下定义，以至于他自己都感觉有必要停止这个疯狂的举动，但是他停止不下来。家庭的不幸和对语言意义的认知障碍使杰弗雷变得孤独、敏感、缺乏安全感。他对其他人的住所充满恐惧，却在装瘫和黑暗中闭眼的游戏中感受自己的存在。

但是，德里罗并没有让杰弗雷陷入德里达意义上语言内涵无限"延异"的状态，而是试图以语言自身为媒介，让他在其中寻获存在的意义。事实上，德里罗的创作一直对名字和命名表现出一种偏爱。作为语言的一种重要形式，名字赋予事物和人区别于其他事物和人的符号信息与意义，因此命名就是为事物和人与世界之间建立一种联系。成年后的

---

① Don DeLillo, *Zero K*, New York: Scribner, 2016, p.25.

杰弗雷曾交往过一个女朋友，但他竟弄不清楚她的名字是"Gale"还是"Gail"，于是他决定每天轮流称呼她，以体会这两个名字在他们交往过程中产生的差异。初次来到"聚合"这个陌生幽闭的时空环境时，杰弗雷感受到一股前所未有的焦虑感和命名的冲动，只有在想象中为"聚合"的事物和人重新命名的过程中，他才能锚定他们所代表的意义，才能感受到"聚合"在时间和空间上的真实存在。"重新命名显示了一种纯真和再生。"① 另外，杰弗雷对父亲改名的举动表示理解，因为改名可以使"人从阴暗的自我进入彩虹色的虚构世界"②。由此可见，对德里罗而言，命名赋予被命名的人和事物一种神秘属性。与命名类似，德里罗对"专业语言"与"术语"显示出极为浓厚的兴趣，如《拉特纳之星》中的数学术语以及《地下世界》的核术语。究其原因，德里罗认为科学语言"既神秘又准确"，是"一种新名字以及人与世界之间新联系的来源"，尤其是数学这种纯科学，可以"给人带来一种宗教的感觉""一种神秘的吸引力"。③ 而他的小说，例如《名字》等，也暗示神秘的语言或许可以为徘徊在后现代意义虚无边界的主体提供救赎的机会。

在小说《绝对零度》中，德里罗想象了一种接近"纯数学"的"比世界上现存的任何一种话语形式都更富表达力、更精准的语言体系"④。当杰弗雷在"聚合"内部一个人工花园中与一位名为本·埃泽拉的老人相遇时，老人向充满疑问的杰弗雷讲述着"聚合"的优越之处，其中就包括"聚合"使用的全新语言：

① Thomas DePietro, *Conversations with Don DeLillo*, Jackson: University Press of Mississippi, 2005, p.9.

② Don DeLillo, *Zero K*, New York: Scribner, 2016, p.82.

③ Thomas DePietro, *Conversations with Don DeLillo*, Jackson: University Press of Mississippi, 2005, p.9.

④ Don DeLillo, *Zero K*, New York: Scribner, 2016, p.233.

一种可以提供新意义和全新感受层次的体系。

它将使我们的现实得到扩充，使我们的智力限度得到延展。

它将改造我们，他说。

我们将焕然一新，血液、大脑、皮肤。

我们的日常语言将接近纯数学的逻辑和美感。

没有明喻、隐喻、类比。

一种在我们从未体验过的任何一种客观真理形式前都不会畏缩的语言。[1]

对本·埃泽拉、罗斯、阿提斯以及"聚合"的赞助者和支持者们来说，这种全新的语言体系将使接受冷冻术的人获得一种类似宗教的神圣超越体验。未来被复活的他们就像进入天堂一样，将使用全新的"符号、象征、手势和规则"[2]，从而完全超脱于地表这个"正在各种体系下沦陷"[3]的世俗世界。然而，主人公杰弗雷对此有不同的看法。他认为"聚合"研究的"有信仰的技术"[4]及其语言体系代表着人类不断认识和了解世界的欲望，但欲望之下隐藏的是人类对未知和死亡的恐惧，许多人并没有意识到"我们未知的事物正是使我们成为人类的东西"[5]。生命也不可能没有终点，因为自一个人出生开始，他的"日子就已经数得着了"[6]。换言之，杰弗雷认为人类不应该把自我救赎的希望寄托于人体冷冻术承诺的

---

①   Don DeLillo, *Zero K*, New York: Scribner, 2016, p.130.

②   Ibid, p.245.

③   Ibid, p.239.

④   Ibid, p.9.

⑤   Ibid, p.131.

⑥   Ibid.

来世和永生上，这种对当代科技的盲目崇拜只是重复古老宗教自欺欺人的把戏。相反，他认为当代人应该认识到并接受人生的有限性，在人类唯一拥有的现世而非在对来世的幻想中寻获救赎。

尽管受到阿提斯的邀请，杰弗雷仍然坚定地认为依靠人体冷冻获得永生不可信。在见证父亲罗斯接受冷冻术之后，杰弗雷毅然回到现实生活之中。虽然他自知世俗的现实生活中充满死亡恐惧，缺少当代人要寻找的人生意义和精神支撑，但他清楚地认识到现世生活是当代人唯一可以信赖和依靠的。他的选择是在世俗生活中寻找神秘的灵性力量来刷新自己对生活的感触。例如，他偶尔会夜间造访前女友艾玛曾居住的街区，以"感受一种内在性"①，因为用这样的方式可以让他"感受到一种从未试图理解的可能性"②。由此可见，杰弗雷开始尝试勇敢接受和面对自己的情感挫折。再者，杰弗雷去博物馆偷听游客的对话，只为"辨认或者试图辨认或者仅仅猜测他们使用的语言"③。他的目的在于从语言的神秘性中寻获对抗虚无现实的方法。正如戴维·科沃特所言："德里罗的文本实际上是对后现代主义信条的削弱。深知语言是一种疯狂的环形结构，是对它自身假定指称性的疯狂颠覆，作者还是在语言的神秘属性中肯定了一种神圣的力量。"④

杰弗雷最终在一种神秘的语言形式——小孩的咿呀声或哭声中获得一种世俗灵性体验。德里罗对小孩的咿呀声非常着迷，他认为"咿呀声可以是一种令人受挫的语言，也可以是一种更为纯洁的语言形式，一种

---

① Don DeLillo, *Zero K*, New York: Scribner, 2016, p.266.

② Ibid, p.267.

③ Ibid, p.266.

④ David Cowart, *Don DeLillo: The Physics of Language*, Athens: University of Georgia Press, 2002, p.5.

备用语言"①。在小说《白噪音》中，格拉迪尼的小儿子怀尔德长时间的大声哀哭让格拉迪尼感觉"在那哭糊涂了的面容后面，有一种复杂的灵性在起作用"②。在一次访谈中，德里罗说："小孩的语言不只是胡言乱语……他们知道某些事物，但是无法告诉我们。或者他们记得这些事物，但是我们早已忘记。"③换言之，小孩的咿呀声或哭声虽然无法辨认或解释，却携带着某种原始的神秘和灵性力量。小说结尾，杰弗雷坐在一辆行驶在暮光中的公共汽车上，发现一个小男孩面向后窗对着发光的太阳指点和哭喊。

这就是男孩看到的吗？我离开座位，站在一旁。他的双手蜷在胸前，半握拳头，握得不紧，正在发抖。他的母亲安静地坐着，陪他一起看。伴随着哭声，男孩微微跳了一下。他的哭声不止，令人兴奋，一种前语言时期的咕哝声。我厌恶自己认为他受到如巨头症或者精神缺陷的某种伤病的想法，但是这些充满畏惧的号叫声比话语贴切多了。

一轮圆日，照射在街道上，照亮了位于我们两侧的塔楼。我告诉自己，男孩看到的不是天空向我们压来，而是近距离接触地球与太阳的纯粹惊讶之情。④

正如格拉迪尼的家人从怀尔德的哭声中感觉"就好像他刚刚从某个

---

① Thomas DePietro, *Conversations with Don DeLillo*, Jackson: University Press of Mississippi, 2005, p.7.

② [美]唐·德里罗：《白噪音》，朱叶译，译林出版社，2002，第87页。

③ Thomas DePietro, *Conversations with Don DeLillo*, Jackson: University Press of Mississippi, 2005, p.72.

④ Don DeLillo, *Zero K*, New York: Scribner, 2016, p.274.

遥远、神圣的地方，从大漠荒野里或成年积雪的大山中流浪归来"[1]一样，杰弗雷也从男孩的号哭中感受到了神秘灵性的超越力量，以至于最后他获得了一种顿悟体验。"我不需要来自天堂的光，我已经拥有男孩充满奇迹的哭声了。"[2]可见，对杰弗雷来说，当代人追寻的精神依靠和终极意义并非来自虚无缥缈、遥不可及的神圣天堂，而是存在于近在咫尺的世俗语言之中。正如科沃特的评论："对德里罗来说，语言仍然是一种世俗的但是救赎的神秘物质。"[3]

---

[1]　Don DeLillo, *Zero K*, New York: Scribner, 2016, p.88.

[2]　Ibid, p.274.

[3]　David Cowart, "Don DeLillo's *Zero K* and the Dream of Cryonic Election," in *Don DeLillo*, Katherine Da Cunha Lewin and Kiron Ward (eds.), London: Bloomsbury Academic, 2019, p.144.

结　论

　　随着西方社会现代化与世俗化进程的推进与深入，许多理论家认为宗教已经逐渐从公共生活领域退出，理性和科学取代宗教信仰成为现代文明的发展基石。马克斯·韦伯认为世界的世俗化过程是一个"理性化""理智化"和"祛魅化"的过程。具体而言，宗教的超越价值观对现代人类生活的影响正在变弱，科学技术替代神或上帝的魔法力量而成为人类新的依靠。人类不再把来世的生活作为人生目标来追求，而是注重在现世生活中实现自我的价值。换言之，神或上帝不再是人类信仰和供奉的高高在上的绝对权威。取而代之，世俗理性成为指导人类生活与实践的最高准则。然而，世俗化给现代社会带来的影响是双重的：一方面，神权的衰落和人性的解放使西方资本主义国家在自由市场经济基础上迅速发展和繁荣起来，越来越多的世俗公民享受着发达的科学技术和丰盛的物质商品给他们带来的舒适生活体验，技术至上主义和消费主义逐渐成为世俗社会的显著特征。另一方面，随着工具理性不断通过目的行为将主体的意志强加于客体，对客体进行压制，理性的祛魅化工程最终将矛头指向了自己。大规模的社会生产和消费极大地破坏了人与自然、人与人以及人与社会的和谐关系，制造了一系列的生态、伦理与社会危机。

当代西方世界正遭遇环境污染、人性异化、暴力战争和恐怖主义等一系列现代社会病症。再者，西方社会的世俗化破坏了传统基督教普遍主义的世界观及其伦理价值体系，导致以理性为指导原则的世俗公民因为缺乏权威的立法者而陷入道德相对主义和虚无主义的困境。依靠科技理性为人类创造福祉、推动人类文明发展与繁荣导致的负面影响促使现代人对世俗社会及其伦理规范进行反思。20世纪60年代以来，一批欧美青年掀起了一场大规模的反主流文化运动与向东方宗教或其他神秘主义信仰寻求精神安慰的风潮。在此背景下，许多学者和理论家开始对人类社会现代化进程必然导致宗教式微的世俗化理论提出质疑。虽然这些学者与理论家的观点和表述有所不同，但他们的一致看法是旧式宗教在当代人类的个人生活中依然具有影响力，且在全球范围内呈现出复兴的趋势。换言之，当代人类仍然具有灵性和超越性的需求，这种需求投射出他们对自我超越、伦理秩序与生命意义的渴望。

作为一名对社会现实保持敏锐洞察力的作家，德里罗在其小说创作中对技术至上、消费狂欢与精神匮乏的美国当代社会进行了真实再现与深度批判。受早期天主教成长背景的影响，德里罗对美国当代社会的剖析与批判不可避免地与当代美国公民的精神信仰状态联系在一起。他的小说揭露了身处虚无困境之中的当代美国公民对自我救赎、伦理秩序和灵性超越的渴望。就德里罗小说的灵性与超越主题研究而言，学界多从宗教角度对其进行关注，未能区分德里罗小说中的世俗灵性与宗教灵性的差异。新兴的后世俗研究虽然刷新了人们对德里罗作品中灵性与超越主题的理解，但是因"后世俗"概念本身的宽泛性与复杂性，研究者未能对宗教、灵性与世俗三者的定义与关系进行清晰界定，导致他们无法精准把握德里罗作品中灵性的具体属性与丰富内涵。

本书以德里罗早、中、晚三个时期的九部小说为研究对象，在进一步厘清灵性概念的基础上，对德里罗小说中的灵性属性及其伦理内涵进行更为深入的解读。本书认为德里罗小说中的人物体验的并不是以"弱化宗教"或"不完整信仰"为特征的后世俗灵性，而是一种与宗教并无关联的"世俗灵性"。基于对"世俗"和"灵性"概念的具体理解，本书提出了"世俗灵性"的一种操作性定义：它是无信仰者依靠个体对物质世界中的客观事物或活动的体验来追寻生命终极意义的一种方式。本书理解的世俗灵性既不同于依赖上帝或神的传统宗教灵性，也不同于风靡西方世界的各式现代灵性信仰，而是指无信仰者依靠世俗日常本身寻获神秘崇高的精神体验，以期实现自我内在超越的一种灵性形式。借助此概念，本书旨在说明德里罗小说中的人物试图在世俗日常中实现灵性觉醒和内在超越，以摆脱当代消费社会和技术拟像对个体自我的束缚与侵蚀，并积极改善个体与他者、个体与社会之间的伦理关系。

德里罗通过其小说创作深刻揭示和反映了当代美国世俗公民的自我意识在超现实的虚幻拟像、混乱的语言秩序以及全球化的金融资本体系中沦陷的过程。德里罗的小说继承了"垮掉的一代"作家反叛传统文化与渴望灵性信仰的特点，刻画了一批陷入自我意识危机的人物。资本主义生产方式对人与自然、人与人和人与社会的异化作用以及大众媒介对当代社会现实的拟像作用使这些人物的主体自我意识迷失，陷入一种漂浮的"第三人称"状态，并由此引发了他们的道德与精神危机。当代世俗个体追逐享乐而拒绝承担责任与义务的人生态度反映出"后义务论时代"的道德与精神虚无困境。强烈的精神空虚感与自我迷失感促使当代世俗个体对具有神秘主义属性的宗教信仰充满渴望。然而，他们对宗教信仰的态度又充满矛盾。一方面，受自然知识与科技理性的影响，他们对建立在形而上基础之上的宗教信仰表示质疑。另一方面，失去超越性寄托、身处自我意识危机中的他们又渴望从宗教之外的灵性形式中获得一种类宗教的顿悟与超越的体验，以重获自我意识和摆脱虚无困境。因此，与其他许多同时期作品不同，德里罗小说中的人物经历了一次特殊的灵性追寻之旅：他们既不依靠传统的制度性宗教，也不依靠作为传统宗教变体的各种后世俗"弱化宗教"，而是依靠客观的日常事物本身追寻一种与宗教无关的世俗灵性和内在超越。

德里罗着重关注了语言与主体自我意识之间的紧密关联。他的小说塑造了一批遭遇后现代语言危机的人物。语言的能指与所指关系的牢固性与确定性被打破，意义在永无止境的互文性中无限延异，作为西方传统文化根基的逻各斯中心主义由此被解构。受困于后现代语言樊笼之中，德里罗小说人物的自我意识和人生意义也因失去稳固的根基而变得孱弱和虚无，导致他们生活在一种自我疏离、精神空乏、充满不确定性与恐惧感的状态中。由此，他们渴望通过一种神秘的语言重构真实的自我和寻获稳定的意义。他们甚至受到邪教组织通过匹配姓名首字母杀人行为的吸引，因为他们期待像邪教组织成员一样从语言的能指符号关联中获得某种稳定的结构意义，却发现宗教组织封闭的语言观中蕴藏着混乱无序和自我毁灭的潜质。最终，德里罗暗示当代世俗个体可以在世俗的日常和语言中体验到一种灵性的觉醒与内在超越的感受，并由此产生了一种重获自我意识和人生意义的积极生活姿态。

德里罗的小说还对受技术与资本操纵的当代世俗个体的自我异化与精神困境进行了真实呈现与透彻剖析。现代人对金融资本的依赖使他们受金钱和财富的异化影响更加严重，依靠资本本身增值快速获取的财富使当代人更加沉迷于资本的欲望之中，以至于他们的自我意识在金融资本中被异化。资本不再是人的手段反而替代人自身成为目的。财富与资本带给当代世俗个体的成就感与满足感使他们陷入了强烈的自我中心主义，导致了他们排斥他者甚至是暴力消灭他者的伦理立场，使他们陷入了严重的道德困境和虚无主义之中。因此，他们试图通过技术与资本的结合寻获一种超越的世俗灵性体验。由技术与资本汇集而成的神秘而崇高的世俗灵性力量，已经替代神圣的传统宗教成为当代人崇拜的对象，他们崇拜这种类宗教的世俗灵性与内在超越力量，并将它视为摆脱混乱现实和通往美好未来的决定性力量。然而，当这股世俗灵性力量受到众人的盲目崇拜且超脱了人的意志控制时，它就像传统宗教一样成为控制当代人类自我意识和生活方式的力量。德里罗似乎在向他的读者暗示：虽然当代世俗个体寄希望于技术资本这一世俗灵性力量，但是他们却缺乏对其规律和缺陷的理解与接受。或许只有在艺术灵性中汲取一种自我提升的内在超越体验，才能实现资本主义社会中异化主体的自我救赎。

其次，德里罗的小说呈现了当代世俗社会他者的差异性如何被自我同一，他者如何成为主体自我控制和打压的对象，遭遇暴力和不公正待遇，以及人际关系不断恶化的伦理危机。同时，作为一名具有道德意识的作家，德里罗的作品中包含了"潜在的道德力量"①，他在自己的小说创作中为解决当代社会的他者伦理危机提供了可能的解决方案。事实上，许多西方学者都认识到这一伦理危机并积极寻求有效的解决方法，其中最具代表性的是法国哲学家伊曼努尔·列维纳斯。列维纳斯强调自我与他者之间的关系是责任关系，呼吁建构以自我对他者的责任为目标的伦理体系。列维纳斯的他者伦理并没有否定主体的存在。相反，在我承担他者的召唤，并赋予自我伦理责任的过程中，我的主体性才得以生成。由此，列维纳斯的主体已经不是近代哲学中所说的主客体对立关系的主体，而是承担责任的主体。另外，也有人主张通过自我的灵性觉悟改善自我与他者的关系。英国哲学家和小说家艾丽斯·默多克发现，灵性实

---

① Paul Giaimo, *Appreciating Don DeLillo: The Moral Force of a Writer's Work*, Santa Barbara: Praeger Publishers Inc, 2011, pp.20-21.

践可以锻炼人的道德感知力。"冥思性的祷告，即使不指向上帝，也可以帮助人类净化欲望。而信仰一种超越性的良善和美可以避免我们对他者感官上的扭曲印象，使我们能够平等真实地看待他者。"[①]与默多克相似，德国灵性导师艾克哈特·托尔考察了灵性觉醒对于人类摆脱小我束缚、促进人类意识进化的必要性和重要性。托尔认为当代人类面临的最大危机是人类集体心智的功能失调；人类引以为豪的科学理性不但没有缓解反而强化了这种功能失调所造成的破坏力；恐惧、贪婪和权力欲望，成为造成各种人际关系冲突不断的主因。这种功能失调深植于每个人心智中的那个集体幻象，人类要化解这个危机就必须转变自己的意识状态，摆脱小我心智对人类情绪的控制，通过觉察和感知内在自我的方式体悟到自我是那个不受制约、无形无相、永恒的意识，进而让这种与宗教无关的世俗灵性觉醒和由此带来的新思维和感知方式在外在的物质世界发挥影响。

　　与这些理论家类似，德里罗主张通过自我和他者之间平等共处、和谐统一的关系超越二者的二元对立关系。在德里罗的小说中，主人公们总是处于自我中心和对他者的伦理漠视状态之中，而极端的个人主义与对他人责任的缺失又使这些人物陷入孤独、迷失和精神虚无的深渊。然而，虽然他小说中的人物结局一般都较为悲惨，但他并非只是对当代世俗人类他者伦理困境进行消极的呈现。自我的孤独迷茫与道德责任感的缺乏使他小说中的世俗人物对一种世俗灵性充满了渴望。这种以内在超越为基础的世俗灵性旨在促进个体自我的提升与成长，不但为修复病态的世俗个体自我提供了希望，而且赋予了其一种集体归属感，使其恢复对他者的责任与义务。

---

① 　William C. Spohn, "Spirituality and Ethics: Exploring the Connections," *Theological Studies*, Vol. 58, 1997, p.116.

此外，德里罗的小说还对现代社会中技术理性地位的不断抬高所导致的社会疏离、环境污染、死亡恐惧等当代社会发展危机进行了呈现。在小说中，德里罗描述了一群受世俗理性伦理与科学技术消极影响困扰的主人公，他们尝试在世俗日常事物中体验一种类宗教的神秘灵性，期望这种世俗灵性体验帮助他们实现内在的自我超越。随着功利主义道德哲学在现代西方社会的盛行，无论是个人自身的价值还是个人与他人、与社会的关系都受到负面影响。自我价值的实现逐渐让位于对现实利益的追逐，各种人际关系和人性情感逐渐被市场关系侵蚀和吞没。随着功利主义对传统信仰和道德秩序的破坏与毁灭，整个西方社会沦落为一个冷漠而贫瘠的精神荒原。置身于这样一个物化和病态的功利主义社会之中，个体不可避免地遭遇存在虚无与社会疏离的困扰。他们尝试通过空旷的沙漠、激情的运动等在世俗与灵性之间找到一个交叉点，即通过客观事物寻找类宗教的世俗灵性与内在超越，以摆脱功利主义价值观带来的存在虚无与社会疏离感。然而，德里罗并没有明确表示他的小说人物获得了成功。由于缺乏灵性信仰和积极入世的热情，这些人物的世俗灵性追寻之旅通常以失败告终。

德里罗还从消费主义与生态危机的联系方面对小说人物的灵性探索和精神救赎进行了探讨。随着冷战时期美国和苏联两个超级大国之间的军备竞赛愈演愈烈，国际政治不稳定因素、战争和恐怖主义威胁持续增加。同时，出于对政治局势和暴力战争的恐惧，美国国民将注意力转向购物与消费，极大地促进了冷战时期美国市场经济的发展与繁荣。消费剧增和经济繁荣带来的负面影响是消费者因过度崇拜商品和沉溺于物质享乐而灵性枯竭和精神异化。另外，消费制造的垃圾不但使环境污染问题进一步恶化，加剧了消费者精神上的生态危机和对死亡的恐惧。德里罗在小说中描写了当代人对资本主义消费社会既不满又依赖的矛盾心态，以及在这种心态下从世俗日常中寻找宗教替代品即世俗灵性与内在超越的渴望。德里罗暗示当代世俗个体通过世俗日常与群体可以实现一种非制度性宗教的灵性与内在超越体验，并且摆脱世俗伦理导致的道德相对主义与精神虚无主义困境，但是他也表明，过度依赖技术与消费的当代世俗文化正越来越多地呈现出一种取消人文主义价值和威胁人类生存环境的负面影响，而这反过来又可能影响当代人对世俗灵性的信心。或许只有基于世俗日常的艺术灵性力量，才能使当代人摆脱对消费主义这种"新型宗教"的顶礼膜拜，让他们恢复对世俗日常和当下现实的理性认识，帮助他们抵御死亡恐惧和精神空虚，找回人生的方向与意义，实现世俗个体的自我超越与资本主义社会的救赎。

　　步入晚年之后，德里罗延续着对灵性与超越主题的探讨，并将其与他对科技和死亡伦理更加严肃和睿智的思考联系起来，从而赋予该主题新的维度与深度。德里罗的最新小说《绝对零度》通过描写当代超人类主义者试图运用高科技手段抵御死亡获得永生，反映了当代人对科技的盲目崇拜和对死亡的极度恐惧。出于对死亡的恐惧和对科技的依赖，他们试图运用科技创造一个挪亚方舟式的新世界来抵抗死亡和实现永生，反映了当代超人类主义者通过万能的科学技术控制和改变自然规律的愿望。然而，这种"技术中心主义"的立场和对科技的宗教式崇拜异化了人的特征和价值，科技正在偏离服务人类、造福人类的预设轨道。与之相对，主人公杰弗雷在日常事物与神秘语言中体验到了一种类宗教的世俗灵性，实现了自我的内在超越，从而获得了正视死亡恐惧的能力。通过主人公杰弗雷的世俗灵性体验，德里罗试图表明：当代人只有在日常生活中积极寻求世俗灵性力量，承认并接受生命的有限性与脆弱性，才能真正实现自我的超越和克服死亡恐惧。

　　与许多后现代文学作品中主体去中心化和自我零散化的消极观点不

同，德里罗虽然没有明确表明其小说人物是否成功实现了自我救赎，却通过他们对灵性觉醒与自我超越的渴望，暗示了当代社会个体摆脱精神与伦理困境的一条出路——世俗灵性与内在超越。德里罗的小说创作反映了，深处自我意识、他者伦理与社会发展危机之中的当代美国人对一种类宗教的世俗灵性与内在超越的向往，揭示了当代美国公民对自我超越、伦理秩序与生命意义的迫切需求。德里罗通过其小说人物的世俗灵性与内在超越倾向，暗示作为传统基督教伦理与外在超越权威的替代物，世俗灵性与内在超越有助于当代美国世俗社会的公民摆脱世俗理性与科学技术伦理造成的道德虚无主义、自我中心主义和人性异化的困境，从而恢复对真实自我的认识，构建自我与他者的责任关系，实现人与自然、人与社会的和谐发展。从此意义上来看，德里罗不仅对当代美国世俗社会的危机特征以及美国人的精神信仰状况与伦理境遇进行了深刻剖析，而且对当代世俗个体对他者与社会的责任做出了回应。尽管德里罗没有在任何一部小说中肯定地指出这一点，但是他却让读者看到了世俗灵性与内在超越在未来人类文明发展中能够发挥积极作用的希望与曙光。正如他的小说《欧米伽点》中的主人公所说："意识在积聚。它开始反省自身。这样的情况让我们几乎有一种数学形态的感觉。几乎存在某种我们尚未发现的数学或物理法则，能证明心智能超越任何向内的方向。就是欧米伽点。"① 或许只有当人类的意识积聚到一定程度，他们才能真正见证世俗灵性与内在超越的无限潜力。

德里罗在一次访谈时被问到，他对被视为后现代派小说家是什么反应。他回答道："我什么反应也没有。我宁愿不被贴上任何标签。我就是

---

① ［美］唐·德里罗：《欧米伽点》，张冲译，译林出版社，2013，第77页。

一个作家，某一时代的作家。"① 任何单一的标签都无法完全容纳德里罗小说的思想内涵与启示。因此，本书只是从某个特定角度对德里罗小说进行深入研究的一次尝试。德里罗研究还存在巨大的空间，有待国内外学者共同开发与深化。另外，由于灵性超越概念与理论的庞杂与多元性，本书在概念的选取、整合以及运用上仍存在较大的不足与局限性，有待进一步厘清、修正与补充。

---

① Thomas DePietro, *Conversations with Don DeLillo*, Jackson: University Press of Mississippi, 2005, p.115.

参考文献

一、中文文献

1. 专著

《马克思恩格斯选集》第 2 卷，人民出版社，1972。

《资本论》第一卷，人民出版社，2004。

陈俊松:《唐·德里罗小说中战后美国的文化记忆研究》，科学出版社，2021。

陈世丹:《关注现实与历史之真实的美国后现代主义小说》，厦门大学出版社，2012。

陈世丹:《美国后现代主义小说艺术论》，辽宁师范大学出版社，2002。

范小玫:《新历史主义视角下的唐·德里罗小说研究》，厦门大学出版社，2014。

范长征:《美国后现代作家德里罗的多维度创作与文本开放性》，辽宁大学出版社，2016。

侯维瑞、李维屏:《英国小说史》(下),译林出版社,2005。

金泽、梁恒豪:《宗教心理学》(第3辑),社会科学文献出版社,2017。

孔瑞:《"后9·11"小说的创伤研究》,北京交通大学出版社,2015。

李霄垅:《恐怖主义的病理机制:唐·德里罗的反恐怖主义小说》,上海译文出版社,2018。

李泽厚:《批判哲学的批判——康德述评》,天津社会科学院出版社,2003。

刘岩:《唐·德里罗小说主题研究》,云南教育出版社,2016。

裴云:《波德里亚理论及其在中国的传播》,暨南大学出版社,2014。

塞缪尔·亨廷顿:《文明的冲突与世界秩序的重建》,周琪等译,新华出版社,1998。

沈非:《唐·德里罗小说中的后现代超真实》,上海交通大学出版社,2019。

沈谢天:《唐·德里罗小说的后世俗主义研究》,苏州大学出版社,2022。

史岩林:《论唐·德里罗小说的后现代政治写作》,中国社会科学出版社,2018。

杨梅:《唐·德里罗〈第六场〉言语行为及互文性研究》,华中师范大学出版社,2015。

杨仁敬:《美国后现代派小说论》,青岛出版社出版,2004。

张瑞红:《唐·德里罗小说中的媒介文化研究》,中央民族大学,2015。

赵修义、邵瑞欣:《教育与现代西方思潮》,中国科学技术出版社,1990。

赵学森等主编《体育文化与健康教育》，北京理工大学出版社，2015。

朱荣华：《唐·德里罗小说中的后现代伦理意识研究》，中国社会科学出版社，2018。

朱新福：《美国文学中的生态思想研究》，苏州大学出版社，2006。

2. 期刊

陈璇：《走向后现代的美国家庭：理论分歧与经验研究》，《社会》2008 年第 4 期。

程国斌：《对死亡的生存论观照及其对"他者伦理"的敞开》，《社会科学战线》2014 年第 10 期。

付天睿：《西方近代哲学"他者"地位的主体间性转变》，《人文天下》2015 年第 13 期。

黄向辉：《穿越都市的迷宫——解读唐·德里罗的〈大都会〉》，《英美文学研究论丛》2012 年第 2 期。

李公昭：《名字与命名中的暴力倾向：德里罗的〈名字〉》，《解放军外国语学院学报》2003 年第 2 期。

李楠：《〈大都会〉：机器与死亡》，《外国文学》2014 年第 2 期。

李震红：《〈坠落的人〉中的坠落与救赎》，《湖南科技大学学报（社会科学版）》2015 年第 2 期。

朴玉：《从德里罗〈坠落的人〉看美国后"9·11"文学中的创伤书写》，《当代外国文学》2011 年第 2 期。

沈谢天：《后世俗主义：后现代哲学中孕生的新式信仰——以唐·德里罗小说〈球门区〉为中心》，《解放军外国语学院学报》2016 年第 3 期。

陶东风：《艺术与神秘体验》，《学术月刊》1990 年第 9 期。

乌媛:《现代灵性和宗教的关系模式探讨》,《宗教社会学》2015年第0期。

吴文新:《科学技术应该成为上帝吗?——对一种纯粹科技理性的人学反思》,《自然辩证法研究》2000年第11期。

岳长红、马静松:《对死亡恐惧的形而上追问》,《医学与哲学》2014年4月第35卷第4A期。

张众良等:《强迫症病理的认知-行为研究述评》,《心理科学进展》2010年第2期。

郑莉、尹振宇:《巫术、理性化与世俗化——马克斯·韦伯宗教演化思想解析》,《学术交流》2016年第1期。

周敏:《〈地下世界〉的"垃圾"美学》,《国外文学》2012年第1期。

周敏:《德里罗的〈美国志〉解读》,《中国社会科学院研究生院学报》2010年第6期。

周敏:《作为"白色噪音"的日常生活——德里罗〈白噪音〉的文化解读》,《外国文学评论》2015年第4期。

周贤日:《美国教育捐赠税制及其启示——以美国《国内税收发》501(C)条款为视角》,《温州大学学报(社会科学版)》2015年第6期。

朱梅:《〈地下世界〉与后冷战时代美国的生态非正义性》,《外国文学评论》2010年第1期。

朱荣华:《〈地下世界〉中的技术伦理》,《外国文学评论》2012年第1期。

朱叶:《美国后现代社会的"死亡之书"——评唐·德里罗的小说〈白噪音〉》,《当代外国文学》2002年第4期。

3. 译著

[德] 费尔巴哈：《基督教的本质》，荣震华译，商务印书馆，1984。

[奥] 弗洛伊德：《一种幻想的未来：文明及其不满》，严志军、张沫译，河北教育出版社，2003。

[德] 艾克哈特·托尔：《新世界：灵性的觉醒》，南方出版社，2012。

[德] 卡尔·马克思：《黑格尔法哲学批判》，人民出版社，1963。

[德] 康德：《道德形而上原理》，苗力田译，上海人民出版社，1986。

[德] 康德：《历史理性批判文集》，何兆武译，商务印书馆，1996。

[德] 鲁道夫·希法亭：《金融资本——资本主义最新发展的研究》，福民等译，商务印书馆，1994。

[德] 马克斯·韦伯：《新教伦理与资本主义精神》，于晓等译，生活·读书·新知三联书店，1987。

[德] 马克斯·韦伯：《学术与政治：韦伯的两篇言说》，冯克利译，生活·读书·新知三联书店，1998。

[德] 尤尔根·哈贝马斯：《包容他者》，曹卫东译，上海人民出版社，2002。

[法] 吉尔·利波维茨基：《空虚时代：论当代个人主义》，方仁杰、倪复生译，中国人民大学出版社，2007。

[法] 让·波德里亚：《象征交换与死亡》，车槿山译，译林出版社，2009。

[法] 让·波德里亚：《消费社会》，刘成富、全志钢译，南京大学出版社，2000。

[法] 托马斯·皮凯蒂：《21 世纪资本论》，巴曙松等译，中信出版社，2014。

[美] 埃德·里吉斯：《科学也疯狂》，张明德、刘青青译，中国对外

翻译出版公司，1994。

[美]丹尼尔·贝尔：《资本主义文化矛盾》，赵一凡等译，三联书店，1989。

[美]厄内斯特·海明威：《丧钟为谁而鸣》，佟莹译，湖南文艺出版社，2012。

[美]杰姆斯·布鲁斯林：《罗斯科传》，张心龙译，远流出版社，1997。

[美]克里斯托弗·拉什：《自恋主义文化：心理危机时代的美国生活》，陈红雯、吕明译，上海译文出版社，2013。

[美]苏珊·桑塔格：《关于他人的痛苦》，黄灿然译，上海译文出版社，2006。

[美]唐·德里罗：《白噪音》，朱叶译，译林出版社，2002。

[美]唐·德里罗：《大都会》，韩忠华译，上海文艺出版社，2013。

[美]唐·德里罗：《地下世界》，严忠志译，译林出版社，2013。

[美]唐·德里罗：《名字》，李公昭译，译林出版社，2013。

[美]唐·德里罗：《玩家》，郭国良译，浙江文艺出版社，2012。

[美]唐·德里罗：《坠落的人》，严忠志译，译林出版社，2010。

[美]亚伯拉罕·马斯洛：《存在心理学探索》，李文湉译，云南人民出版社，1987。

[美]亚伯拉罕·马斯洛：《人性能达的境界》，林方译，云南人民出版社，1987。

[日]福原泰平：《拉康——镜像阶段》，河北教育出版社，2002。

[瑞士]荣格：《现代灵魂的自我拯救》，黄奇铭译，工人出版社，1987。

[匈]卢卡奇：《历史与阶级意识》，杜章智等译，商务印书馆，1992。

[意]卡斯蒂格略尼:《世界医学史》，商务印书馆，1986。

[英]阿利斯特·麦格拉思:《基督教概论》第 2 版，孙毅等译，上海人民出版社，2013。

[英]齐格蒙特·鲍曼:《后现代伦理学》，张成岗译，江苏人民出版社，2002。

[英]约翰·兰肖·奥斯汀:《如何以言行事》，商务印书馆，2012。

[英]特里·伊格尔顿:《文化与上帝之死》，宋政超译，河南大学出版社，2016。

二、英文文献

1. 专著

Belden C. Lane, *Landscapes of the Sacred: Geography and Narrative in American Spirituality*, Baltimore: The Johns Hopkins University Press, 2002.

Cathy Caruth, *Unclaimed Experience: Trauma, Narrative, and History*, Baltimore: The Johns Hopkins University Press, 1996.

Charles Taylor, *A Secular Age*, Cambridge: The Belknap Press of Harvard University Press, 2007.

Charles Taylor, *The Ethics of Authenticity*, Cambridge: Harvard University Press, 1991.

Clive Hamilton, *The Freedom Paradox: Towards a Post-Secular Ethics*, Crows Nest NSW: Allen & Unwin, 2008.

David Cowart, *Don DeLillo: The Physics of Language*, Athens: University of Georgia Press, 2002.

Don DeLillo, *Americana*, Boston: Houghton Mifflin, 1971.

Don DeLillo, *End Zone*, Boston: Houghton Mifflin, 1972.

Don DeLillo, *Great Jones Street*, Boston: Houghton Mifflin, 1973.

Don DeLillo, *Zero K*, New York: Scribner, 2016.

Douglas Keesey, *Don DeLillo*, New York: Twayne, 1993.

Ernest Becker, *The Denial of Death*, New York: The Free Press, 1973.

Gary Adelman, *Sorrow's Rigging: The Novels of Cormac McCarthy, Don DeLillo, and Robert stone,* Montreal & Kingston: McGill-Queens University Press, 2012.

Giovanna Borradori, *Philosophy in a Time of Terror: Dialogues with Jurgen Habermas and Jacques Derrida*, Chicago and London: The University of Chicago Press, 2003.

Gregory Stephenson, *The Daybreak Boys: Essays on the Literature of the Beat Generation*, Carbondate: Southern Illinois University Press, 2009.

Harold Bloom ed., *Bloom's Modern Critical Views: Don DeLillo*, New York: Chelsea House, 2003.

James Gourley, *Terrorism and Temporality in the Works of Thomas Pynchon and Don DeLillo,* New York: Bloomsbury, 2013.

Jesse Kavadlo, *Don DeLillo: Balance at the Edge of Belief*, Frankfurt: Peter Lang, 2004.

John A. McClure, *Partial Faiths: Postsecular Fiction in the Age of Pynchon and Morrison*, Athens: University of Georgia Press, 2007.

John N. Duvall ed., *The Cambridge Companion to Don DeLillo*, New York: Cambridge University Press, 2008.

John N. Duvall, *Don DeLillo's Underworld: A Reader's Guide*, New York: Continuum, 2002.

Jon Mills, *Inventing God: Psychology of Belief and the Rise of Secular Spirituality*, New York: Routledge, 2017.

Joseph Dewey, *Beyond Grief and Nothing: A Reading of Don DeLillo*, Columbia: University of South Carolina Press, 2006.

Jürgen Habermas, *The Inclusion of the Other: Studies in Political Theory*, Ciaran Cronin & Pablo De Greiff (eds.), Maldon: Polity Press, 2002.

Lynn L. Sharp, *Secular Spirituality: Reincarnation and Spiritism in Nineteenth-Century France*, Lanham: Lexington Books, 2006.

Mark C. Taylor, *Rewiring the Real: In Conversation with William Gaddis, Richard Powers, Mark Danielewski, and Don DeLillo (Religion, Culture, and Public Life)*, New York: Columbia University Press, 2013.

Mark Osteen, *American Magic and Dread: Don DeLillo's Dialogue With Culture*, Philadelphia: University of Pennsylvania Press, 2000.

Patrick Glynn, *God: The Evidence: The Reconciliation of Faith and Reason in a Postsecular World*, Rocklin: Prima Publishing, 1999.

Paul Giaimo, *Appreciating Don DeLillo: The Moral Force of a Writer's Work*, Santa Barbara: Praeger Publishers Inc, 2011.

Peter Boxall, *Don DeLillo: The Possibility of Fiction*, New York: Routledge, 2006.

Peter Schneck and Philipp Schweighauser and (eds.), *Terrorism, Media, and the Ethics of Fiction: Transatlantic Perspectives on Don DeLillo*, New York: Continuum, 2010.

Philip Sheldrake, *A Brief History of Spirituality*, Malden: Blackwell Publishing, 2007.

Randy Laist, *Technology and Postmodern Subjectivity in Don DeLillo's*

Novels. Frankfurt: Peter Lang, 2010.

Robert C. Fuller, *Spiritual But Not Religious: Understanding Unchurched America*, New York: Oxford University Press, 2001.

Roger Silverstone, *Television and Everyday Life*, New York: Routledge, 1994.

Terry Eagleton, *Culture and the Death of God*, New Haven and London: Yale University Press, 2014.

Thomas DePietro, *Conversations with Don DeLillo*, Jackson: University Press of Mississippi, 2005.

Thomas Turino, *Music as Social Life: The Politics of Participation*, Chicago: The University of Chicago Press, 2008.

Tom LeClair, *In the Loop: Don DeLillo and the Systems Novel*, Urbana and Chicago: University of Illinois Press, 1987.

Wendell Wallach, *A Dangerous Master: How to Keep Technology from Slipping Beyond Our Control*, New York: Basic Books, 2015.

William J. Baker, *Playing with God: Religion and Modern Sport*, Cambridge: Harvard University Press, 2007.

Wolters Clifton (trans.), *The Cloud of Unknowing and Other Works*, London: Penguin Books, 1978.

2. 期刊论文

Aaron Chandler, "'An Unsettling, Alternative Self': Benno Levin, Emmanuel Levinas, and Don DeLillo's *Cosmopolis*," *Critique: Studies in Contemporary Fiction*, Vol. 50, 2009.

Adina Baya, "'Relax and Enjoy These Disasters': News Media

Consumption and Family Life in Don DeLillo's *White Noise*," *Neohelicon*, Vol. 41, 2014.

Andrew Hoogheem, "Partial Faiths: Postsecular Fiction in the Age of Pynchon and Morrison (review)," *Philip Roth Studies*, Vol. 7, 2011.

Benjamin Bird, "Don DeLillo's *Americana*: From Third- to First-Person Consciousness," *Critique: Studies in Contemporary Fiction*, Vol. 47, 2006.

Brian Conniff, "DeLillo's Ignatian Moment: Religious Longing and Theological Encounter in *Falling Man*," *Christianity and Literature*, Vol. 63, 2013.

Casey J. McCormick, "Toward a Postsecular 'Fellowship of Deep Belief': Sister Edgar's Techno-spiritual Quest in Don DeLillo's *Underworld*," *Critique: Studies in Contemporary Fiction*, Vol. 54, 2013.

Charles Taylor, "A Place for Transcendence?" in *Transcendence: Philosophy, Literature, and Theology Approach the Beyond*, Regina Schwartz (ed.), New York: Routledge, 2004.

Christine V. Paintner, "The Relationship Between Spirituality and Artistic Expression: Cultivating the Capacity for Imagining," *Spirituality in Higher Education Newsletter*, Vol.3, 2007.

Clement Valletta, "A 'Christian Dispersion' in Don DeLillo's *The Names*," *Christianity & Literature*, Vol. 47, 1998.

Cornel W. Du Toit, "Secular Spirituality Versus Secular Dualism: Towards Postsecular Holism as a Model for a Natural Theology," *Hts Teologiese Studies-theological Studies*, Vol. 62, 2006.

David Cowart, "Don DeLillo's *Zero K* and the Dream of Cryonic Election," in *Don DeLillo*, Katherine Da Cunha Lewin and Kiron Ward (eds.),

London: Bloomsbury Academic, 2019.

Don DeLillo, "In the Ruins of the Future: Reflections on Terror and Loss in the Shadow of September," *Harper's Magazine*, Dec. 2001.

Emily Griesinger, "Narrating Hope in a Postmodern World," in *The Gift of Story Narrating Hope in a Postmodern World*, Emily Griesinger and Mark Eaton (eds.), Waco: Baylor University Press, 2006.

Frank Lentricchia, "Libra as Postmodern Critique," in *Introducing Don DeLillo*, Frank Lentricchia (ed.), Durham: Duke University Press, 1991.

Hargrove Barbara, "Church Student Ministries and the New Consciousness," in *The New Religious Consciousness*, Charles Y. Glock and Robert N. Bellah (eds.), Berkley: University of California Press, 1976.

Hugh Ruppersburg and Tim Engles eds., *Critical Essays on Don DeLillo*, New York: G. K. Hall, 2000.

Ian Davidson, "Automobility, Materiality and Don DeLillo's *Cosmopolis*," *Cultural Geographies*, Vol. 19, 2012.

James A. Beckford, "SSSR Presidential Address Public Religions and the Postsecular: Critical Reflections," *Journal for the Scientific Study of Religion*, Vol. 51, 2012.

Jerry A. Varsava, "The 'Saturated Self': Don DeLillo on the Problem of Rogue Capitalism," *Contemporary Literature*, Vol.46, 2005.

John A. McClure, "DeLillo and Mystery," in *The Cambridge Companion to Don DeLillo*, John N. Duvall (ed.), Cambridge: Cambridge University Press, 2008.

John A. McClure, "Postmodern Romance: Don DeLillo and the Age of Conspiracy," in *Introducing Don DeLillo*, Frank Lentricchia (ed.), Durham:

Duke University Press, 1991.

John A. McClure, "Postmodern/Post-Secular: Contemporary Fiction and Spirituality," *Modern Fiction Studies*, Vol. 41, 1995.

John N. Duvall, "The (Super)Marketplace of Images: Television as Unmediated Mediation in DeLillo's *White Noise*," *Arizona Quarterly: A Journal of American Literature, Culture and Theory*, Vol. 50, 1994.

José Casanova, "The Secular, Secularizations, Secularisms," in *Rethinking Secularism*, New York: Oxford UP, 2011.

Joseph Dewey, "DeLillo's Apocalyptic Satires," in *The Cambridge Companion to Don DeLillo*, John N. Duvall (ed.), Cambridge: Cambridge University Press, 2008.

Joseph Dewey, "Don DeLillo," in *The Oxford Encyclopedia of American Literature*, Jay Parini (eds.), Shanghai: Shanghai Foreign Language Education Press, 2011.

Julia Fiedorczuk, "Against Simulation: 'Zen' Terrorism and the Ethics of Self-Annihilation in Don DeLillo's *Players*," in *Ideology and Rhetoric: Constructing America*, Bożenna Chylińska (eds.), Newcastle: Cambridge Scholars Publishing, 2009.

Jürgen Habermas, "Notes on Post-Secular Society," *New Perspectives Quarterly*, Vol. 25, 2008.

Kai Erikson, "Notes on Trauma and Community," in *Trauma: Explorations in Memory*, Cathy Caruth (ed.), Baltimore: The Johns Hopkins University Press, 1995.

Kathryn Ludwig, "Don DeLillo's *Underworld* and the Postsecular in Contemporary Fiction," *Religion & Literature*, Vol. 41, 2009.

Liliana M. Naydan, "Apocalyptic Cycles in Don DeLillo's *Underworld*," *LIT: Literature Interpretation Theory*, Vol. 23, 2012.

Mark Eaton, "Inventing Hope: The Question of Belief in Don DeLillo's Novels," in *The Gift of Story Narrating Hope in a Postmodern World*, Emily Griesinger and Mark Eaton (eds.), Waco: Baylor University Press, 2006.

Mark Osteen, "The Currency of DeLillo's *Cosmopolis*," *Critique: Studies in Contemporary Fiction*, Vol. 55, 2014.

Matthew Shipe, "War as Haiku: The Politics of Don DeLillo's Late Style," *Orbit: A Journal of American Literature*, Vol. 4, 2016.

Michael Hardin, "Postmodernism's Desire for Simulated Death: Andy Warhol's Car Crashes, J. G. Ballard's Crash, and Don DeLillo's *White Noise*," *Lit: Literature Interpretation Theory*, Vol. 13, 2002.

Michael Oriad, "Don DeLillo's Search for Walden Pond," *Critique: Studies in Contemporary Fiction*, Vol. 20, 1978.

Michael Oriad, "In Extra Innings: History and Myth in American Sports Fiction," in *Dreaming of Heroes: American Sports Fiction, 1868-1980*, Chicago: Nelson-Hall, 1982.

Nick Bostrom, "A History of Transhumanist Thought," *Journal of Evolution and Technology*, Vol.14, 2005.

Niloufar Behrooz and Hossein Pirnajmuddin, "The Ridiculous Sublime in Don DeLillo's *White Noise* and *Cosmopolis*," *Journal of Language Studies*, Vol. 16, 2016.

Paul Maltby, "The Romantic Metaphysics of Don DeLillo," *Contemporary Literature*, Vol. 37, 1996.

Paul Petrovic, "Children, Terrorists, and Cultural Resistance in Don

DeLillo's *Falling Man*," *Critique: Studies in Contemporary Fiction*, Vol. 55, 2014.

Paula Bryant, "Discussing the Untellable: Don DeLillo's *The Names*," *Critique: Studies in Contemporary Fiction*, Vol. 70, 1987.

Peter L. Berger, "The Desecularization of the World: A Global Overview," in *The Desecularization of the World: Resurgent Religion and World Politics*. Washington D.C.: Ethics and Public Policy Center, 1999.

Robert E. Kohn, "Tibetan Buddhism in Don DeLillo's Novels: The Street, The Word and The Soul," *College Literature*, Vol. 38, 2011.

Sandra M. Schneiders, "Spirituality in the Academy," *Theological Studies*, Vol. 50, 1989.

Sarah L. Wasserman, "Ephemeral Gods and Billboard Saints: Don DeLillo's *Underworld* and Urban Apparitions," *Journal of American Studies*, Vol. 48, 2014.

Thomas DePietro, "Everyday Mysteries," *America*, April 30, 2012.

Thomas J. Ferraro, "Whole Families Shopping at night!" in *New Essays or. White Noise*, Frank Lentricchia (ed.) New York: Cambridge University Press, 1991.

William Burke, "Football, Literature and Culture," *Southwest Review*, Vol. 60, 1975.

William C. Spohn, "Spirituality and Ethics: Exploring the Connections," *Theological Studies*, Vol. 58, 1997.

Yuan Jie, "'Writing as Enlightenment': Don DeLillo's Buddhism and Postsecular Writing," *Neohelicon*, Vol. 48, 2021.

3. 学位论文

Christina S. Scott, "An Annotated Primary and Secondary Bibliography, 1971-2002," PhD diss., Northern Illinois University, 2004.

Sara J. Hart, "Sacramental Materialism: Don DeLillo, Catholicism and Community," PhD diss., Boston University, 2011.